本书是江苏省社会科学基金后期资助项目"艾丽斯·沃克创作时代性书写研究"（项目编号：17HQ033）"和江苏省教育厅哲学社会科学基金重点项目"艾丽斯·沃克小说叙事艺术及其创作伦理研究"（项目编号：2018SJZDI128）"的项目成果

艾丽斯·沃克
创作时代性书写研究

杜业艳 著

南京大学出版社

图书在版编目(CIP)数据

艾丽斯·沃克创作时代性书写研究／杜业艳著. —南京：南京大学出版社，2022.12
ISBN 978‑7‑305‑26322‑4

Ⅰ.①艾… Ⅱ.①杜… Ⅲ.①艾丽斯·沃克-文学研究 Ⅳ.①I712.065

中国版本图书馆 CIP 数据核字(2022)第 230481 号

出版发行	南京大学出版社		
社　　址	南京市汉口路 22 号	邮　编	210093
出 版 人	金鑫荣		

书　　名	艾丽斯·沃克创作时代性书写研究
著　　者	杜业艳
责任编辑	曹思佳

照　　排	南京南琳图文制作有限公司
印　　刷	南京玉河印刷厂
开　　本	880×1230　1/32　印张 7.125　字数 200 千字
版　　次	2022 年 12 月第 1 版　2022 年 12 月第 1 次印刷
ISBN 978‑7‑305‑26322‑4	
定　　价	45.00 元

网址：http://www.njupco.com
官方微博：http://weibo.com/njupco
官方微信号：njupress
销售咨询热线：(025) 83594756

﹡ 版权所有，侵权必究
﹡ 凡购买南大版图书，如有印装质量问题，请与所购图书销售部门联系调换

前　言

　　非裔美国女作家艾丽斯·沃克是一位有着鲜明时代特色的作家。她的文学创作、激进主义的社会活动来自她创作思想和哲学立场的变化和演进，她敢于直击现实弊端、伸张公平正义，并且不顾个人安危在现实社会中亲力亲为。著名文论批评家哈罗德·布鲁姆在20世纪80年代就曾称其为"完全代表了我们这个时代的作家"[①]。一直以来，沃克不仅笔耕不辍且与时俱进，现在她作为一位长者仍然在继续前行。

　　沃克1944年生于佐治亚州的伊顿顿一个佃农家庭，成长于20世纪60年代美国黑人争取种族平等的民族解放运动的高涨时期。她的一生非凡且勇敢。她曾积极投身轰轰烈烈的民权运动，从佐治亚州的乡村，到纽约，到密西西比，到加沙，到东非，到许多对沃克的智慧和哲学思想成长有影响的地方。从民权运动到黑人艺术运动，沃克一直坚持到现在。由于她选择写的东西和她选择爱的人，她常常被视为被社会排斥的人。沃克的创作及行动主义的灵感来自她的曾曾曾曾祖母，她曾在美国南部被奴役，并在125岁时去世。沃克的创作及行动主义源于一种哲学，这种哲学拥抱所有的生命，并通过勇敢地说出真相、坚定地捍卫自由和激进的爱来表达自己。正因为此，沃克的声音是当时也是当今最需要的。

　　迄今为止，艾丽斯·沃克已经创作出7部长篇小说，5部短篇

---

　　① Harold Bloom, "Introduction" in *Modern Critical Views: Alice Walker*, New York: Chelsea House Publishers, 1989, p. 1.

小说集，多部诗歌、文集等，在文集《艰难时刻需要狂怒的舞蹈》(Hard Times Require Furious Dancing)和《我们热爱的一切都可以被拯救》(Anything We Love Can Be Saved)等书中，她用一种鼓舞人心的文字大声疾呼。她为人权发声，为地球发声，为万物发声。她主张克服失语作为一种自我治疗的形式，就像她在2008年加沙之行之后所做的那样：站着看的人也会受到伤害，但远不如站着看、说却不做的人受到的伤害大。在这样一个时代，艾丽斯·沃克的生活和所做的工作召唤我们每一个人去看、去说、去做。

沃克是属于我们这个时代的女性，是一位以手中的笔为武器的"勇士""斗士"和"卫士"。她是一位有勇气的女性，自民权运动以来，她一直站在美国每一场重大和无数未公开的小型社会运动的前线，她周游世界，与人们站在一起，用实际行动和手中的笔为这个星球辩护。在这个时代，以国内或国际恐怖主义之名而产生的仇恨使任何人都不敢抱有希望，她却无所畏惧；她是一个有远见卓识的人，即便在孩提时代，她就能看穿谎言；作为一名青少年和学生社会活动积极分子，她能预见一种与她所处环境相悖的生活。作为佐治亚州佃农的17岁的女儿和童年创伤的幸存者，沃克在家乡佐治亚州伊顿登上了一辆准备实行种族隔离的灰狗巴士，前往亚特兰大，在那里她将就读斯佩尔曼学院。那是1961年。尽管她被迫坐在巴士的后排，但同时她在内心孕育了一股不可忽视的力量，因为从那一刻起她就暗暗发誓要致力创建一个尊重、保护和珍视所有公民的社会。在这个时代，个人诚信常常让位于个人发展前景和个人利益，每样东西都商品化地被利用，甚至人们的信任。艾丽斯·沃克的性格吸引了人们的探索，因为她的诚实迫使她总是说真话。沃克明确而诚实地声明："我们处于危险之中，没有值得信赖的领导人。"①同时,她知道唯一的、真正的力量是内在的精神力量。当艾丽斯·沃克迈着沉重的脚步,怀着沉重的心情走到灰狗巴士的后排时,她发誓一定要让这种黑人受羞辱的情况在南方消失。

她从参与民权运动中学到的是:为改变世界所做的每一项努力都很重要;每一个想法,每一首诗,每一个梦想,每一个选择都是为了带来一个和平与欢乐的世界。因此,改变世界,引领一个平衡的时代、一个和平的时代、一个尊重各种关系的时代,其中包括公正地尊重地球——银河系中我们知道并爱我们的唯一家园——迫使我们所有人采取行动。沃克说,我们长期以来一直相信当权者的谎言。我们都在道德上和政治上受到了操纵和欺骗。她告诉我们,等待合适的领导人是徒劳的,会让人灰心丧气,事实上,我们自己就是我们一直在等待的人。没有什么比行动更能结束绝望。面对暴徒、警察和各级政府官员,这些人坚持认为隔离、贪婪和压迫是当今社会的秩序,沃克知道什么是无能为力、无助、被压制和受害者。但她的一生不仅证明了无助感和转瞬即逝的幻觉,还证明了国家认可的不公正不可能永远存在。沃克作为作家、活动家的生活和工作让我们深入了解了如何在一个对我们许多人来说已经变得充满敌意和荒谬的世界中前进。它鼓励我们从自身的光芒中寻找方向。它敦促我们在生活中要做个正直的人,与志同道合的人携手合作,驱散遮蔽我们现实的无意识,从而改变我们的世界。

艾丽斯·沃克的写作和行动主义的核心是一种哲学取向,这种取向使她在做危险的工作,说出她的真相的同时,始终以思想、身体和精神为中心。她的人生观是她非凡努力的源泉,她努力结

---

① Rudolph P. Byrd, *The World Has Changed: Conversations with Alice Walker*, New York: The New Press, 2010, p. 204.

束地球上任何地方出现的苦难。如果生活要有意义,一个人的行为要正直,那么个人的、实用的哲学是必不可少的。通过哲学思考和推理,艾丽斯·沃克的生活和工作让我们了解到,即使在困难的环境中,充实、快乐地生活意味着什么。哲学帮助我们了解我们的个人生活,以及我们的生活和环境的关系。哲学可以帮助我们获得面对挑战和危机的勇气。重要的是,哲学可以教我们面对和克服对死亡的恐惧,除了对身体死亡的恐惧——失业、无家可归、诽谤、疾病——还有各种各样的伪装。艾丽斯·沃克的一生都在思考如何面对和克服恐惧。哲学家瑞·蒙克(Ray Monk)在他的文章《哲学传记:真正的思想》中写道,哲学传记的主体是"这样一种人,他的思想无论是在诗歌、音乐、绘画、小说还是哲学作品中表达出来,理解起来都很重要,也很有趣。"[①]对我们来说,重要的是了解如何生活在困惑和挑战的时代。对我们来说,了解我们改变这个时代的力量是很重要的。有趣的是,这种参与就是快乐。

艾丽斯·沃克是这样一个人,她的思想对我们来说很重要,也很有趣,她的生活经历和智慧使她成为我们这个时代的女性。她的作品将我们置于生命的治疗循环中,提醒我们的真、我们的善、我们与地球和彼此之间持久的联系,以及我们所有人内在的力量——爱本身。她是长者,是冒险家,是哲学家,是"圣人",她回来照亮了道路。

> 当生命落入深渊时,
> 我必须成为自己的蜡烛,
> 心甘情愿地燃烧自己,

[①] Rudolph P. Byrd, *The World Has Changed: Conversations with Alice Walker*, New York: The New Press, 2010, p. xvii.

照亮周围的黑暗。[1]

基于此,本书从社会历史、民族文化、生态思想等层面出发,结合沃克的作品、演讲访谈及其激进的社会活动等个人经历,历时性地考察沃克作品的种族、性别、文化和生态书写,揭示沃克文学创作的时代性特征,凸显沃克对历史与现实拷问的尖锐性、当下性及前瞻性。沃克的作品从"为美国黑人女性现身立言"到"观照整个自然界的和谐共生",体现了作家创作思想和哲学立场的纵深发展,其思想有利于促进整个人类和谐社会的构建,影响深远,意义非凡。

本书共分为五章,第一章为沃克生平简介,第五章为结语。第二、三、四章为主体部分,历时性地勾勒出一位"以笔为戈"的时代"勇士、斗士、卫士"的女作家形象,着重研究其文学创作体现出的鲜明的时代性特征。论著以揭露、控诉—质疑、反抗—求索、践行为经,以种族书写、女性书写、文化书写和生态书写为纬,呈现出沃克文学创作的时代性特征。

首先,沃克以笔为戈,如同一位"勇士",直击种族主义和性别主义的要害,触痛了美国历史和社会的陈年痼疾,令其难以招架,寝食难安,并且推己及人、推人及物,开始关注同样处于弱势地位、同样遭受压迫的其他弱势群体和我们赖以生存的自然;

其次,沃克从未满足于揭露和控诉,而是手握利器作为一名"斗士"继续战斗,反抗种族压迫和性别歧视。她先"破"后"立",创造了妇女主义概念,成为黑人民族以及全人类在实现完整生存道路上的一盏明灯,并且推而广之,为同样遭受压迫和歧视的大自然鸣不平,呼吁保护自然生态环境,追寻人类与自然的和谐共生;

---

[1] Alice Walker, *By the Light of My Father's Smile*, New York: Random House, 1998, p. 21.

再次，沃克在现实生活和文学创作中继续求索，在追寻平等、和平、和谐的道路上俨然又转变为一名时代的"卫士"：成为妇女主义的践行者、人类和谐家园的捍卫者、生命共同体的守护者。

随着时代的变迁，社会的发展，现代自然生存环境和生态的恶化，沃克的文学创作从最初的为黑人女性现身立言，发展到代表整个黑人民族和其他少数族裔等弱势群体的权益，再到追寻全人类的完整生存，最后观照整个自然界的和谐共生，体现出沃克及其创作的视阈的逐步拓宽和拓深，关注的焦点也从社会性问题转向更具普遍性的人类生存问题。作家及其创作的与时俱进、胸怀天下的情怀一览无余。

目　录

第一章　艾丽斯·沃克:成为自己 / 1
　　第一节　艾丽斯·沃克出生的时代背景 / 4
　　第二节　原生家庭的影响 / 10
　　第三节　成为自己:艾丽斯·沃克的引路明灯 / 20

第二章　艾丽斯·沃克:时代的"勇士" / 37
　　第一节　以笔为戈,直指种族主义和性别主义 / 37
　　第二节　挑战文化禁忌,赋权黑人女性 / 46
　　第三节　与时俱进,忧患天下 / 58

第三章　艾丽斯·沃克:时代的"斗士" / 68
　　第一节　追寻种族的完整生存 / 69
　　第二节　追寻人类的完整生存 / 100
　　第三节　追寻自然界的和谐共生 / 117

第四章　艾丽斯·沃克:时代的"卫士" / 128
　　第一节　妇女主义的践行者 / 129
　　第二节　人类和谐家园的捍卫者 / 144
　　第三节　生命共同体的守护者 / 161

结语 / 169

附录一:艾丽斯·沃克主要作品出版年表 / 173

附录二:艾丽斯·沃克生平大事 / 176

附录三:胸怀天下的生态忧患意识:艾丽斯·沃克创作的生态伦理
　　取向 / 178
附录四:论《紫颜色》的生态社会思想 / 192
参考文献[Works Cited] / 206

第一章 艾丽斯·沃克:成为自己

他们不理解是什么东西使民权运动没有"屈服",并阻止黑人恢复到他们从前那种沉默的二等公民地位……如果对我自身处境的了解就是我从一场"自由运动"中得到的自由,那也比无知、健忘和绝望,那种像牲畜的生存状态要好。人们只有了解世界才是真正地活着,否则他就只不过是在表演,在模仿他人的日常习惯而不考虑他作为人所拥有的具有创造性的潜在价值,并接受别人的优越和自己的可悲。

就在6年前,我开始活过来。当然,过去我也一直活着——现在我已经23岁了——我并不真正知道这一点。我——一个喜欢冥想、心怀渴望的典型的高中生,然而却是黑人——存在于别人的心中,正如我存在于自己的心中。直到这一刻我的心门紧锁,同身体的外形和肤色隔绝开来,仿佛心灵和躯体是陌生人似的。心灵拥有思想和精神——我想成为作家或者科学家——但我躯体的颜色却否认其存在。我从未看到过我自己,只是作为一个统计数字或一个幽灵般的存在。我在白人世界中行走,对他们而言我还不如影子真实;我正值青春,却只能躲在贫民窟里,躲在同样不存在——书本或者电影或者对他们生活的种种控制形式中都不存在的人当中,我等待着被唤醒。而仿佛有奇迹一般,我被唤醒了。

那是1960年的一个晚上。我们的房子里有阵骚动。那时我们设法买了我们家的第一台电视机,我在半信半疑地看完了我母亲常看的肥皂剧后,正在纳闷对生活是否还能要求更多时,民权运动进入了我的生活。它就像对未来的一个小吉兆,小马丁·路德·金博士的脸成为我在我们新电视机里看到的第一张黑人面孔。就像在童话故事里,我的灵魂被他的使命——他当时正因在亚拉巴马州空岛抗议游行时被粗暴地推进一辆警车所触动。我爱上了这张代表民权运动冷静、坚定的脸。"我们将会克服"的歌声——那受被不相信它的人背叛的歌——第一次在我耳边响起。我母亲的肥皂剧本原本会给我造成的影响现在变得不可能了。金博士的生命由于他做的事情和承受的痛苦而看起来比他本人还要大,还要神奇,他提供了一种关于力量和真诚的模式。因为他对非暴力、爱和兄弟情谊的淳朴信仰,他遭受了许多磨难。也许金博士并不能通过这些信仰影响大多数人,但由于他坚持去影响他们,全然不顾自己和家人的安危,我在他的身上看到了我等待了如此之久的英雄。

由于民权运动,由于一种被唤醒了的对人类精神的创新和想象力的信仰,由于"黑人和白人团结起来"——这在我们的历史上首次出现在某种人际关系里,在电视上或在生活中——由于过去几年里发生的那些殴打、拘禁和激烈斗争,我比以往任何时候都更为努力地奋斗,为自己的生活,也为获得成为自己的机会。而不再作为影子和数字存在。

——《民权运动:它有什么好处?》[1]

《民权运动:它有什么好处?》是艾丽斯·沃克发表的第一篇文章,在年度"美国学者"杂文竞赛上获得了一等奖,奖金300美元。她曾说这笔钱发挥了神奇的鼓舞人心的作用,然而更鼓舞人心的

---

[1] Alice Walker, *In search of our mothers' gardens: womanist prose*, New York: Harcourt Brace Jovanovich, 1983, pp. 119–129.

是，从这篇文章中可以了解到，青年时代的艾丽斯·沃克在觉醒后，决心成为一名作家或科学家，做她自己。在成长的过程中她逐渐明白生存的一部分意义就在于去了解自己现在和过去的区别；不仅能够在经济上照料自己，而且在思想上也关心自己；在被不公正地对待时，能够辨别并知道是谁伤害了自己。因此，对沃克而言知晓就是存在，存在就是介入，用自己的眼睛看世界。要尽力保护自己和所爱的人，这意味着还要成为世界的一部分。一路走来，艾丽斯·沃克不仅成了一位有着鲜明时代特色的作家，还是一位激进的社会活动家。她的文学创作、激进主义的社会活动来自她的创作思想和哲学立场的变化和演进，她敢于直击现实弊端、伸张公平正义、并且不顾个人安危在现实社会中亲力亲为。著名文论批评家哈罗德·布鲁姆在20世纪80年代就曾称其为"完全代表了我们这个时代的作家"[1]。

在对沃克后期作品的评论中，学者法拉·贾思明·格里芬(Farah Jasmine Griffin)指出学界有种低估艾丽斯·沃克的环境保护主义的倾向。在她的评论中，格里芬说："《我们所爱的一切都会被拯救：一位作家的行动主义》这本合集记录了她持续不断的精神、创造性和政治追求，并坚持在精神、行动主义和艺术之间建立必要和牢固的关系。在这里，就像在她早期的作品中一样，她既属于她的时代，又领先于她的时代。她努力去爱所有存在中的人性和神性，同时又警惕地反对其中一些人的不人道行为。"[2]像格里芬一样，许多学者将她的作品归为具有高度精神性和神圣性的作品，并对地球、人类和地球上的其他居民给予了高度的关注。一直以来，沃克不仅笔耕不辍而且与时俱进，现在她作为一位长者仍然在继续前行。

---

[1] Harold Bloom, "Introduction" in *Modern Critical Views: Alice Walker*, New York: Chelsea House Publishers, 1989, p. 1.
[2] Griffin, Farah Jasmine, "The Courage of Her Convictions." in *The Women's Review of Books*, Vol. 15, No. 4, 1998, pp. 23-24.

第一节　艾丽斯·沃克出生的时代背景

20世纪中叶,美国虽然早已废除了黑奴制,但在美国南方,社会经济和生活方式仍然沿袭传统的种植园经济模式,并没有像美国北方那样因为工业革命发生巨大变化。白人种植园主依然拥有土地,掌握大部分的社会财富;黑人虽然获得了自由但很少拥有自己的土地,大多数黑人只能靠租种白人地主的田地养家糊口。白人地主给黑人佃农规定了十分严苛的条件,使他们的生活异常艰难,加之种族主义的迫害,黑人不得不忍受物质和精神上的双重压迫。在南方,几乎每一个黑人的命运都是与繁重的农活、破烂的住所以及贪婪的白人雇主联系在一起的。黑人受教育的权利和机会就更难得到保证。艾丽斯·沃克在回忆童年回忆家乡时说:"我忘不了自己对那个地方的痛恨,条件恶劣的田地,破烂不堪的房子,累死累活的农活,还有让我母亲崩溃的男人们。"①

艾丽斯·沃克于1944年2月9日出生在佐治亚州普特南县(Putnam County, Georgia)伊顿顿(Eatonton)一个贫苦的黑人佃农家庭,是威利·李·沃克(Willie Lee Walker 1909—1973)和米妮·塔拉·卢·格兰特·沃克(Minnie Tallulah "Lou" Grant Walker 1912—1993)的8个孩子中最小的一个。她父母是典型的南方黑人佃农,靠租种白人种植园主的土地养活全家。艾伯特·沃克(Albert Walker),威利·李的祖父和艾丽斯·沃克的曾祖父,曾从他的苏格兰蓄奴父亲那里继承了土地,但是因为对农作物的管理不善,连续几年遭受损失,他失去了自己的土地和社会地位,最终沦落为当地一个白人家庭的佃农。他的儿子亨利·克莱·沃克(威利·李的父亲和艾丽斯·沃克的祖父)也成了一名

---

① Alice Walker, *In Search of our Mothers' Gardens: Womanist Prose*, New York: Harcourt Brace Jovanovich, 1983, p. 21.

佃农。

威利·李和米妮·卢于1930年6月结婚。他们的未来当然逃脱不了南方白人至上的种族主义政策的桎梏。因为经济大萧条他们的前景变得更加暗淡。夫妇俩同时在威利·李的父亲亨利·克莱·沃克耕种的一块土地上找到了一份佃农的工作。佃农制度固有的不平等经常导致佃农负债,预示着他们未来将永远被奴役。艾丽斯·沃克经常把自己描述为佃农的女儿。这种描述显示了乡村佐治亚和中世纪欧洲的社会和经济结构之间明显和微妙的相似之处。沃克的家族,就像南方农业地区的其他非裔美国家庭一样,会被认作农民,就像他们的祖先被认作奴隶,仅仅是些劳动力。

沃克追溯她的祖先到19世纪早期,她的曾曾曾曾祖母玛丽·梅·普尔(Mary May Poole)。普尔在弗吉尼亚的拍卖场被拍卖后,双手各抱一个婴儿徒步从弗吉尼亚走到佐治亚州的伊顿顿。整个19世纪她都被奴役着。四分之三世纪以来,她一直是一个白人女人的仆人,她是作为结婚礼物被送给这个女人的。普尔的"态度和勇气"使她有了忍受和生活的能力,也使"参加几乎所有曾经拥有过她的人的葬礼"。她活到了125岁,去世时沃克父亲才11岁。艾丽斯·沃克对自己的祖先和文化传统非常自豪,常常在作品和访谈中充溢着这种情感。正是普尔这种力量顽强支撑着威利·李和米妮·卢,他们靠耕种土地、当工人和给白人邻居做家务勉强维持生计。佃农的前景受限,迫使威利·李·沃克从事更"有利可图"的工作,为了养家糊口,他不得不一次又一次地回归佃农。尽管沃克一家在大萧条中幸存了下来,但是谋生仍然是一件很困难的事情。到1944年艾丽斯·沃克出生时,这个家庭的年收入在200~300美元。考虑到当时大多数美国人面临的经济困境和挑战,即使是这笔收入也相当可观,使沃克夫妇设法现金支付的助产师范妮小姐在艾丽斯出生期间的服务费用3美元。沃克夫人因此感到无比的骄傲,因为艾丽斯的兄长姐姐们出生时,助产师得到的报酬都是家里养的或家里做的一些东西,例如从一窝猪中挑选一头猪,或是一床被子、几只水果罐头或者蔬菜。但毫无疑问,在需要的时候,助产师总是会来的,不论她最后会得到什么作为酬劳。后来,艾丽斯·沃克的诗《三美元现金》就是为了纪念这一事件。

尽管在这样的社会背景下生活艰难,艾丽斯的父母同许多黑人一样并没有放弃希望和努力,他们竭尽全力为后代改变命运创造条件。威利·李和米妮·卢·沃克为了养家糊口而拼命劳作,他们的就业受到南方农村根深蒂固的种姓制度的支配,这种制度按照种族、阶级和性别划分。沃克夫妇决心为自己的孩子创造更多更好的选择。他们明白在这种努力中,教育是最重要的。他们崇拜教育,他们崇拜阅读。报纸很容易买到,家里也总是有书。沃克夫妇会捡起白人雇主扔到垃圾堆里的书并带回家,读给孩子们听。对大多数非裔美国人来说,教育被视为经济生存能力、社会地位和社会接受度的关键,所以他们努力为自己的孩子提供这种可能性。无论教育是像布克·T.华盛顿提倡的工业技术应用性的还是像W.E.B杜波依斯提倡的人文教育性,教育都是必不可少的。当时,并不是所有的黑人佃农家庭都愿意将自己的孩子送去上学,因为他们认为读书没有多大意义,孩子到了一定的年纪还是得去白人种植园里干活。白人种植园主也总对黑人佃农说黑人没必要上学受教育。一位白人种植园主曾斥责艾丽斯的母亲送孩子们上学,米妮·卢·沃克毫不客气地反驳道:"你可能在某个地方生了一些黑人孩子……但是他们不住在这所房子里。你再也不要到这儿来,说我的孩子们用不着学读书写字。"[1]

艾丽斯从幼年起就表现出了超乎寻常的好学和不同一般的聪慧。艾丽斯出生时,当地的教师伯尔达·雷诺兹小姐也来了,给艾丽斯带来了她的第一套衣服。雷诺兹注意到,"艾丽斯是一个非常机敏的婴儿,从她观察一切的眼神中,我们都知道她将会很特别"。沃德教堂的社区成员都特别宠爱艾丽斯,在她1周岁生日之前,他们在一场寻找最可爱宝宝的筹款比赛中将第一名颁给了她。她学

---

[1] Evelyn C. White, *Alice Walker: A Life*, New York: W. W. Norton & Company, 2004, p.15.

会了爬起来站立后,会靠在墙上,假装在看西尔斯罗巴克公司的商品目录,还会用一根小树枝在书页的空白处写字。①

艾丽斯刚出生没多久,沃克夫妇就带着她一起回到农场干活。当父母亲和哥哥姐姐们在田间摘棉花、除草或种庄稼的时候,小艾丽斯就躺在农田边大树的树荫下享受大自然的拥抱;当艾丽斯能走路的时候,她就会跟在砍棉花的妈妈后面;当她再大一些的时候,母亲的叮嘱就再也束缚不住小艾丽斯奔跑的双脚,视线再也追逐不到她跳跃的身影了。艾丽斯·沃克回忆道,"有时我会在田野边上睡着,因为她要干活,在那里她没法真正照顾我"。②米妮·卢·沃克当然没有奢侈到可以待在家里照顾她最小的女儿,更没有任何经济来源去雇佣保姆。虽然比艾丽斯大6岁的姐姐露丝很想在放学后照看小妹妹,但艾丽斯需要更持久的看护和成年人的监管。因此当小艾丽斯刚刚4岁时,母亲便决定将她送到当地黑人佃农们自己捐钱建造的学校去上学。

和佃农社区的典型教师一样,善良的雷诺兹小姐为了帮助和支持沃克一家,接受了艾丽斯。也许艾丽斯的母亲只是想在干活时有一个可以安顿孩子的地方,雷诺兹小姐或许也是这样认为。但是令人惊异的是,4岁的艾丽斯却表现出了超乎寻常的好学和聪慧。雷诺兹回忆说她是一个专心、好学、聪明的小女孩。当她读故事给其他孩子听的时候,他们的思想都开小差了,而艾丽斯总是聚精会神地看着老师,好像在努力把老师读的内容在脑海里勾勒成一幅图画。她的拼写比比她大的孩子写得还要好,每当背诵儿歌或诗歌时,她一点儿也不紧张,总是站起来流利地背诵完再坐下。"我遇到过很多这样的孩子",雷诺兹小姐回忆道,"但艾丽

---

① Evelyn C. White, *Alice Walker*: *A Life*, New York: W. W. Norton & Company, 2004, pp. 13 – 14.

② Rudolph P. Byrd, *The World Has Changed*: *Conversations with Alice Walker*, New York: The New Press, 2010, p. 233.

斯·沃克是我遇到的最聪明的一个"。①

即使所有的孩子都上学,学会了读书、写字,他们也被迫做零工或帮助父母下地干活,帮着家庭改善经济。艾丽斯也会帮忙。5岁的时候,她不再跟着在田里干活的妈妈,开始干活帮父母减轻负担,另一方面也可以挣点零花钱。"我们有这些大片的田地……要清除、耕种,给棉花喷药杀虫。"沃克回忆道。"我记得 5 岁的时候,带着我的小量油尺和水桶在外面,只有这样才能杀死棉铃象鼻虫。"②

由于土地所有者年复一年地种植同样的经济作物而耗尽了土地,佃农制度也耗尽了那些在地里辛勤劳作的人。他们的收入常常会因白人种植园主的巧取豪夺而大打折扣,耕种再多的田地也不过就是养家糊口。劳作是无情的,令人沮丧的,没有相应的回报。他们干活很卖力,虽然尚且食能果腹,但他们很穷。他们一家十口,住在非常小的、不符合标准的房子里,米妮·卢·沃克只好将就把这些屋子改造成适合居住的房子。事实证明,他们的辛勤劳动并不能保证他们的家庭生活,因为大约一年之后,他们经常被"剥削全家劳动的农场主们"赶出棚屋和土地。③

1896 年普莱西诉弗格森案(Plessy v. Ferguson)美国最高法院的判决批准了吉姆·克劳制(Jim Crow system)。这一裁决正式地从宪法上规定了"隔离但平等"的原则,在公共领域实行种族隔离,有效地将白人视为至高无上的特权阶层,而非裔美国人则是低等的、非人类的、非公民的,一文不值的群体。种族的社会隔离也延伸到了美国社会的经济领域。作为吉姆·克劳政策的一部分,非裔美国人将会在最艰难的环境中从事最繁重的工作,但报酬微薄。他们不仅会被剥夺劳动成果,而且因为白人社会的大多数

---

① Evelyn C. White, *Alice Walker: A Life*, New York: W. W. Norton & Company, 2004, p. 15.

② Rudolph P. Byrd, *The World Has Changed: Conversations with Alice Walker*, New York: The New Press, 2010, p. 245.

③ Ibid., p. 124.

人认为他们是不通人情的闯入者,美国白人至上主义者也会试图阻止他们拥有土地。作为农民和农场工人,居住在南方农村的非裔美国人生活在靠近农田的地方,他们感受到自己与大自然融为一体。他们耕种土地,却没有权力拥有土地;他们的劳动被剥削,几乎建造不起属于自己的房子,常常被无情地赶出容身的棚屋;他们行走在陆地上,却觉得自己不配这样做。

美国的种族灭绝、奴隶制、私刑、法律上的种族隔离和持续的恶性种族主义不仅导致了黑人的身体流离失所和被剥削,而且对许多人来说,也导致了他们在现实和心理上与大自然的脱节。由于他们的官方身份,最初是奴隶,后来是农民和贱民,非裔美国人被置于经济地位的底层,并被视为环境的他者。他们在生理和心理上都被限制在人类社会环境和自然环境的某些地方和空间里。然而,非裔美国人的基本态度是:认可他们作为人类的地位,他们是能感知自然的美与智慧,并认识到自己是自然环境中不可分割的一部分。因此,尽管有各种各样的、别有用心的计划和运动把非洲裔美国人视作他者,但总体上,非洲裔美国人仍然保持着他们的"归属感"。艾丽斯·沃克亲历过并观察到南方农村黑人忍受的环境斗争。随着时间的推移,这种忍辱负重和经济困难会削弱父辈们的忍耐力,因为这会成为年轻人一个接一个逃离佐治亚州普特南县的原因。然而,沃克却赞美孕育了她的南方和南方的自然之美,以及从南方发展演变而来的人性正是这些激发了她的创作灵感。

第二节　原生家庭的影响

一、孤独的小艾丽斯①

尽管艾丽斯出生在一个大家庭里，又被亲戚朋友们宠爱着，但她仍感到孤独，觉得在很多方面被忽视。父母都得劳作，哥哥姐姐们不是得工作就是要上学。尽管这都是客观原因，艾丽斯还是感到很孤独，觉得自己是个局外人。作为8个孩子中最小的一个，她和她的哥哥姐姐之间产生了一种固有的距离。当他们离家后，时空上的距离加剧了年龄上的差距。大姐玛米在艾丽斯2岁之前就离开了家。因为帕特南县没有黑人高中，玛米只好在佐治亚州的梅肯上学。后来她搬到亚特兰大，在莫里斯布朗学院学习。

当玛米在暑假回到家里时，她会用外面世界的激动人心的事情来填满家里简陋的生活空间。沃克回忆说："当她来佐治亚看望我们时，那是我最开心的事……她喜欢在假期和我们一起过圣诞节。她喜欢阅读和讲故事，她教我非洲的歌舞，她还做了许多稀奇古怪的菜，看上去完全不像普通的佃农食品。"②多年来，由于过度劳累，威利·李和米妮·卢已经不再给孩子们读书了。所以艾丽斯很高兴看到玛米的来访。"你知道《上帝保佑非洲母亲》（God Bless Mother Africa）这首歌吗？"在与威廉·R. 费里斯（William F. Ferris）的访谈中沃克被问到并补充说，"在我六七岁的时候，我姐姐教我这首歌"。后来，这样的拜访变得很少了，玛米最终也"渐渐离开了"。③

---

① 艾丽斯·沃克在大学期间及之前，本论著称艾丽斯·沃克为艾丽斯，其他则称为艾丽斯·沃克或艾丽斯或沃克。

② Rudolph P. Byrd, *The World Has Changed: Conversations with Alice Walker*, New York: The New Press, 2010, p. 56.

③ Ibid., p. 233.

第一章　艾丽斯·沃克：成为自己

艾丽斯·沃克在《致我五十年代的姐姐莫莉》的签名诗中捕捉到了她姐姐的存在和被姐姐遗弃的感觉。这首诗既是一首赞美诗，又是一首绝唱。诗中充满了对姐姐的深情和喜爱：她（姐姐莫莉）的创造力是神奇的，她对遥远地方的谈论是神秘的，她深谙人情世故，令人敬畏。随着这位神话中的姐姐越来越成为她谈论的世界的一部分，姐姐莫莉越来越不属于她只拜访过的那些绅士的世界——直到她不知不觉地"离开了我们"，[①]小艾丽斯的落寞和忧伤跃然纸上。除了她和兄弟姐妹之间的年龄差距，以及黑人在教育和就业方面的受限迫使兄长们离开家乡普特南县，性别也是造成艾丽斯有孤独感的一个原因。作为女性，艾丽斯超越了她父亲的公平平等观念，威利·李·沃克在开始他的家庭生活时，表现出一种平等主义。当米妮·卢·沃克和丈夫一起在田间和奶牛场工作时，沃克先生在家里扮演了一个温柔的助手的角色，给孩子们洗澡、照顾他们，比他的妻子做得还要多。然而，有了艾丽斯之后，他已经变得非常狭隘了。他对家庭劳动的分工反映了典型的受性别歧视思想影响的双重标准。家庭中的女性会参与家庭之外的劳动，但是家庭劳动变成了女性的工作。沃克先生不让他的儿子们扫地或洗碗，他对男子气概的传统观念反映在艾丽斯兄弟的行为上，艾丽斯·沃克形容他们在某些方面非常残忍……他们从小就被教导对动物或弟弟妹妹不温柔。也许，孤独和处于一个压抑的家庭环境中的感觉是艾丽斯与草地、树木和云彩共同承受的难以忍受的忧虑。

使艾丽斯跌入孤独的深渊、6年来没有抬起过头的"罪魁祸首"是她8岁那年的一场"飞来横祸"。她和两个稍大些的哥哥玩游戏时，被BB枪击中右眼。由于家境太过贫寒，也因为过路的白人司机拒绝帮忙捎带他们去医院等原因延误治疗，导致艾丽斯的右眼失明。艾丽斯受伤一周后，当全家人终于想尽办法带着艾丽

[①] Alice Walker, *Revolutionary Petunias & Other Poems*, New York: Harcourt, Brace, Jovanovich, p. 19.

斯去梅肯市就医时,那位白人医生草草地看了一下伤处,几乎没做检查,就把他们打发了。白人医生不仅没有治疗艾丽斯的眼睛,还说了一句折磨了艾丽斯几十年的话,眼睛是相互感应的,如果一只眼睛瞎了,另一只也很可能会瞎。对于艾丽斯来说,这无疑是一个致命的打击。原先美好的一切顿时消失了,曾经因为自己的聪慧、美丽而充满自信的小姑娘,全家人引以为傲的小女儿,就在这一天命运发生了巨变。医生的预言让艾丽斯心中充满了恐惧,更让她感到沮丧的是,她的容颜发生了巨大的变化。虽然眼睛的伤口慢慢愈合了,但右眼完全失明。眼睛周围因为肌肉组织受伤留下难看的疤痕,给艾丽斯带来毁灭性的打击。

由于视力受损,她在阳光明媚的草地和阴凉的树林中奔跑的自由受到了限制。就像她右眼看到的最后一棵树一样,曾经先给艾丽斯带来童年困扰后又使她释怀的景色也变得黯淡而遥远:"有一棵树从门廊下长出来,爬过栏杆爬到屋顶上。这是我右眼最后看到的东西。我看着它的树干,它的树枝,然后它的叶子被上升的血液所遮盖。"①她没法再像从前一样拥抱大自然的舒适。因为搬家,艾丽斯不得不进入新的学校学习。陌生的环境和同学使她感到不安,她的新同学经常嘲笑和欺负她,极大地影响了她的学习成绩;她的性格也随之发生变化,开始变得沉默寡言、闷闷不乐。虽然后来艾丽斯又回到了原来的学校,有许多熟悉和喜欢她的老师,但是经过这番变故,艾丽斯的性情完全改变,她不再是从前那个无忧无虑、快乐开朗的小姑娘了。她变得羞愧和孤僻。亲戚来访时,她躲在房间里。她觉得自己很丑陋、很丢脸,被出卖了、被抛弃了。失去了可爱的模样及以前和亲朋好友间的和谐关系让艾丽斯无法和解,她的悲伤和愤怒转向了内心。她埋怨自己的眼睛,这只眼睛一直没有"晴"。她在夜间祈祷,希望眼睛能恢复往日的美丽。但残酷的现实常常使她产生自杀的念头。她的白日梦里不再是童话

---

① Rudolph P. Byrd, *The World Has Changed:Conversations with Alice Walker*, New York:The New Press, 2010, p.387.

中的仙境,而是关于自己倒在剑上,或用枪射击自己的心脏或脑袋,或用剃刀割自己的手腕。越来越孤僻和沮丧的艾丽斯整天独自待在屋里,与书为伴,开始从阅读和写作中忘记自己的不幸获得身心的愉悦。艾丽斯习惯在树、草、湖、天空的世界中寻求安慰和激发自我意识,但一想到自己的模样又害怕自由地在佐治亚州帕特南县的环山上奔跑,于是决定还是把自己关在屋里,读故事,开始写诗。孤独和局外人的感觉使艾丽斯更着意观察身边的人和事并且练就了善于敏锐地观察外部世界和各种人际关系的能力,同时也使她对弱者、有缺陷的人有了强烈的同情心。这次人生中不幸的经历也培养和磨炼了她作为一名作家的情感。

二、传统的南方黑人家庭

在这个典型的传统南方黑人家庭里,父亲威利·李主要给白人做佃农,母亲米妮则多在白人家里做女佣,日子过得很艰难。艾丽斯一生都热爱并敬重自己的母亲,母亲对艾丽斯的成长起着至关重要的作用。在那段艰难的日子里,母亲用自己勤劳、智慧的双手拉扯大了自己的8个孩子并且帮衬着养活了邻居家的半打孩子。她经常白天和丈夫一起在田间干活,晚上做家务直到深夜。"我们身上穿的所有衣服,甚至哥哥们穿的工装裤,都是母亲亲手做的。我们所有的毛巾和床单也是她亲手缝制的。夏天,她将蔬菜和水果制成罐头。在冬日的夜里,她缝制足够铺盖我们所有床铺的棉被。"[①]她的一天在日出前就开始了,直到深夜还没有结束。不仅如此,沃克的母亲还是个坚强乐观和具有创造力的女人,她每天从地里回来,还要侍弄她栽种的50多种花草植物。她将精心培育的花草用来遮盖破烂房屋墙上漏光的地方,既遮挡了风雨又美观怡人。"由于母亲对花卉艺术的创造性劳动,我对贫穷的记忆也

[①] Alice Walker, "In Search of Our Mothers' Gardens," in *In Search of Our Mothers' Gardens: Womanist Prose*, New York: Harcourt, Brace, Jovanovich, 1983, p. 238.

笼罩在一层由各种鲜花——向日葵、牵牛花、玫瑰……——构成的帐幔之中"。① 以至于艾丽斯成年后都还记得"人们到我母亲的庭院中来,要一些从她的花上剪下的插苗;我又听到人们对她赞不绝口,因为无论落到她手里的土地是怎样的贫瘠多石,她都能将其变成花园。一个色彩如此灿烂,设计如此别致,如此充满生命力和创造力的花园,以至直到今天人们驱车路过我们在佐治亚州的家——完全陌生的人和不那么陌生的人——都要求站在那儿欣赏我母亲的艺术,或是在其中漫步"。②

当艾丽斯·沃克试图寻找黑人女性文学的传统和追寻黑人女性艺术创造力的历史时,母亲的园艺才能和其他黑人妇女在日常家务中体现的艺术创造力给了她极大的启发。母亲对艾丽斯的影响还在于她十分重视对孩子的教育。并顶着来自其他人的压力,克服万难设法让8个孩子都得到了受教育的机会。艾丽斯离开家乡去斯佩尔曼上大学时,母亲送给了她三样东西:一台缝纫机、一个旅行箱、一台打字机。艾丽斯解释这三件礼物时说:缝纫机让我自立,旅行箱让我去了解世界,打字机决定了我将以写作为生。可见,从某种意义上说,是母亲决定了艾丽斯的人生道路。③

除了母亲,家族中的其他女性成员也对艾丽斯产生了潜移默化的影响,如她的姨妈们。在一次电视采访中艾丽斯谈到姨妈给她留下的印象:

> 我的姨妈们在北方的白人家中做佣人,有时,她们回到南方来看我们。我很难相信她们是给别人做家务活的佣人,因为她们看上去倒像是需要别人来为她们服务似

---

① Alice Walker, "In Search of Our Mothers' Gardens," in *In Search of Our Mothers' Gardens: Womanist Prose*, New York: Harcourt, Brace, Jovanovich, 1983, p. 241.
② Ibid., p. 241.
③ 王晓英:《走向完整生存的追寻:艾丽丝·沃克妇女主义文学创作研究》,苏州:苏州大学出版社,2008年,第16页。

的。她们的指甲修剪得很好看,身上穿着漂亮的衣服,浑身散发着浓浓的香水味,都是快快活活的女人。到现在我还很奇怪,为什么我的姨妈们每天给别人干活,却依然能活得如此神采奕奕呢?①

艾丽斯还承认,她的小说《紫色》中莎格的形象就是参照了她的姨妈们的形象而塑造的。

但记忆中,幼时的她与父亲及家中兄长们的关系却不像与母亲那样亲切。艾丽斯是家中最年幼的孩子,美丽聪慧、活泼可爱,因此很受父亲的宠爱。然而8岁那年的事故导致艾丽斯性情大变,之后与父亲沟通的机会渐渐减少。如上文所述,威利·李·沃克在开始他的家庭生活时表现出一种平等主义。然而,当有了艾丽斯之后,他已经变得非常狭隘,大男子主义思想和性别主义观念日益严重,他对家庭劳动的分工反映了典型的受性别歧视思想影响的双重标准。家庭中的女性会参与家务之外的劳动,但是家庭劳动变成了女性的工作。沃克先生不让他的儿子们扫地或洗碗,家里也充满了大男子主义的阴霾和暴力。艾丽斯·沃克回忆说,她对父亲在家里确立的角色和规则"不满意"。她经历了不公平的处境,"不用说,我们反抗了。"②因此,成年后艾丽斯对父亲的感情是矛盾的。一方面,她深爱着自己的父亲,因为是他拼命干活支撑起这个家,并且不顾经济困难,坚持送每个孩子上学读书。他还是美国黑人获得选举权后,当地首批敢于参加投票选举的黑人男子之一,在种族主义迫害严重的南方做到这点无疑需要巨大的勇气,艾丽斯常常为此骄傲。但另一方面,他的大男子主义和暴力使她失望,他没有为女儿们树立她们需要的男性榜样,并且把儿子们也

---

① Sharon Wilson, "A Conversation with Alice Walker" in Gates, Henry Louis, Jr. and K. A. Appiah (eds.), *Alice Walker: Critical Perspective Past and Present*, New York: Amistad, 1993, p. 319.

② Rudolph P. Byrd, *The World Has Changed: Conversations with Alice Walker*, New York: The New Press, 2010, pp. 244-245.

培养成大男子主义者。父亲威利·李负责家里男孩的教育。在孩子们还很小的时候就向他们灌输性别主义思想,并且鼓励他们出去体验性生活。但当她的一位姐姐表现出对男孩的兴趣时,父亲却将她暴打一顿后关在屋子里,并威胁说,如果怀孕了就永远不要走进家门。在威利·李·沃克家中,女孩子被排斥在男性成员的圈子之外,得不到尊重,经常遭受兄弟们的欺负和嘲弄。她们被教导要对自己的身体和生理反应感到羞耻,衣着不能暴露,而且周末的时候,当男孩子们在父亲的鼓励下到镇上追逐异性时,她们则被要求待在家中。父亲同样警告其他女儿们,如果怀孕就会被逐出家门。天性善良敏感的艾丽斯很难原谅父亲的性别歧视的态度,以及这种态度对艾丽斯姐妹们造成的心理伤害。她曾回忆说:

> 我十分渴望我的父兄们是能够让我敬佩的男人,因为白人男人——不论是电影里还是现实中——给人的印象就是统治者、杀人凶手、虚伪的人。我的父亲之所以这样,正是因为他学会了这种虚伪。我的哥哥们从来没有明白,对我来说,他们代表了世界的一半,而我对于他们来说,也代表了世界的另一半。①

从艾丽斯·沃克作品中的黑人男性人物身上或多或少都能捕捉到她父亲的影子,例如《格兰奇·科普兰德的第三生》中年轻时的格兰奇等。也许可以说,艾丽斯对笔下的黑人男性人物一向抱有矛盾的态度,其根源就在于她同父亲之间这种爱恨交织的关系。② 直至多年后艾丽斯才开始理解并原谅父亲。由于对社会和人生有了更深刻的认识,她能够以更为客观的眼光来评价这个对她的生命产生了重大影响的男人。令艾丽斯感到宽慰的是"肤色

---

① Alice Walker, *In Search of our Mothers' Gardens: Womanist Prose*, New York: Harcourt Brace Jovanovich, 1983, pp. 330 - 331.
② 刘戈:《革命的牵牛花:艾丽斯·沃克研究》,北京:高等教育出版社,2007 年,第 5 页。

歧视"和女权主义帮助她解释并理解了父亲在当时社会生活中的内化的种族歧视和性别歧视的行为,这是父亲对周围社会行为的一种模仿。同样令艾丽斯欣慰的是大哥比尔,他性情和善,尊重女性,是兄长中唯一一个对孩子和家庭负责的人,当年,为了给艾丽斯治疗眼睛,是他忍辱向白人老板借来250美元,为还这笔债,他足足花了3年时间一个子儿一个子儿地攒钱才还清。艾丽斯童年经历的磨难使她沮丧和孤独。哥哥比尔深深地感受到他那爱沉思的小妹的变化。对比尔来说,艾丽斯就是冰激凌和蛋糕;对艾丽斯来说,长兄比尔是一个了不起的哥哥。

三、重获自信的艾丽斯

1956年,艾丽斯进入普特南县伊顿顿镇的一所黑人中学读书,在这里她遇到了一位"同病相怜"却又励志的榜样,七年级教师特瑞利·杰夫斯女士。特瑞利也是小时候失去了一只眼睛,她靠自己的顽强和努力做了一名中学教师。眼疾丝毫影响不了特瑞利老师在课堂上的神采飞扬和妙趣横生,对自己外貌在意且敏感的艾丽斯顿时豁然开朗并深受鼓舞。课堂外,特瑞利老师经常与艾丽斯交流学习和生活中的点点滴滴,但却心照不宣地从未提及受伤的眼睛,让艾丽斯的敬佩之情油然而生。从这位良师益友身上,她获得了巨大安慰和信心,同时充满了感激之情。中学生活虽然不再会像小学那样因为眼睛问题受到同学们的嘲笑和欺负,但艾丽斯仍然感到被同学们孤立。

大哥比尔一直十分心痛小妹艾丽斯的境况,暗暗下定决心一定要帮妹妹找到治疗眼睛的医生。1958年夏天,经过一番努力,大哥终于找到马萨诸塞总医院的一位眼科医生。这家医院是哈佛医学院附属医院,当时在眼科治疗方面处于国际领先地位。在哥哥比尔的帮助下,艾丽斯的眼睛得到了成功的治疗,医生很巧妙地移除了眼中那让艾丽斯觉得很丑、很难看,让她6年来不敢抬头的乳白色荫翳。手术不仅改变了受伤眼睛的样子,还改变了艾丽斯的容貌,使她重拾自信,重获友情,收获爱情,取得学业上的巨大成绩以及精神世界、思想认识上的不同凡响的转变。同年,艾丽斯进入伊顿顿镇的黑人高中巴特勒贝克学校学习。

现在艾丽斯抬起头来,就可以看到一直在那里的朋友们了。正如她儿时的伙伴多丽丝·里德和朋友波特·桑福德证明的那样,她的朋友们从来没有因为这只受伤的眼睛而嫌弃她,"艾丽斯有那么多吸引人的品质,以至于在她手术前后,大多数人甚至都没有注意到她的眼睛。"①当艾丽斯从波士顿回到伊顿顿,在巴特勒贝克高中读书时,已经表现出了对种族歧视强烈的反抗意识。在她同学们的眼里,艾丽斯是一位充满魅力的女孩,她不仅学习成绩优异,而且各方面都出类拔萃,最引人注目的是她的反抗精神。当年大多数同学都不敢对种族隔离政策表达不满,但艾丽斯却毫不畏惧地指出现实社会中的不公。她的同学桑福德若有所思地说过,"……早在我们其他人意识到社会生活中的不公平并开始反抗之前,她就意识到了"。②尽管艾丽斯性格内向、沉默寡言,但她对种族不公正直言不讳,对那些倾向于默认现状的人没有耐心。伊顿顿附近有一个名叫岩鹰的景区,每年夏天都会有来自全国各地的白人到这里宿营、聚会、登山。每到这个时候,白人就会雇用当地的黑人到景区帮工。艾丽斯和波特·桑福德等很多学生就受雇于那儿,但是那儿离他们的住所很远,一趟单程也要花很长时间。有一天艾丽斯、桑德福,以及他们共同的朋友鲍比·贝恩斯一起坐桑福德的车去岩鹰打工。一路上,艾丽斯会大声疾呼,反对他们在南佐治亚州日常生活中所经历的种族不平等:白人学生可以乘坐校车,但黑人学生必须步行;白人工人的工资更高,即使黑人和白人做同样的工作;白人可以在岩鹰集会,参加娱乐活动,但黑人只能在那里服务。艾丽斯认为这是不合理的、不可接受的;而桑福德认为黑人必须接受,抱怨也没有用。艾丽斯被他的态度激怒了,她

---

① Evelyn C. White, *Alice Walker: A Life*, New York: W. W. Norton & Company, 2004, p. 52.

② Ibid., p. 53.

要求桑福德停车让她下车。她说服贝恩斯接受她的观点并下车,和她一起走完了剩下的到岩鹰的路程。多年后,鲍比·贝恩斯评论道,艾丽斯"从不接受南方黑人的卑微地位,她的个性中孕育着巨大的反叛性,这使她成为黑人社区中的一股真正的力量。"①

此次事件之后,艾丽斯已经昂起了头,做课堂作业就像复活节演讲一样完美地从嘴里冒出来容易,她作为毕业生代表在毕业典礼上致辞、成为最受欢迎的学生,像女王一样从高中毕业。艾丽斯把对公民的关注和对学术的追求结合在一起,将自己对受压迫人民,尤其是非洲裔美国人的困境的感受融入她的学业。把戏剧选段搬上舞台,指导演出,让她的同学兼好朋友扮演想冒充白人的黑人家庭的女儿。这是为了警醒她的同胞:由于黑人不断被贬低,他们学会了憎恨自己。②

艾丽斯从小尝尽生活的艰辛和黑人经常受到的种族歧视,深切体会到社会制度的不公。她父亲是白人佃农,一家人常常随着父亲不稳定的工作从一处棚屋搬到另一处棚屋,饱尝颠沛之苦。母亲给白人做佣人,每天都需要出去工作,经常累得精疲力尽,双脚浮肿。艾丽斯曾经愤怒地写道:"我生长在南方,这使我对不公正的行为有种非常敏锐的认识——一种非常快速的反应。"③

尽管艾丽斯在高中阶段学习成绩优异,但对她在佐治亚州普特南县的学业或职业选择并无太大帮助。由于美国南方的社会经济制度,她的前途受到诸多限制。她的第一个愿望是成为一名钢琴家。但她父母支付不起每节课50美分的学费。沃克说,回想过去,我已经很努力了,但我不可能每周都提高。虽然她不擅长画

---

① Evelyn C. White, *Alice Walker: A Life*, New York: W. W. Norton & Company, 2004, p.53.

② Ibid., p.61.

③ 转引自刘戈,《革命的牵牛花:艾丽斯·沃克研究》,北京:高等教育出版社,2007年,第7—8页。

画,但她想以艺术家为职业。①然而,艺术用品也很昂贵。在她的眼睛受伤和白内障手术清除后,艾丽斯想成为一名科学家。可是,她青少年时期的吉姆·克劳(Jim Crow)制下的学校永远不会提供支持她梦想的课程。

艾丽斯深深感受到伊顿顿种族不平等的直接和间接影响。她从父母饱经风沙、痛苦不堪的身体,以及他们随着时间的推移而丧失的精神和韧性中看到了这一点。艾丽斯看着哥哥姐姐们一个接一个地离开了家,离开了南方。她痛苦地意识到,为了继续热爱那片土地,必须离开。艾丽斯不愿意做女佣,不愿意做担惊受怕的二等公民,也不愿意做她的哥哥姐姐们拒绝做的任何事情。如果继续待下去,她就得服从"吉姆·克劳"的统治,过一种卑贱的、几乎不能容忍的生活。艾丽斯要离开家,但她不愿离开南方。于是她申请转学去亚特兰大市的斯佩尔曼女子学院,因成绩优异而且眼睛受伤而致残,她获得了斯佩尔曼学院为残疾学生专门设立的全额奖学金。1961 年 5 月,巴特勒-贝克新闻(Butler-Baker News)宣布,艾丽斯·沃克在完成斯佩尔曼的学业后,她的目标是在艺术方面追求卓越。1961 年 8 月,威利·李·沃克先生开车送女儿去伊顿顿的汽车站,艾丽斯带着社区父老乡亲赞助的 75 美元路费和她母亲送给她的三件她从未拥有过的东西:一台打字机、一台缝纫机和一个手提箱,踏上了追梦之旅。

第三节 成为自己:艾丽斯·沃克的引路明灯

生存对我的一部分意义就在于知晓我现在和过去的区别。就是能够不仅在经济上照料自己,而且在思想上也关心自己。在我被不公正地对待时,能够辨别并知道

---

① Rudolph P. Byrd, *The World Has Changed*: *Conversations with Alice Walker*, New York: The New Press, 2010, p. 232.

是谁伤害了我。这意味着觉醒过来,保护我自己和我所爱的人。这意味着成为世界群体的一部分,保持警惕,知道自己加入的是哪一部分,如果该部分不适合自己,知道该如何转到其他部分去。知晓就是存在;存在就是介入,去走动,去用我自己的眼睛看世界。这,至少就是民权运动赐予我的。[1]

如果民权运动"死了",假如它没有给我们别的东西,它也把我们永远给了彼此。它给我们中的一些人面包,给一些人安身之所,给一些人知识和自尊,给我们所有人安慰。它让我们所有的人重获新生,有了生存的目标。它打破了黑人在这个国家受奴役的模式。它打碎了白人肥皂剧虚假的"承诺",而这些承诺曾经吸干了如此许多可怜的生命。它给了我们历史和比总统还伟大的人物。它给了我们英雄:勇敢、强大、无私。让我们的年轻人去学习。它给了我们明天的希望。他唤醒了我们。[2] 我比以往任何时候都更为努力地奋斗,为自己的生活,也为获得成为自己的机会,而不仅仅再作为数字和影子存在。

——《民权运动:它有什么好处?》

1876年在美国南方实行种族隔离制度的吉姆·克劳法规定公共设施必须依照种族的不同而隔离使用,且在隔离但平等的原则下,种族隔离被解释为不违反宪法保障的同等保护权,因此得以持续存在。依据此条例,在公共交通工具、学校、公园、墓地、剧院、餐馆等公共设施和场所都必须依照不同的种族隔离使用。吉姆·克劳法以及其他形式的种族隔离措施对美国南方的种族歧视产生了深远的影响。美国黑人主要处于社会经济的底层,贫穷与教育

---

[1] 刘戈:《革命的牵牛花:艾丽斯·沃克研究》,北京:高等教育出版社,2007年,第211页。
[2] 同上书,第214页。

的缺乏在美国黑人的社区里形成了恶性循环,导致了更高的犯罪率和社区发展的滞缓。美国南部的黑人在19~20世纪中期的绝大部分时间里都没有实质意义上的选举投票权,这使得美国黑人的社会地位的改善变得更为困难。长期以来,美国在政治、经济、社会、文化和其他社会生活领域,都以完全合法的形式实行这种歧视制度。20世纪50年代,美国南方的种族歧视和对黑人的迫害十分严重。美国黑人多年来争取自己权益的斗争在五六十年代终于火山般地爆发了,民权运动如火如荼达到高潮。对于刚刚踏入大学校园的艾丽斯来说,20世纪60年代的民权运动和运动领导马丁·路德·金的精神和力量唤醒了她对人类精神的信仰,指引着她前进的道路。

一、南方的"革命"

在美国重建时期,随着联邦军队撤离南方,美国南方的白人势力卷土重来,通过相关选举法,剥夺了南方绝大多数黑人的选举权,使得黑人的社会地位的改善更为困难。不仅如此,南方黑人每天还要面对白人的歧视、公共场所的隔离以及私刑。在这样的背景下,改变美国社会中种族不公平现象的愿望应运而生。二战后,越来越多的南方黑人提出自由平等的诉求,在黑人政治家、宗教人士和黑人组织的领导下,开始了废除种族隔离和争取平等权利的抗争。20世纪40年代,詹姆斯·法默(James Farmer)以及其他几位同道人共同创立了争取种族平等大会(Congress of Racial Equality,简称CORE)。在亨利·戴维·梭罗以及甘地的思想的指导下,种族平等大会的成员坚信通过直接而非暴力的方式,他们可以建立更平等公正的种族环境。1954年,布朗诉教育局案宣布公立学校的种族隔离违宪,此项判决推翻了美国联邦法院在1896年关于"普莱西诉弗格森"一案的裁决。

克劳德特·科尔文(Claudette Colvin)是一名民权运动先锋。在1955年3月的一天,科尔文如往常一样搭乘公交车回家。当巴士司机要求科尔文给白人乘客让座时,科尔文拒绝了司机的要求。

随后,科尔文被驱逐下车并被警察逮捕。科尔文是美国民权运动时期第一名公开抵制公交车实行种族隔离措施的民权斗士。她激励了许多民权积极分子为改善社会不公平的状况而不懈努力。也正是在9个月以后,罗莎·帕克斯的著名的抵制为蒙哥马利巴士抵制运动拉开序幕。

1955年12月1日,在美国亚拉巴马州的蒙哥马利,罗莎·帕克斯,一位劳累了一整天的黑人妇女裁缝,登上回家的巴士时已经很疲惫了。这位黑人妇女还有一个身份,她是当地美国黑人组织NAACP(美国全国有色人种协进会)的成员。按照种族隔离阀的规定,她在黑人座位区就座。当她搭乘的巴士行驶过几个车站以后,上来一位白人乘客,可是这时车厢座位已经坐满。巴士司机命令罗莎·帕克斯将她的座位让给白人乘客。不知道是因为那天她特别疲劳还是因为她再也无法忍受不公和屈辱,罗莎·帕克斯拒绝让座。随后,帕克斯被警察逮捕。帕克斯打电话向NAACP的黑人律师E.D.尼克松求助,E.D.尼克松不仅替她交了保释金,而且决定将这个案件告到美国联邦法院。因为他认为,警察以违反当地公交车种族隔离法的罪名拘捕帕克斯有违联邦宪法。帕克斯在黑人社区广为人知,深受人们敬重,人们将会为她的申诉而行动。他相信,如果判决利于帕克斯,必将导致种族隔离法的废止。在马丁·路德·金、E.D.尼克松等一些在蒙哥马利的民权积极分子组织了这场公交抵制运动。民权斗士们号召蒙哥马利市内的黑人拒绝搭乘公交,步行或者搭乘的士上下班,以表达对帕克斯的逮捕以及种族隔离政策的抗议,巴士抵制运动从此拉开帷幕。

巴士抵制运动领导人决定在12月5日开始拒乘公交车的抵制运动,那天正好是帕克斯的出庭日。在抵制运动的前一天晚上,民权领袖马丁·路德·金发表了一次鼓舞人心的演讲,让人们深刻意识到美国社会种族隔离的严重性。同时,他又着重指出非暴力运动的重要性,他告诫听众不要让他们的心灵被仇恨淹没,而要尊崇基督教的原则去爱那些歧视黑人的种族主义者。这天晚上,马丁·路德·金辗转反侧,无法入睡,他担心参加抵制运动的黑人太少以至于失去意义。如果此次抗议行动不成功,黑人的命运将会比以前更悲惨。令人欣慰的是,在第一天的抵制运动中,黑人集体拒绝了搭乘蒙哥马利的公交车,抵制运动奏效了!

值得一提的是,蒙哥马利的非裔美国人是搭乘当地公交巴士的主要乘客。大约 18 000 名黑人乘客每天大约总共搭乘 40 000 次公交车上下班。美国黑人的集体抵制巴士的行动使得蒙哥马利公交公司迅速陷入了亏损状态,白人当局开始采取各种手段施加压力。拒绝搭乘公交车的非裔美国人主要采取步行的方式出行。不过,有些人也得到了别人的帮助。由 18 名黑人组成的的士队为步行的非裔美国人提供廉价的服务,一次只收 10 美分。不过,一条新规要求黑人乘坐的士的费用一次不得低于 45 美分,企图用蒙哥马利法律阻止了黑人司机们的善行。拥有汽车的黑人志愿为其他黑人提供帮助,但也面临着来自白人交警和保险公司的蓄意为难。尽管面临被解雇甚至被 3K 党暴力报复的威胁,美国黑人依然坚定地支持了蒙哥马利巴士抵制运动。一名被众人称为"妈妈波拉德"(Mother Pollard)的黑人老妇说道:"我的双脚十分疲倦,但我的心灵却十分安宁。"①

1956 年 6 月 4 日,蒙哥马利地区联邦法庭做出裁决,裁定亚拉巴马州的公交种族隔离法违宪。不过,地区联邦法庭的裁决并没有立即得到有效的实行。民权运动者们依旧坚持着巴士抵制运动。在美国最高法庭于 1954 年的布朗诉托皮卡教育局案做出改变历史的裁决以后,美国最高法庭于 1956 年再次做出了一项重大裁决。1956 年 11 月 13 日,美国最高法院支持了联邦地区法庭的裁决,认定蒙哥马利市的公交种族隔离法违宪。最高法院的裁决随后成了一条法令,规定非裔美国人有选择自己想要的座位的权利。在得到了较为满意的答复以后,蒙哥马利巴士抵制运动的参

---

① https://baike.baidu.com/item/%E8%92%99%E5%93%A5%E9%A9%AC%E5%88%A9%E5%B7%B4%E5%A3%AB%E6%8A%B5%E5%88%B6%E8%BF%90%E5%8A%A8/9098757? fr=aladdin. 2022-9-1.

与者于1956年12月20日正式结束了他们的抵制运动。蒙哥马利巴士抵制运动(Montgomery Bus Boycott)是美国民权运动历史上的一座里程碑。它展现了非裔美国人以及支持民权运动的其他美国人的反抗种族隔离与社会不平等的决心与毅力。

在蒙哥马利巴士抵制运动的影响下,1956年布劳德诉盖尔案宣布在州内运营的公交车上实行种族隔离为非法,1960年博因顿诉弗吉尼亚案禁止了洲际客运中的歧视。虽然公民权利的进步是通过法律途径取得的,但在实际的社会生活中大体没有变化,因为这些权利一般都没有得到执行和保护。因此,民权活动人士抗议行动气势日益高涨。

当帕克斯拒绝给白人让座时,艾丽斯只有十一二岁,年幼的她尚不清楚蒙哥马利抵制运动的伟大意义。但当她从波士顿回到伊顿顿,在巴特勒贝克上中学时,已经显示出对种族歧视强烈的反抗意识。1961年秋天,当艾丽斯来到佐治亚州的亚特兰大时,她走进了一个充满了可能性和即将发生变化的城市。几年来,意志消沉的黑人公民自发地、有计划地对抗种族隔离,最终形成了一场废除吉姆·克劳制度、维护非裔美国人民权的运动。1956年12月蒙哥马利市公车抵制运动取得胜利后,受其鼓舞,1957年1月,在亚特兰大的电车和巴士上,一群牧师们展开了反对佐治亚州公共交通隔离政策的静坐示威。同样是在1957年1月,斯佩尔曼学院社会科学俱乐部的学生成员和他们的导师霍华德·津恩坐在州议会大厦画廊的白人区,也对州议会画廊里的种族隔离政策进行抗议。第二年,学生和他们的教授将回到议会大厦,举行一场无声的抗议。直到1963年1月,佐治亚州议会大厦和其他一些州政府设才废止了种族隔离制度。其中,斯佩尔曼社会科学俱乐部的学生成员在结束亚特兰大公共图书馆系统的种族隔离政策方面也发挥了重要作用。

二、外面的世界

1960年10月的一天,16岁的艾丽斯在电视上看到了令她震惊的一幕。那台比手掌大不了多少的黑白电视屏幕上,正播放一个现场画面:一名双手戴着手铐的黑人牧师被推进警车,罪名是他在蒙哥马利公交车抵制运动之后,再一次领导抵制吉姆·克劳法的行动。这是艾丽斯第一次见到马丁·路德·金,但也就是这一次看到的这一幕,决定了她今后选择的人生道路。许多年以后,已经成为著名作家的艾丽斯,在她的散文《选择:献给马丁·路德·金》中,记载了她当时在电视新闻里看到马丁·路德·金时的感想:"他竟然敢于索要自己作为一个真正美国人的权利,他的身姿同他的神态一样,是那样的坦然镇定。从看见他抗议的那一刻,我就知道了,我永远不可能生活在这个国家而不反抗任何要剥夺我权利的企图,我绝不会不反抗就被迫离开我出生的这块土地。"马丁·路德·金使她变成了另一个人。"看到金博士被逮捕的那一幕,对我来说,绝对是我人生的转折点。"艾丽斯后来说:"他向我表明,黑人可以不再像从前那样,对白人低眉顺眼,任人摆布,服从那没有人性的种族隔离政策。他把希望传递给了我。"[1]

从那时起,艾丽斯就确立了自己要为黑人平等权利而奋斗的人生目标。就在高中毕业前夕,她在佐治亚州全州戏剧表演比赛中为巴特勒贝克学校赢得了最高荣誉。参加这次比赛的短剧是艾丽斯改编并导演的,短剧脚本选自范妮·赫斯特1933年出版的小说《生活的模仿》,该剧表现了一个黑人家庭与他们浅肤色的女儿之间矛盾、痛苦的关系。剧中女儿羡慕白人,不能接受黑人文化,对在白人家做佣人的母亲感到羞耻。扮演女儿的演员瑞德回忆道:"艾丽斯改编的这个舞台剧本,让观众真正感受到南方种族歧视的问题。我扮演的女儿一心想当白人,这正是黑人受到长期歧视和人格被贬低的结果,就连黑人自己都讨厌自己。我看到观众都被震撼了。艾丽斯迫使你看到人人都不想看到的丑恶黑暗的

---

[1] Alice Walker, *In Search of our Mothers' Gardens*: *Womanist Prose*, New York: Harcourt Brace Jovanovich, 1983, p. 144.

一面。"①

　　高中毕业后,艾丽斯怀揣梦想,在父亲的担忧又不舍的目光中走向斯佩尔曼女子学院。她知道只有接受更多的教育,才能改变自己的命运,只有掌握更多的知识,才能实现她为黑人争取平等自由的理想。1961年8月,17岁的艾丽斯在去斯佩尔曼学院的路上再次表达了她对种族隔离的蔑视。亚拉巴马州蒙哥马利市的罗莎·帕克斯(Rosa Parks)在城市公交车上拒绝给一名白人乘客让座,从而引发了1955年蒙哥马利公交车抵制运动,受此启发,艾丽斯在登上一辆开往亚特兰大的巴士后,采取了类似的挑衅姿态。她公然蔑视种族隔离法,坐在公共汽车的白人区,直到司机强迫她离开。但就在她惶惑不安地挪动的时候,在那移动的几秒钟里,一切都改变了。她眼里噙满泪水、抑制着心中的愤怒,暗暗发誓一定要让这种黑人受辱的情况在南方结束!她心中逐渐激荡起了一股不可遏制的力量,因为她致力于创建一个尊重、保护和珍视所有公民的社会。

　　在斯佩尔曼学院学习期间,她遇到了学者、女权主义者贝弗利·盖-谢夫托(Beverly Guy-Sheftall),以及被莫尔豪斯学院(Morehouse College)录取入学的学者、社会活动家罗伯特·艾伦(Robert Allen)。她还向历史学家霍华德·津恩(Howard Zinn)和斯图顿·林德(Staughton Lynd)学习,在他们的支持和鼓励下,她参与了一系列非暴力的静坐、游行示威等抗议活动。

　　斯佩尔曼学院始建于1881年,是一所专为刚刚摆脱奴隶命运的黑人创办的女子学校。学校的办学宗旨从一开始就很明确,除了培养虔诚的基督教信徒,还为黑人女子提供职业技能方面的教育。作为一所教会学校,学校对学生的行为举止有着严格的要求,同时重视向她们传授家政技能,致力将进入学校的黑人女孩培养成宗教信仰虔诚、专业技能娴熟、举止优雅的服务于白人家庭的管

---

① Evelyn C. White, *Alice Walker: A Life*, New York: W. W. Norton & Company, 2004, p.61.

家和黑人中产阶级的主妇。随着时间的推移,学校的课程设置范围逐渐扩大,增加了一些如文学、地理、数学和英语等人文学科基础科目。当艾丽斯入学的时候,该校已有80年的建校历史,但其办学宗旨始终没有改变。校园四周仍然环绕着高12米的石头墙,学校对学生的着装、走路姿态、倒茶方式都有一定的要求。学生每周要做六次礼拜,进出宿舍必须签到,晚上10点之前必须回到宿舍。学生们与男生的接触也受到严格监控。在这所学校里"亚特兰大市的白人权力机构和黑人学院管理层之间视乎达成了一个不成文、没有公开宣布的协议——是我们白人让你们这些黑人进入如此漂亮的校园学习……作为回报,你们绝不能做违反白人意志的事"。[1]尽管如此,艾丽斯来上学的目标很明确,除了读书、学习写作,更为重要的是,她希望能参与亚特兰大日益高涨的民权运动。由于她出众的才华和优异的学习成绩使她在斯佩尔曼出类拔萃。在霍华德·津恩和斯托顿·林德,以及斯贝尔曼学院的其他教师、活动人士和导师的鼓励下,艾丽斯参加了由亚特兰大大学中心(Atlanta University Center)的学生组织发起的示威活动,这些组织与学生非暴力协调委员会(SNCC)有密切的合作。

大学第一学年艾丽斯取得了非常出色的成绩,由于她的杰出表现,1962年,她被选为学生代表,参加在芬兰赫尔辛基举行的世界青年学生联欢节。世界青年学生联欢节,又叫世界青年与学生和平友谊联欢节,是一个不定期举办的左派国际综合性青年活动。由总部设在匈牙利的布达佩斯的世界民主青年联盟(World Federation of Democratic Youth,简称 WFDY)主办,协办单位是国际学生联盟(International Union of Students)。简而言之,世界青年学生联欢节是由苏联为首的国家举办的大型国际活动,主题为反对侵略和战争,歌颂和平与友谊。这一活动标志着艾丽斯对激进主义政治活动越来越投入,以及她对国际事务越来越多

---

[1] Evelyn C. White, *Alice Walker: A Life*, New York: W. W. Norton & Company, 2004, p. 67.

的意识和关注。作为参加世界青年联欢节的黑人学生代表,艾丽斯与同伴还有幸拜访了科雷塔·斯科特·金,她是艾丽斯最敬重的黑人民权运动领袖马丁·路德·金的夫人。科雷塔是当时亚特兰大唯一积极公开投入追求和平运动的黑人女性。

这次去芬兰赫尔辛基参加国际青年活动是艾丽斯第一次出国,由"亚特兰大黑人教堂里慷慨的女性"资助。她们支持艾丽斯和亚特兰大的另一名学生"从另一个大陆看世界的愿望,并在1961年美国恢复核试验后表明我们对世界和平的承诺"。① 从1962年7月28日到8月6日,来自世界各地的年轻人聚集在赫尔辛基,组织了各项活动。通过交流、歌唱、文化表演等,世界青年们分享信息、交换思想、一起欢笑或哭泣面对全球在社会、政治和经济方面人们遭受的压迫,并对追求全球和平满怀信心和希望。崭露头角的社会活动家安吉拉·戴维斯(Angela Davis)和格洛丽亚·斯泰纳姆(Gloria Steinem)也参加了这次联欢节,艾丽斯和她们后来成了朋友和同事。这次活动中,古巴青年学生代表表现出来的革命热情给艾丽斯留下了尤为深刻的印象,她仔细阅读新结交的古巴朋友送给她的,古巴领导人卡斯特罗著名的《历史将宣判我无罪》,完全沉浸其中,"我边读边哭,边哭边读,因为我意识到一种我早已熟悉的斗争的本质"。② 这本书使她对古巴革命的原因有所了解,同时也向她提供了一个走进马克思主义科学理论的窗口。除了美国南方黑人的苦难之外,沃克对世界上的压迫状况知之甚少。在赫尔辛基,她开始将压迫的国际性概念化。在此之前,她一直不相信穷人能够战胜顽固的、根深蒂固的压迫势力。然而,古巴革命却证明了事实并非如此,"通过发动革命,古巴人证明了压迫不必永远持续下去……这对我来说非常重要,"沃克写道,"我想我这种'不合逻辑'的绝望部分是由于我的政治无力感,某种

---

① Alice Walker, "My Father's Country Is the Poor," in *In Search of Our Mothers' Gardens: Womanist Prose*, New York: Harcourt, Brace, Jovanovich, 1983, pp. 200 - 201.

② Ibid., p. 201.

程度上是由于缺乏生活阅历造成的。我认为穷人不可能赢……但这里终于出现了一个我可以尊重的革命人民,他们明确表示不会认输"。①此次联欢节令艾丽斯陶醉的还有苏联诗人叶夫根尼·叶夫图申科的读诗活动。叶夫图申科是一位充满激情、情感丰富的青年诗人,他强烈的爱国主义精神和共产主义情怀深深打动了艾丽斯,使艾丽斯对俄国文学产生了浓厚的兴趣。对于一心想走到民权斗争前线的艾丽斯来说,叶夫图申科似乎成了她的灵魂伴侣和文学战友。这一切使得艾丽斯更加渴望了解苏联和社会主义革命运动。所以在联欢节后,和同伴乘火车前往莫斯科。在经过莫斯科红场时,艾丽斯惊讶于列宁墓前排着的长队,了解情况之后,深深地为自己对历史和政治的无知感到羞愧。怀着想要了解社会主义和苏联的渴望、怀着对俄罗斯文学及文学家的仰慕,艾丽斯决定下一学年一定要选霍华德·津恩的俄国历史课程,以便更好地了解俄国、了解世界。

三、"脱颖而出"的艾丽斯

在艾丽斯成才、成长的道路上,成就她的除了自身的天资禀赋、家庭环境,更为重要的是在生活和学业上给予她帮助、在精神情感和政治素养等方面施与她积极影响和直接或间接为她引路的良师益友。斯佩尔曼学院的历史学教授霍华德·津恩便是她最为敬重的教师之一,艾丽斯入学时津恩教授担任历史和社会科学系主任。1962年秋季学期,艾丽斯如愿选修了津恩教授的俄罗斯历史跨学科课程"革命与回应"。他指定了必读内容:果戈理、契诃夫、陀思妥耶夫斯基、托尔斯泰、高尔基、屠格涅夫等。教授的授课内容不仅包括俄国历史,还涉及大量的作家作品和俄国文学艺术

---

① Alice Walker, "My Father's Country Is the Poor," in *In Search of Our Mothers' Gardens: Womanist Prose*, New York: Harcourt, Brace, Jovanovich, 1983, pp. 201-202.

等,这门课程的学习可以说是艾丽斯人生成长历程中的一道分水岭。① 艾丽斯阅读了她能找到的所有俄罗斯作家的书,"我阅读它们就像在品尝美味的蛋糕让我欲罢不能:托尔斯泰(尤其是他的短篇小说,以及《克鲁泽奏鸣曲》和《复活》这两部小说教会了我通过政治和社会预测来挖掘个人本质精神的重要性,因为否则,人物,无论他们代表什么政治或当前的社会问题,都将无法生存),陀思妥耶夫斯基,他在其他人似乎不敢看的地方发现了自己的真理,屠格涅夫、高尔基,还有果戈理,他们让我觉得俄罗斯的空气中一定漂浮着文学艺术的养分,这些作家们从一出生就呼吸到它们。只有一件事在多年后开始困扰我,那就是我几乎找不到任何俄罗斯女作家的作品。"②没有听到女性作家的声音,她便找到了与叶夫申科同时代的反革命诗人安娜·阿赫玛托娃(Anna Akhmatova)的作品来阅读。艾丽斯在这门课程的学习上如鱼得水,尽管她在课堂上说话不多,但在课堂上没有说的,她在课程论文中表达了。这篇论文体现的敏锐的洞察力、批判性、雄辩、智慧和优雅的文采使津恩教授大为惊讶,以至当津恩教授拿去与同事们分享这篇论文时,有一位白人教授质疑是否为艾丽斯所写,甚至怀疑是抄袭来的。对此,津恩教授愤然反驳道整个亚特兰大城都找不出能写出这样的文章的人啊!

津恩不仅是一位令人敬重的教授,也是一位坚定的民权运动支持者。他是一位白人教授、犹太移民的儿子,在布鲁克林一个工人阶级社区的贫困家庭里长大,后来在哥伦比亚大学获得历史学博士学位。津恩教授对黑人很友善,对那些像艾丽斯一样在贫困中长大的黑人学生特别关心。艾丽斯曾回忆说津恩教授是第一个与她进行过真正交谈的白人教授,他风趣、友好、真诚,与冷若冰霜的其他白人完全不同。他十分尊重艾丽斯、赞赏艾丽斯的智慧和

---

① 王晓英:《艾丽斯·沃克:妇女主义的传奇》,武汉:华中科技大学出版社,2019年,第 29 页。

② Rudolph P. Byrd, *The World Has Changed: Conversations with Alice Walker*, New York: The New Press, 2010, p.45.

能力。津恩是一位敬业的教授，也是民权、非暴力抵抗运动的典范，他非常支持学生的抗议活动，并鼓励同学们反对校方一些过分严苛的规制。

1963年春季学期结束时，在毫无征兆的情况下学校解雇了已经获得终身教职的津恩教授。校长并未说明理由，但大家心里都清楚，因为津恩教授被视为校园抗议活动的领袖。校方将津恩视为"一个煽动者，而不仅仅是抗议活动的支持者"①。艾丽斯得知消息后非常震惊，学校怎么能因为教授鼓励学生争取民主而解雇他呢？在一个声称热爱自由的国家里，这难道不是教育工作者的职责吗？解雇事件使得校园里对津恩的支持和对校方的怨恨不断涌现。艾丽斯返校后立即在校报《聚光灯》发表了一封公开信，信中表示了强烈的抗议，她质疑了津恩被突然解雇的原因，强调了津恩对学校的"现代气息和民主进步精神"的贡献，并对缺乏表达自由的大学表示了遗憾。②艾丽斯的这一举动被公认为斯佩尔曼学院有史以来最具反抗性的行为。

斯佩尔曼学院会解雇像津恩这样的敬业的美国人，艾丽斯认为这是不合情理和虚伪的。这一事件强化了艾丽斯对斯佩尔曼的看法，她认为斯佩尔曼是一个深陷殖民主义政治的不公正制度。随后不久，艾丽斯便获得了2 000美元的奖学金，支持她前往巴黎留学。艾丽斯认为学校并没有为那些冒着生命危险试图推翻吉姆·克劳法的黑人学生提供任何支持，却资助学生去欧洲……文明的摇篮学习交流。这让她觉得非常不舒服。所以她拒绝了。艾丽斯认为不合作是非暴力抵抗的一个部分，是人们抵抗专制权威的一种手段，她以拒绝此次奖学金践行了这一原则，艾丽斯对奖学金的拒绝在斯佩尔曼的历史上是前所未有的。③

---

① Howard Zinn, *You Can't Be Neutral on a Moving Train*, *A Personal History of Our Times*, Boston, MA: Beacon Press, 1994, p.40.

② White, Evelyn C, Alice Walker: *a life*. New York: W. W. Norton and Company, Inc. 2004, p.86.

③ Ibid., 90.

奖学金是梅里尔家族提供的,在梅里尔得知艾丽斯的家庭背景后对艾丽斯的决定感到困惑。他质疑她拒绝奖学金的智慧,同时也质疑她成为作家的资质。梅里尔那以施赠者自居而居高临下的态度,正是艾丽斯与斯佩尔曼管理层打交道的种种经历的写照,艾丽斯因此感到沮丧。她继续担任社会科学俱乐部的主席,但没有津恩的指导,她有点茫然。她还得知,自己在斯佩尔曼学院唯一喜欢的另一位教授斯托顿·林德(Staughton Lynd)要辞职。作为霍华德·津恩的同事和朋友,林德也对学校解雇津恩感到愤怒。当林德递交辞职信时,他向津恩传达了他想帮助艾丽斯转到另一所学校的意愿,因为她在聚光灯下的那封公开信将会结束(她的一切)。[1] 林德是艾丽斯的美国历史课教师。和津恩一样,斯托顿·林德也被艾丽斯的才智和写作风格打动。他还对艾丽斯的勇敢印象深刻,并"称赞她敢于直面和质疑曼利(斯佩尔曼学院校长)"。但他也意识到,管理部门可能会对学生和教职员工怀有报复心。无论如何,艾丽斯不能继续留在斯佩尔曼了。

就在学校解聘津恩教授的那个暑假,1963年8月,她参加了美国历史上最大规模、最具有历史意义之一的示威游行活动:"华盛顿大游行"。持续多年的非暴力抵抗种族歧视和人类侮辱最终以美国历史上最大规模的华盛顿游行示威达到顶峰。1963年的夏天注定是不同寻常的,对艾丽斯来说尤其如此。她和男友德莫斯参加了示威游行活动,就在25万多的示威者之中。游行队伍聚集在首都华盛顿,在林肯纪念堂和华盛顿纪念馆之间的林荫道上以和平集会的方式举行了黑人争取就业和自由的示威和大游行。许多国内和国际知名人士出席了会议。马丁·路德·金博士发表主题演讲:《我有一个梦想》。演讲的每一个字都清晰地敲打着她的耳膜,撞击着她的心灵。后来,她如此描述金演讲的感染力:

---

[1] Evelyn C. White, *Alice Walker: A Life*, New York: W. W. Norton & Company, 2004, p. 89.

马丁·路德·金的演讲已经与南方黑人宗教的情感融为一体,当他响亮的嗓音越过聚集在那里的成千上万人的头顶时,我真切地体会到了在教堂里长大的南方人感受到的激动心情。伴随着那些铿锵有力的话语——是激情澎湃的节奏,是绷紧心弦的停顿——那是一个真正一流的演讲。当一个真正一流传教士的舌头滚动时,打动你的不一定是词汇本身,而是充满激情和情感的节奏,还有更加充满激情的停顿。①

金不仅激发了艾丽斯的希望,也给了她存在的理由和一个对未来清晰的计划。同时,她的灵魂随着马丁·路德·金演讲的推进得到了升华。马丁·路德·金的演讲《我有一个梦想》把游行活动推向了高潮。这项以非暴力的抗议行动为主要手段、争取黑人民权的群众斗争,对美国黑人政治地位的进一步提高和唤醒黑人更积极地参与政治生活起到了非常重要的推动作用。

参加了华盛顿游行之后,艾丽斯更加渴望投身到火热的民权运动。但是,当她回到斯佩尔曼,经历了"公开信"和"拒绝奖学金"等事件后,她越来越觉得被一种难以忍受的窒息感笼罩。斯佩尔曼女子学院长期以来坚持所谓的"淑女"标准对黑人女学生进行严格培养,禁锢了学生的个性和自由独立意识的发展。艾丽斯失望地发现斯佩尔曼学院的文化与其说是解放,不如说是压迫。在这个民权运动风起云涌的时代,就在与学校一墙之隔的街道上,许多黑人和学生走上街头,大胆跨越种族隔离的警戒线,以各种形式反抗种族歧视,争取平等权利以推动社会改革。艾丽斯越来越感觉到自己与身处环境的格格不入,并且强烈地意识到自己成为作家和民权运动者的希望在这所学校很难实现。于是,1963年底她毅然向学校提出退学的要求。1963年12月在斯托顿·林德及其母

---

① Evelyn C. White, *Alice Walker: A Life*, New York: W. W. Norton & Company, 2004, pp.83-84.

亲萨拉·劳伦斯学院资深教授海伦·林德的帮助下,艾丽斯转学到纽约的萨拉·劳伦斯女子学院。尽管种族主义仍存在于这所进步的纽约女子学院,但她却有幸置身于特别利于成长为一名作家的理想环境中学习和生活,在这里,有惜才爱才的哲学启蒙老师、毕业论文导师、资深教授海伦·林德;不仅给予艾丽斯写作指导,而且帮她进一步坚定写作决心的白人教授简·库珀;以及艾丽斯视为人生导师的美国著名诗人穆里尔·鲁凯泽教授。萨拉·劳伦斯学院的老师们精心地栽培和扶持了艾丽斯,使她在成为艺术家和成人的道路上汲取了充足的养料。

萨拉·劳伦斯学院成立之初是一所私立女子学院。最初只接纳信奉新教的富裕白人女孩,但后来在学生群体的构成方面,这所学校变得更加多样化。在进步教育家马里恩·科茨(Marion Coats)的领导下,萨拉·劳伦斯学院将革新教育模式,遵循这些原则:对自己的教育负责、按照自己的节奏学习、鼓励发展自己的个性。在这种新的教育教学模式下,每位学生都有一位专业导师,由导师指导学生个性化学习,而不是传统的选择专业和辅修课程。学生在毕业时,收到的是一份书面评估报告,而不是成绩单。在康斯坦斯·沃伦就任萨拉·劳伦斯的校长的16年,她进一步发展了萨拉·劳伦斯的进步课程和学生指导体系。沃伦和她的老师们会鼓励并强调在制定课程时采用跨学科的方法,这样学生们就能对这个复杂的世界有更现实的理解。

艾丽斯发现萨拉·劳伦斯是一个"有营养"的环境,一入学就喜欢上了这所学校。正如她后来写的那样,这正是她寻找的,因为这里鼓励学生自由发挥个人所长,她可以随心所欲地发声、表达自己。海伦·林德、简·库柏、穆里尔·鲁凯泽等老师的引导不仅大大地提升了艾丽斯的学术素养,而且极大地影响着艾丽斯的人生。尤其是那位长着一头狮子般浓密黑发的美国著名女诗人穆里尔·鲁凯泽教授,对艾丽斯的文学道路的发展起到了至关重要的作用。穆里尔不仅在文学领域涉猎广泛,她还是位政治活动家,她的诗歌和其他作品常常聚焦在平等、女权、社会正义等主题上。她那句广为流传的一诗句"组成宇宙的是故事,而非原子"对艾丽斯的文学创作产生了重要影响,坚定了她通过写故事来表达反抗种族主义、为黑人争取平等的决心。艾丽斯发现穆里尔身上有种勇敢和力量,她还从穆里尔那里学到,"诗歌如果做得好,总是关乎真理,它是颠覆性的……她教我对写作充满激情,并按自己的方式生活在这个世界上,这比任何关于结构或技巧的细节都重要。"①"无所畏惧,不被任何人吓到",艾丽斯眼中的诗人、预言家、真理实施者穆里尔·鲁凯泽正是这样激励着她,让她下定决心以自己的方式生活在这个世界上。"如果不是因为她,我可能永远不会有勇气离开萨拉·劳伦斯,后来也不会离开纽约市福利部门,走上成为一名作家的道路。"②

1966年1月,艾丽斯的学位论文《从阿尔伯特·加缪的小说和戏剧看其哲学思想的发展》被评为优秀论文,她顺利地从萨拉·劳伦斯学院毕业了。艾丽斯的成长经历注定她绝不会作为数字和影子而存在,她已经成为她自己,为做她自己做好了充分的准备。此后,艾丽斯·沃克以高昂的激情投入民权运动和文学创作这两个并行不悖的领域里"战斗"。

---

① Evelyn C. White, *Alice Walker: A Life*, New York: W. W. Norton & Company, 2004, p.109.
② Alice Walker, "A Talk: Convocation 1972," in *In Search of Our Mother's Gardens: Womanist Prose*, New York: Harcourt, Brace, Jovanovich, 1983, p.38.

第二章　艾丽斯·沃克:时代的"勇士"

　　天资聪颖,如饥似渴地学习钻研,斯佩尔曼和萨拉·劳伦斯学院的熏陶和培养,众多资深教授、富于才华的良师益友们的扶持和鼓励,使艾丽斯·沃克在文学的道路上迅速成长起来。大学毕业后第二年,沃克参加了美国著名期刊《美国学者》举办的论文竞赛并一举夺得一等奖。她那篇一气呵成的散文《民权运动有什么好处?》阐述了民权运动的重要意义,并指出不管结果如何,民权运动在黑人心中激发出了一种永久存在的自豪感。艾丽斯·沃克在文中同样劝告黑人不要谦虚地行走,要向自己的传统致敬。她更是毫不留情地对那些只批评民权运动带来负面影响、却对迫使黑人反抗的罪恶原因视而不见的学者和批评家进行了驳斥。

　　论文得到肯定使沃克深受鼓舞和信心倍增。另一方面,现实世界的残酷让她深深感到生活不可回避的沉重,同时让她不由自主地思考自己在文学世界跋涉的意义。这一获奖无疑是一场"及时雨",使她坚定了"以文为生"的道路,坚定了要用自己手中的笔为武器,去揭示美国黑人苦难生活的残酷现实,为黑人获得平等权利呐喊,为唤醒黑人民族自尊心和自我价值呐喊。

第一节　以笔为戈,直指种族主义和性别主义

　　艾丽斯·沃克在大学时代特别注重修读、研究哲学,所以谙熟于古典人文主义传统。她在研究哲学流派及其代表人物的同时,也研究了哲学小说。鉴于她对社会学和哲学的兴趣,沃克习惯把更多的注意力放在作者作品的传记和智力方面,而不是具体的文

学分析。即使在专门研究文学的课程中,沃克也带着哲学的思辨。最终,她坚持采用哲学方法,锻炼和磨炼了自己的哲学敏感性,发展了自己的哲学取向。其中,法国作家、哲学家阿尔贝·加缪(Albert Camus)的人生经历、文学创作、哲学思想对沃克的影响尤为明显。

正如沃克认为加缪的疾病是荒诞文学的关键一样,她认为加缪对荒诞——自己疾病——的反应是抵抗文学、体现集体内疚和责任的文学的关键。加缪决心为个人的尊严和被压迫社区的自由而斗争,而不是默许宇宙的自然冷漠和人类社会的不公正。沃克认为加缪的立场反映了他作为一名激进主义作家的革命承诺和成长。

尽管这样的世界并不像加缪说的那样让人乐观,但沃克在加缪的坚定决心中发现了乐观,他坚决抵制那些被"死亡本能"消耗的人,同时坚持对不公正的作恶者保持同情:"我甚至认为,对于那些在过度绝望中坚持自己不光彩的权利并投身于当前虚无主义的人,如果我们不停止与之斗争,就必须理解他们的错误。"[1]加缪以非暴力的方式对当时存在主义和虚无主义做出了创造性的回应,他的生活和工作对沃克来说都是一种启示,他的思想、表达和情感在这里一定让沃克想起了金博士(马丁·路德·金)的态度,他也坚持要爱敌人,要用灵魂的力量对付肉体的力量。

艾丽斯·沃克研究的哲学家和作家反过来影响了她的思想和创造力,无论是作为一个个人,一个公民,还是作为一个作家。对沃克来说,哲学绝不仅仅是学术性的,它将成为她用来解释一个非理性、暴力和冷漠的社会的知识透镜;这是一种荒谬的现实,在这种现实中,基于武断的社会和文化偏见,她可能会被剥夺她的人性,并从她出生的土地上被剥夺继承权。

美国历史上,黑人妇女长期默默承受着种族主义和性别主义

---

[1] Rudolph P. Byrd, *The World Has Changed: Conversations with Alice Walker*, New York: The New Press, 2010, p.47.

的双重压迫,仿佛被社会弃置于角落,很少有人将视线投向她们,也很少有人对她们的生存状况予以关注,对她们特有的文化和思想更是不予重视,甚至肆意贬低。自 20 世纪 60～70 年代起,在美国黑人民权运动和女权主义运动的影响下,一些黑人女作家开始在作品中从不同角度来揭示这一社会现象,试图引起社会对黑人妇女的关注,并探讨黑人妇女获得解放的途径。艾丽斯·沃克当仁不让,成为最为积极的作家之一,她坚持为一直被忽视的美国黑人妇女代言,以笔为戈,直指种族主义和性别主义的罪恶,从而赋予了美国黑人妇女现身和立言的机会和权利。

《格兰奇·科普兰德的第三生》(*The Third Life of Grange Copeland*,1970)[1]是沃克的第一部小说。这部小说以现实主义的描写手法,直面种族压迫下的黑人家庭内部即黑人种族内部存在的问题,在文学界和读者中引起震惊和广泛的关注。小说通过追踪格兰奇一家三代的生活和历史,真实地反映了从 20 世纪初到 60 年代以来美国社会中种族主义和性别主义对黑人妇女的双重压迫,以及由此给黑人妇女、家庭甚至黑人男性本身带来的灾难性伤害,对蓄奴制、种族歧视和黑人男性暴力倾向的社会根源和心理因素进行了深入的探讨。南方黑人分租农(佃农)格兰奇租种白人的田地,穷困潦倒、仰白人鼻息生活。他感到不能堂堂正正做人,把一腔怨怒之气全部发泄到妻子玛格丽特和儿子布朗菲尔德身上。他残忍地打骂妻子,从来不给儿子一点温存,因为他认为是家庭拖累了他,使他不得不过这种牛马般的生活。但同时他内心深处也因不能保护妻儿并给家人像样的生活而自责。这种矛盾痛苦的心情使他酗酒,并与妓女乔西姘居。玛格丽特则开始自暴自弃。在生下一个私生子后不久格兰奇离家出走,去美国北方寻找希望。玛格丽特毒死婴儿后自杀,16 岁的布朗菲尔德开始独自谋生。

在多日流浪乞讨后,布朗菲尔德来到一个小城,到露珠客店找

---

[1] Alice Walker, *The Third Life of Grange Copeland*, New York: Harcourt Brace Jovanovich, 1970.

活干。店主乔西知道布朗菲尔德是自己旧情人的儿子后收留了他,渐渐地,布朗菲尔德顶替了格兰奇在乔西生活中的位置。几年后他爱上了乔西外甥女——教师梅姆,两人离开乔西,到乡下以租种白人的土地为生。两个年轻人以为凭他们的努力,就可以建立一个像样的家庭,过上像样的生活。但实际上他们只是在重复着世世代代美国黑人分租农的命运,走上了格兰奇与玛格丽特的老路。梅姆决心把自己和三个女儿从愈陷愈深的贫穷不幸的泥坑中拔出,便到城里去给一家白人做女佣,但最后布朗菲尔德摧毁了她的一切努力。与父亲一样,布朗菲尔德重又回到乔西那儿去寻找忘却。

格兰奇重回南方,与乔西结婚,用乔西的钱买了一个小农场。布朗菲尔德生计无着,一腔仇恨倾注在妻儿及父亲身上,他冻死了刚出生不久的儿子,并在酒后开枪打死了妻子,自己也进了监牢。三个女儿中的两个被住在北方的外祖父带走,最小的女儿鲁思则由祖父格兰奇收养。格兰奇尽心尽意地抚养教育鲁思,这引起乔西不满,便在布朗菲尔德出狱后合谋由布朗菲尔德上诉夺回对只有16岁尚未成年的鲁思的监护权。格兰奇当场开枪打死布朗菲尔德,逃回自己农场后被追捕他的警察打死。

格兰奇和儿子布朗菲尔德不仅成为以白人为中心的社会结构的受害者和牺牲品,他们自己也接受了白人的价值观。在种族主义的佃农制下,占统治地位的是美国南方的白人佃主,处在被压迫地位的是贫困的、永远也不可能翻身的佃农,无论他们多么努力地劳作。因此,黑人男人将愤怒与仇恨发泄在比他们更为弱势的妻儿身上。

沃克认为种族歧视的最大危害在于剥夺了黑人的自尊心与自信心,她认为黑人(Negro)与"黑鬼"(nigger)的区别就在于后者接受并相信下述流行观点,即黑人是低等人类,无法对自己的行为负责,自己的一切所作所为全应由白人负责。沃克利用柯普兰德家三代人的经历,在小说的前半部分描写了在这种思想支配下科普兰德家人自暴自弃的生活,后半部分则表现了格兰奇抛弃这一观念,努力做一个自尊自信的人的尝试。小说就在黑人要掌握自己的命运与现实生活中黑人并不能掌握自己的命运的矛盾中一步步展开。

在南方分租制下生活的许多黑人都把到北方看作摆脱白人控制的途径。格兰奇年年交租却年年欠债,被白人农场主捏在手心。布朗菲尔德在童年时就注意到只要这人一在场,"就可以把他的父亲变成一颗石头或一根木杆或一块脏土"①,在他忍无可忍时就往北方一走了之。布朗菲尔德长大后天真地以为只要拼命干活,就不会步父母的后尘。他租了一块地,新婚之日充满信心地对妻子说,"亲爱的,你不用担心,我们不会总是窝在这里的"②。但几年过去,"年复一年,债越欠越多,……他永远不可能有积蓄,永远不可能有自己的土地,永远不可能让自己的女人过得体体面面的……"③,他的自尊心被践踏、他对自己无能的愤怒、他对生活和周围世界的痛恨,使得他向唯一可以发泄的对象——妻子——发泄一切怨恨。梅姆在城里找到工作后,决定不顾布朗菲尔德的反对和女儿们搬到城里去住,布朗菲尔德企图用暴力阻拦梅姆,忍无可忍的梅姆拿起了猎枪,布朗菲尔德被吓到、屈服了,退了租搬到了城里。

此后布朗菲尔德的发展充分揭示了一个被扭曲了的灵魂的可悲与可憎。他将社会给他的伤害、他丧失了的男子的自尊,从虐待妻子和玩女人中寻求平衡。到城里后他在一家工厂找到了活干,家庭生活有了好转,但他感到的只是屈辱与对梅姆的恨。④ "如果是他自己干的,如果是他坚持搬到城里来的,他也许不会对这舒适的生活,对日益景气的家庭产生这样对抗心理。像现在这样,他似

---

① Alice Walker, *The Third Life of Grange Copeland*, New York: Harcourt Brace Jovanovich, Inc., 1970, p. 9.
② Ibid., p. 49.
③ Ibid., p. 55.
④ 王家湘:《20世纪美国黑人小说史》,南京:译林出版社,2006年,第351页。

乎无法抛弃对比自己能干有办法的妻子的怨恨……"①他一心只想伺机对她报复,而所用手段则是他作为一个男子的唯一本事:迫使她一再怀孕流产,使她身体完全垮掉,失去了工作。当房东因他们拖欠房租送来勒令搬家的通知后,他以胜利者的心情把通知给了梅姆。他仍有工作,但却不付房租,"是你的房子,付房租是你的事,"②当梅姆表示无处可去时,布朗菲尔德抑制不住自己的得意,告诉她全家将搬到地主小戴维斯的农场去。"我等你栽跟斗可等得够长的了,小姐,……我只有力量住这种房子,你只好将就了。"③在家人面前变态的自尊、在白人面前自轻自贱的布朗菲尔德,把自己的一切不幸全归结到他人身上,如少年时遭父亲遗弃、种族歧视形成的机会不均等,却从不审视自身的弱点,寻找自身的原因。

　　布朗菲尔德这一形象的诞生使沃克遭到了不少非议,人们认为这一人物太卑劣自私了,卑劣自私到令人发指的地步。沃克在和黑人女评论家克洛地亚·泰特谈到这一点时说,"我的答复是我认识许多布朗菲尔德,而我居然会认识这么多,实在是太遗憾了"。她说,"我决不忽视布朗菲尔德这样的人。我要你们知道这样的人是存在的。我要向你们讲述他的事,让你们无法避开他。你们得去对付他,我希望人们去对付这样的人,而不是对我说不应该给黑人这样的形象"。④沃克就是这样一位勇士,不同于一般黑人作家,特别是男作家避开黑人内部的矛盾,她敢于直面现实,揭开黑人人性中的阴暗面,鞭笞黑人人性中的各种弱点。她认为这才是改变黑人妇女以及黑人民族的处境的起点。

　　《格兰奇·科普兰德的第三生》中格兰奇的新生表明,种族歧

----

①　Alice Walker, *The Third Life of Grange Copeland*, New York: Harcourt Brace Jovanovich, Inc., 1970, p. 103.
②　Ibid., p. 105.
③　Ibid., p. 107.
④　转引自王家湘,《20世纪美国黑人小说史》,南京:译林出版社,2006年,第353页。

视造成的对黑人心灵的伤害需要黑人自己去战胜、超越,而不能被动地任其蹂躏或转嫁到比自己更弱势的妻儿身上。只有黑人民族从自卑自贱和自我仇恨中清醒和解放出来,才有可能与种族歧视和压迫抗衡,才能最终赢得种族平等。小说中格兰奇·科普兰德的三次生命就是一个典型的范例。格兰奇的第一次生命是从他结婚到出走这一时期,主要特征是格兰奇"不能掌握自己命运""自我仇恨"。留在他记忆深处的是南方的骄阳、无边的棉田、分租佃农的艰辛,妻子从快活动人的姑娘变成绝望自杀的主妇,他们的爱情变成了无休止的争吵与他对她的打骂,他们的生活变成了酗酒——打架——各自寻找忘却——绝望的劳动这样一个自我麻木和痛苦的循环。

格兰奇在纽约市的生活是他的第二次生命,是他极度仇视迫害黑人民族的白人、萌生反抗意识的阶段。他一度认为"只要能搞掉它十几个白人,自己丢了命也无所谓"。他在黑人向往的、自由的、天堂般的北方大城市纽约找不到工作,只好靠乞讨、卖私酒、贩毒、偷窃、给黑人妓女拉皮条等谋生。使他感到比在南方白人歧视的目光下生活更为痛苦的是,在纽约"对于他每天碰见的、擦肩而过的人来说,他根本就不存在",在喧闹的大都会中,属于他的只有沉寂,"人们为什么装作他根本不存在的样子?每天他都不得不一遍又一遍地叫着自己名字来打破这沉寂",[1]在纽约三年多的生活使他懂得,只有把心底积压着的对白人的仇恨公开表现出来,黑人才能摆脱对白人的恐惧感,才能爱自己的民族,才能团结起来。"对他们的仇恨终将把我们团结在一起……这是能使我们团结起来的唯一力量。在我们内心深处我们本来就恨他们,我现在只是说不要再把仇恨压下去,让它表现出来,以此教育年轻人。"[2]他要黑人把仇恨对准白人,"他的怒气过去只往妻子、儿子、好友身上发

---

[1] Alice Walker, *The Third Life of Grange Copeland*, New York: Harcourt Brace Jovanovich, Inc., 1970, p.145.

[2] Ibid., p.154.

作,现在却对准了现实的充满敌意的世界……他打烂的每一张白色的面孔都是为了可爱的妻子"。①但不久他意识到自己无法包打天下,每个人都必须通过自己的努力挣脱精神上的枷锁。他厌恶白人世界,回到南方老家,买下一个小农场,过不必与白人打交道、如有必要就用枪与生命来保护这种生活的日子。

孙女鲁思来到农场后,格兰奇开始了他的第三次生命。他回到南方后,采取了种种措施以求得儿子布朗菲尔德的谅解与宽恕,但布朗菲尔德认定父亲是造成自己不幸的罪魁之一,不肯原谅他。鲁思来到格兰奇身边,使老人的生活有了意义,他教育鲁思要做一个有骨气的人,要她敢于站起来保卫自己生活的权利,"能活下来并不是一切,他自己就活了下来。他要鲁思能有完整的生活。"②布朗菲尔德出狱后,格兰奇对他说他不能把家破人亡的责任一股脑儿地推在别人身上,如果认为自己生活中的一切不幸都是白人造成的,这实际上是白人主宰论的翻版,是白人对黑人精神上销蚀的表现,"因为当他们使你认为不论什么事情责任都在他们身上时,他们已经使得你把他们看作神了。……谁也不可能像我们想象的那样有那么大的力量。我们难道没有自己的灵魂吗?"③

格兰奇在他生命里的第三阶段把种族歧视造成的自我仇恨转变成了对白人的公开仇恨与对黑人的爱。他用生命保护了鲁思,希望"她能不再走上祖母与母亲的路。但是,16 岁的鲁思能摆脱世代黑人妇女的命运吗? 她母亲的悲惨下场很大程度上是布朗菲尔德男权思想造成的,他不仅不能把家庭悲剧完全归罪于种族歧视,而且应该有应有的自责。鲁思能战胜布朗菲尔德这样浸透在因种族歧视造成的自我仇恨中的男人吗? 进而言之,个人能在多大程度上战胜社会强加在他们身上的重负而对自己的行为负起责任来? 鲁斯应该采取怎样的方式自我保护并逐步走向奋起反抗?

---

① Alice Walker, *The Third Life of Grange Copeland*, New York: Harcourt Brace Jovanovich, Inc., 1970, p. 155.

② Ibid., p. 214.

③ Ibid., p. 207.

沃克审视了社会环境对个人成长的影响,强调即使在不利的社会因素作用之下,一个人也只有采取对自己生活负责的态度才有可能进一步改变社会环境。因自己受到迫害却不敢反抗转而去迫害比自己更弱小的人——妻子和未成年的子女,并把自己的恶行归咎于自己所受的迫害,这是一部分黑人男子的真实写照。沃克通过这部小说鞭笞的正是黑人社会内部的这种劣根性,揭示的正是这种劣根性给黑人本身造成的悲剧。

沃克在作品中反映黑人妇女的处境,在控诉种族主义对黑人惨无人道的压迫的同时揭示了黑人内部严重的性别歧视问题。她强调自己从母亲、祖母和周围黑人妇女那儿接受的黑人传统文化对她创作的重大影响。与长篇小说一样,她早期创作的两部颇负盛名的短篇小说集《爱情与烦恼》(1973)(*In Love and Trouble：Stories of Black Women*)和《你不能压制一个好女人》(*You Can't Keep a Good Woman Down*, 1981),从更为广阔和多方位的视角展示了黑人妇女的生活和丰富的精神世界。故事里的女主人公大多是反抗传统社会对女子的禁锢、力求作为独立的人而生活的女人。为达此目的,黑人女子必须既反抗白人社会对黑人的歧视,又反抗黑人社会内部对妇女的歧视。沃克在南方成长的经历使她切身感受到,束缚黑人妇女的,并不像20世纪60年代末人们认为的那样仅仅是种族歧视,她在作品中表现了种族和性别歧视间的内在联系:二者都建立在人为的等级区分的基础上,都出自统治支配他人的欲望。

她感到人们往往或讨论黑人问题,或讨论妇女问题,却很少讨论黑人妇女的问题。特别是不少黑人妇女认为应当忠于黑人争取平等权利的事业,不愿把黑人社会内部的问题暴露于众,而沃克则认为,如果黑人妇女不为自身的权利斗争,不但无益于黑人的事业,也无益于妇女解放的事业。她在作品中强调了黑人妇女双重受压的境况。如果说在《爱情与烦恼》中的女主人公们对命运的反抗尚处于下意识状态的话,《你不能压制一个好女人》中的女主人公们则已经自觉地、有意识地与束缚她们的社会力量抗争,坚持自己的权利。前者强调作为一个黑人妇女的烦恼,后者突出了她们顽强地表现自身价值的努力。而沃克的成名作小说《紫色》(*The Color Purple*,1982)更是塑造了一群为实现自我人生价值而挣扎、奋斗的黑人女性形象。在沃克的第 4 部小说《我亲人的殿堂》(*The Temple of My Familiar*,1989)中,继续探讨她一贯关心的主题。小说通过一个可以永远转世的黑人老妇,向读者讲述了 50 万年以来人类社会的发展,如何从母系社会变成了男权社会。这个能自由转世的人物给了沃克无限的自由,上下 50 万年,纵横三大洲,任由沃克对种族压迫、性别歧视、古往今来的不公进行严厉的抨击。

第二节　挑战文化禁忌,赋权黑人女性

  年轻女孩们,桃子般结实的身体,长长的猫指甲和香槟般的声音:当心你美丽可爱的岁月。他们不会因为这些事一直爱你。……年轻的姐妹们,桃子般坚实的身体,甜美的樱桃般的嘴唇和黑猫般的眼睛:静静地看着自己,记住每一件礼物。这个世界不会永远对你这样仁慈。你必须学会成为所有的东西来生存:一个完整而自由的地球女人,完全决心要活下去。①

著名黑人学者杜波依斯(W. E. B. Dubois)曾经指出,黑人作家常常带有一种"双重意识"(double-consciousness):一方面渴望获得有自我意识的个人地位,另一方面又试图符合白人文化的审美标准。用杜波依斯的原话来说就是:"这种意识总是通过别人的眼睛看自己,按照那个带有嘲弄、蔑视和怜悯的世界的尺度来衡量

---

① Deborah G. Plant, *Alice Walker*: *A Woman for Our Times*, Santa Barbara, California: Praeger, 2017, p. 40.

自己的灵魂。"①但是,沃克摆脱了这种"双重意识",不仅丝毫没有顾及白人主流文化的评价标准,也没有受黑人主流文化意识的约束,而是听从自己灵魂的指挥,挑战文化禁忌,赋权黑人女性,让每一个年轻的姐妹们必须学会成为所有的东西来生存,成为一个完整而自由的地球女人,完全决心要活下去。

20世纪60~70年代正是继美国非暴力民权运动之后美国黑人权力(Black Power)运动的高潮时期,在黑人抗暴斗争的影响下,黑人民族主义情绪迅速高涨,"分离主义"(separatism)成了时髦的口号,同时也成为激进黑人文学的特征。它不仅宣扬黑人的"美丽",而且强调黑人比白人"更优越"。在黑人权力运动的影响下,形成了以非洲文化为中心的价值观,所有黑人的文化和习俗都成了黑人作家赞美讴歌的对象。而黑人作家作品的题材也大都以描写城市黑人反抗白人的斗争为主。然而,就是在激进的黑人民族主义者竭力歌颂黑色之美,将斗争的矛头全部指向白人种族主义时,沃克却将目光投向了被黑人民族主义者忽视或视而不见的黑人自身的问题上,指出了黑人社会内部的问题,对存在于黑人自身的文化陋习予以了严厉的抨击,勇敢地踏入了被许多黑人作家认为不可触及的"禁区"。②

沃克在第一部小说《格兰奇·科普兰德的第三生》中以笔为戈,将矛头直指种族主义和性别主义,深刻揭露了种族主义和性别主义制度下的黑人家庭悲剧和黑人女性的悲惨命运。成名作《紫色》出版时,由于小说进一步揭示了黑人女性遭受黑人男性暴虐的现实,因而招致了主要来自黑人男性批评者们激烈的攻击。他们批评沃克在小说中歪曲了黑人历史和黑人的男性形象,曲意迎合了白人读者的需要,甚至有人指责沃克与白人压迫者沆瀣一气,背叛了黑人社会。

---

① W. E. B. Dubois, *Souls of Black Folk*, New York: Blue Heron Press, 1953, pp. 16-17.
② 王晓英:《走向完整生存的追寻:艾丽丝·沃克妇女主义文学创作研究》,苏州:苏州大学出版社,2008年,第9页。

然而,沃克并没有因为批评而退却从而放弃说出事情的真相。她坚信将黑人女性遭受的种种摧残和磨难昭然天下,正是出于她对自己同胞的爱,出于对整个黑人民族能够健康存续的渴望。沃克首先对仍然存在于非洲一些地区的黑人妇女成人割礼习俗进行了揭露和批判。"割礼"(female circumcision)[①]是非洲许多部族妇女的成年仪式。在不同的地区,割礼施行的身体部位有所不同,意义也有所区别。在1992年出版的小说《拥有快乐的秘密》中,沃克更是对这个许多人觉得难以启齿的、残害妇女身心,甚至会使其生不如死的恶习进行了血泪控诉。作为黑人民族的一项传统习俗,女性成人割礼被默认为保持黑人文化传统的重要途径之一,但往往不允许公开谈论。沃克却不顾禁忌的限制,大胆地揭露了这个传统的实质,指出这是黑人男性统治者对黑人妇女身心施加的残害,其目的是确保他们自己的绝对主宰地位,而黑人妇女长期以来受到了欺骗和蒙蔽,被剥夺了追求快乐和幸福的权利。[②]

小说的主人公是曾在《紫色》中出现的西丽的儿媳塔西。西丽的儿子亚当随传教士养父来到非洲奥林卡部落生活,遇到了土著少女塔西,他们相爱并最终结合。这些情节在《紫色》中都有所交代,但《拥有快乐的秘密》却是一部真正属于塔西的小说。由于白人殖民者的侵略,奥林卡人失去了家园和土地,民族主义情绪高涨,部分人跑到丛林中打游击。塔西被族人的激情感染,前去投奔了游击队,而且为了表示对传统的尊重和对白人的蔑视,她要求巫婆姆丽莎为她补上当年由于母亲的反对而没有行过的女性成年礼,即割礼,却没有想到这一决定永远改变了她的生活。沃克从多个不同的角度讲述、评论或反思塔西的遭遇,全面揭示了女性割礼

---

① "割礼"是非洲许多部族妇女的成年仪式。在不同的地区,割礼施行的身体部位有所不同,意义也有所区别。参见 Maria Lauret, *Alice Walker*, New York: St. Martin's Press, Inc., 2000, p.180.

② 王晓英:《走向完整生存的追寻:艾丽丝·沃克妇女主义文学创作研究》,苏州:苏州大学出版社,2008年,第10页。

存在的社会、文化原因及其对妇女造成的巨大的肉体和精神伤害。

小说围绕纹面和割礼,特别是割礼对塔希身心的摧残展开故事。她刚懂事时,姐姐就在施行割礼后死去,直到几十年后回到奥林卡部落找到为自己和姐姐施割礼的老术师姆丽莎,塔希才得知姐姐死于流血不止,而母亲和老术师明知她有出血难止的病,却仍给她进行切割,使她丧命。为了姆丽莎几十年来给奥林卡少女造成的悲剧,为了死去的姐姐和自己被摧毁了的生活,塔希决意将她杀死。垂死的姆丽莎向她诉说了自己作为部落女术师,无可奈何地被利用了的一生,这时,塔希不再有报仇的愿望。姆丽莎告诉塔希,一个术师是否受人尊重,要看她是否被她施行过割礼的女子杀死并焚尸。为了了却姆丽莎成为受尊重的术师的心愿,塔希将她窒息后烧死。为此,她因杀人罪被捕、受审,最后被枪决。

这个故事的情节似乎颇为耸人听闻,但实际上,事件的变化发展过程并不是作者刻意着墨之处。作者真正的创作意图是描写塔希从非洲部落的天真少女变成法律意义上的杀人凶手的内心世界及心路历程,揭示落后愚昧的社会习俗给妇女带来的巨大的身心摧残。

塔希最初认为自己并没有杀死姆丽莎,只是代替她实现了最终的愿望。在法庭上,她又承认了自己是凶手,原因是她厌倦了审讯,不愿日复一日地在一个"自鸣得意的律师身边闻他身上的香水气味"。[1] 对她来说,死是个解脱,自己早已被姆丽莎杀死了,死亡已经不可怕。她在临刑前夜写给丈夫的法国情人,早已死去的丽塞特的信中,述说了自己决定要求在枪决前不蒙上眼睛,"以便能看到远处的各个方向。我将把注意力集中在远方一座蓝色山峰之巅。对我而言,那一刻将是永恒"。[2] 信末的署名是"得到新生、即

---

[1] Alice Walker, *Possessing the secret of joy*, New York: Harcourt Brace Jovanovich, Inc., 1992, p. 264.

[2] Ibid., p. 277.

将死去的'塔希·伊芙林·约翰逊'"。①

这个署名浓缩了女主人公悲剧性的一生。天真的奥林卡族少女塔希爱上了来自美国的黑人传教士的养子亚当,接触到外来文化并受到了影响,成了伊芙林——一个接受了西方价值观的美国公民。亚当千里迢迢地回到奥林卡,找到备受摧残的塔希,和她结了婚,并把她带到美国,使她生活在一个与本部族文化背景完全不同的社会中。在这里,她审视自己噩梦般的经历,倍觉其残酷可憎。她感到自己虽生犹死,无法正常地生活。她寻求从这种状态中解脱,接受了一个又一个精神分析专家的治疗,但始终无法摆脱绝望和麻木感,只有后来在丈夫同丽塞特的儿子,学习人类学的皮埃尔的帮助下,她才透过个人的痛苦与不幸看到了作为女人的不幸。她摆脱了几十年的麻木状态,爆发出无法遏制的愤怒,回到非洲故土去清算姆丽莎的罪行。姆丽莎的经历使塔希的认识进一步升华,明白了恶习并非始于这一老妇而是男性主宰的社会。塔希以自己一生的痛苦和最后被社会处死向读者控诉了至今仍摧残着非洲和近中东一些国家中9 000万～1亿妇女的陋习。塔希为争取做女人的权利付出了高昂的代价。②

揭示黑人妇女承受的苦难虽然是小说的目的之一,但沃克进一步强调了黑人妇女的觉醒与反抗。从巨大的生理和心理伤痛和愤怒中走出来的塔希反思自己的遭遇,探寻割礼这一文化陋习存在的社会和政治根源,最终醒悟,找回了灵魂的平静。杀死姆丽莎这一具有象征意义的义举招致了性别主义者的唾骂与诅咒,但更获得了无数黑人姐妹的感激与支持,他们不顾男人们的拳头与棍棒,自发走上街头,用歌声为已被判处死刑的塔希送行。在小说的结尾处,被塔希的精神感召的朋友们高举一面旗帜,上面用硕大的

---

① Alice Walker, *Possessing the secret of joy*, New York: Harcourt Brace Jovanovich, Inc., 1992, p. 277.
② 王家湘:《20世纪美国黑人小说史》,南京:译林出版社,2006年,第369页。

黑字写道:"欢乐的秘密就是反抗!"①

沃克曾把非洲(当然也包括世界其他一些地区)女性割礼称作"我们的时代(以及我们时代之前的几千年里)在生理和心理方面最具有破坏性的行为",因为"它毁掉了非洲、中东和远东地区许多人们集体的健康和心灵的完整,并且正迅速在西方世界站稳脚跟"。为了替沉默的受害者呼喊出胸中的痛苦,也为了警示世人,沃克在《拥有快乐的秘密》中讲述了这个令她恐惧的故事,一个"不受人欢迎的故事",甚至是个"触碰禁忌的故事"。②

在一些文化相对主义者看来,非洲等地区盛行的女性割礼是种文化现象,有其存在的特殊文化背景,不应当以西方人的价值观念来进行道德评判。但是,很显然,沃克并不这么认为。她曾经说过:"有些人认为谈论这件事是干涉别人的事务,干涉别人的文化。但是,文化(culture)和折磨(torture)之间是有区别的。我坚持认为文化不是摧残儿童,不是施虐。习惯做这些事情的人就像他们习惯奴役别人,而奴隶制不是文化,毁损身体也不是。"③因此,沃克一直非常关注女性割礼问题,而且从来不掩饰自己对这种习俗的痛恨与厌恶。

"女性同性恋"(lesbian)是沃克小说中另一个经常触碰的敏感或禁忌话题,出现在她多部小说中,如短篇小说集《你不能征服一个好女人》《伤心前行》(*The Way forward Is With A Broken Heart*, 2000),长篇小说《父亲的微笑之光》(*By The Light of My Father's Smile*, 1998)、《紫颜色》《我亲人的殿堂》等。然而,沃克笔下黑人妇女间的同性恋关系并不局限于一般意义上的肉体的吸引,而是一种广义上的、积极的、具有创造性的友谊,"奴隶制带来的黑人妇女集体生活和她们在生活中的无助状态使她们特别容易

---

① Alice Walker, *Possessing the secret of joy*, New York: Harcourt Brace Jovanovich, Inc., 1992, p. 279.
② Alice Walker, *Anything We Love Can Be Saved: A Writer's Activism*, New York: Ballantine Books, 1997, p. 126.
③ Maria Lauret, *Alice Walker*, New York: Palgrave Publishers, 2000, p. 178.

从其他黑人妇女那儿(而不是男人那儿)寻找安慰和快乐",它是"贯穿妇女生活始终和整个妇女历史的具有连续性的一种抗拒性生活方式,并不专指妇女间的性关系"。① 它能使黑人妇女在男性占统治地位的父权社会中保持自主与独立。因此,沃克也认为,黑人妇女如果在性关系上脱离男性,她们就不仅能够避免男性的虐待,而且可以与其他女性建立亲密的姐妹情谊,从而增强黑人妇女自身的力量。所以,黑人女性间的这种特殊的亲密关系也会被称为"姐妹情谊"(sisterhood)。它与通常是单枪匹马追求个人解放的早期白人女性主义实践者不同,黑人女性的传统更多强调个人与他人、个人与群体、个人与社会的相互影响,她们之间的姐妹情谊是促进个人发展的重要因素。②

《紫颜色》中描写了莎格和西丽间的一段同性恋情,"紫色"本身就是同性恋的象征。③ 作者不是为写同性恋而写同性恋。她通过小说清楚地告诉我们,在西丽那从未得到过人间的爱的心田上滋生出来的对莎格的爱,是支持她生活和斗争的力量,而莎格把这爱发展成同性恋,是由于她从西丽的倾诉中了解到,西丽只是男人泄欲的工具,对这种两性关系西丽只是厌恶地忍受。莎格想使西丽明白,平等的人之间的性关系是美好的。她使第一次西丽体会到了性爱的美好。

事实上,西丽同莎格发展出的也是一种互惠的关系。一方面,在西丽成长的过程中,莎格成了她最重要的朋友并且发挥了人生导师的作用;另一方面,西丽对莎格的爱与帮助对莎格来说也不容忽视。莎格被西丽的善良感动,终于抛掉了冷漠的假面具,两个人成为知心密友。从那以后,莎格改变了对其他黑人妇女的态度。可以说,是西丽帮助莎格成为一个完整的女人,使她找到纠正过去的错误的机会。

---

① 张冰岩:《女权主义文论》,济南:山东教育出版社,1998年,第169页。
② 王晓英:《走向完整生存的追寻:艾丽丝·沃克妇女主义文学创作研究》,苏州:苏州大学出版社,2008年,第117页。
③ 王家湘:《20世纪美国黑人小说史》,南京:译林出版社,2006年,第363页。

小说着力刻画西丽作为一个女人的遭遇和争取做人权利的斗争,便不可避免地会反映了黑人社会内部的不公正现象。正是由于小说毫不掩饰地描写了存在于一些黑人男女之间充满敌意的关系,《紫颜色》出版后在黑人评论界引起了相当激烈的争论。《父亲的微笑之光》是沃克在 20 世纪出版的最后一部小说,用她自己的话说:"这部小说和《拥有欢乐的秘密》是相关联的,因为在写了对女性性欲望的贬低和仇恨后,在精神上我需要写欢乐、愉悦、可能性和成长。我想表现女性如何能够在同性恋关系中成长起来。"[1]

《父亲的微笑之光》中小女儿苏珊娜在钥匙洞中目睹了姐姐挨打的情景之后,便封闭了对父亲的感情,压抑自己的性欲望,以致成年后走上了性试验的道路,嫁给了希腊男子佩特罗。后因丈夫迷恋上一位金发空姐,背弃婚姻,苏珊娜把他"丢在了美国",并潇洒地和同性恋人波琳前往卡里马萨旅游。苏珊娜自由掌控自己生活的独立意识使她摆脱了传统黑人妇女成为男人的精神奴隶和生育工具的命运,成为沃克笔下勇敢追求性爱自由的女性,为"妇女主义者"定义做出了最充分的诠释。显然苏珊娜也是这些女性中最为典型的一个,她是个双性恋者,不仅爱男人,也爱女人。"女人爱女人,并'公开地'表达这种爱——如果他们选择这么做的话,这就是女性自由的一种表现,对其他任何人来说也是一样。如果你不能自由地表达你的爱,那么你就是个奴隶。"[2]在性别主义社会,体验性快感一向是男人的特权,而同性恋生活可以让女性体验到和男人在一起时体验不到的性快感,对女性而言,这种体验本身就象征着自由。波琳年轻时因被父母安排的未婚夫强奸而被迫嫁给他,这段经历给她带来了巨大的创伤和阴影,并使她痛恨男人。因此,这段同性恋关系对她而言具有滋养意义。因为"一旦我发现能

---

[1] Alice Walker, *By the Light of My Father's Smile*, New York: The Ballantine Publishing Group, 1998, A Conversation with Alice Walker.

[2] Alice Walker, *Living by the Word*, New York: Harcourt Brace Jovanovich, 1988, p.91.

够得到性快感,我就意识到至少在这个领域里我是自由的。"①苏珊娜也坦承,性快感是一种"了不起的自由。一旦我体验到它,我感到我获得了新生。"②尽管沃克在小说中也有详尽描写苏珊娜和波琳、莎格和西丽等性爱场景,但却毫无低俗或淫秽之意,尽显沃克为彰显女性精神和肉体自由而做出的努力。

沃克明白写作《父亲的微笑之光》是违和的、离经叛道的,但她执意要写。因为"我身上的每个细胞都在告诉我要写这本书,而且感觉它就是一剂时代良药"。③ 尽管公开谈论黑人女性的性经历是有很多禁忌的,沃克却能轻松跨越这一界限。越界、触碰禁区是她最擅长的,在她看来,女性之间有太多的快乐。同时,她们生活在一个致命的文化中,所以书写这一现实是非常必要的,也是令人非常愉快的。

此外,沃克敢于走出传统、社会、道德和伦理等因素成为作家,尤其是黑人女性作家设定的藩篱,在她的作品中还频频涉及诸如强暴、堕胎或自杀等其他禁忌话题。其中自杀,这种特殊形式的死亡是她的诗歌作品经常触及一个的主题。沃克本人曾因堕胎有过三次试图自杀的经历,但幸运的是三次都被朋友相救。对沃克而言,那种痛苦是如此的刻骨铭心:

> 那三天中,我与这个世界说了再见……我意识到我是多么地爱它,再也看不见每天清晨的日出、白雪、天空、树木、石头、人们的脸孔是多么痛苦,所有这一切都各不相同,然而在那段期间这一切都融合在一起……④

---

① Alice Walker, *By the Light of My Father's Smile*, New York: The Ballantine Publishing Group, 1998, p.132.
② Ibid., p.133.
③ Alice Walker, *By the Light of My Father's Smile*. New York: The Ballantine Publishing Group, 1998, A conversation with Alice Walker.
④ John O'Brien, "Interview" in Henry Louise Gates Jr. and K. A. Appiah, eds., *Alice Walker: Critical Perspectives Past and Present*, New York: Amistad, 1993.

但是,从死亡阴影中走出的沃克,在她的诗歌创作中开始寻求对生命的价值、生活的享受和感悟的诗性表达。沃克在自己的那一段痛苦经历之后,对自杀似乎有了一种全新的感受并形成了独特的观念,她以一个过来人的身份,写下了《自杀》这首诗,作为自杀这种行为的说明和注释。"首先,自杀遗言/一定要写/但不要太长/第二,所有自杀遗言/都要用手沾鲜血/签名……/第三,如果是想休息一下的想法/让你着迷/那你一定用最清晰的语句/承认懒惰……"[1]这种对自杀近乎戏谑的描述,体现了沃克在内心战胜自杀诱惑的自豪。沃克自己曾经说,她在诗歌中触及自杀这一敏感的主题,主要出于两点原因:庆祝她自己的生还,同时与世界同庆。这在《寻找母亲的花园》中有清楚的表述:

……接着我写自杀诗歌,因为我感觉到我理解了在自杀中起作用的氛围和疲惫。我也开始明白女人是多么的孤独,因为她的身体。……写作诗歌是我与这个世界同庆我没有在前一天晚上自杀的方式。[2]

对于美国黑人妇女来说,自杀绝对是一个禁忌话题,而沃克不但关注并戏谑地书写了这个禁忌,更用类似人类学家和社会学家的视角,深入探讨了社会对诸如自杀这类禁忌的偏见。沃克的视野没有仅仅停留在种族歧视的范围,没有让这种偏见成为白人特有的意识,反而强调了这种行为在黑人社会和文化范畴引起的偏见和歧视。[3] 沃克在《死去的女孩》这首诗中,不仅记录了一位年轻的美国黑人妇女的自杀,还探讨了她的自杀引起的周围人们的

---

[1] Alice Walker, *Her Blue Body Everything We Know*:1965-1990, New York:Harcourt Brace & Company, 1991, p.137.

[2] Alice Walker, *In Search of our Mothers' Gardens*:*Womanist Prose*, New York:Harcourt Brace Jovanovich, 1983, pp.248-249.

[3] 王卓:《艾丽斯·沃克的诗性书写:艾丽斯·沃克的诗歌主题研究》,《外国文学评论》,2006年第1期,第87—96页。

反应。在《寻找母亲的花园》中也有类似的表述:

> 她曾经两三次试图自杀,但我猜想她的兄弟姐妹们都认为不该对此用爱和关注来回应,因为每个人都认为如果你是黑人,那即使想到自杀都是不对的。毫无疑问,黑人不该自杀。①

但是黑人,尤其是黑人女性,在性别主义和种族主义的双重压迫下,有多少人能逃脱格兰奇·科普兰德妻子玛格丽特从"快活动人的姑娘变成绝望自杀的女人"的命运呢?沃克诗歌中的黑人妇女往往遭受了肉体和精神上的双重伤害,而沃克显然更关注黑人妇女精神层面的健康和"完整"。在沃克诗歌中,有相当数量的诗篇描写了美国黑人妇女精神上的挣扎和抗争:黑人女性在面对与男性的痛苦关系做出的痛苦抉择;黑人女性尝试摆脱传统和社会为她们定位的角色,等等。这里,沃克想要表达的是,黑人妇女精神上的创伤有着特有的政治、历史、文化和伦理的深层次原因,绝不单单是心理问题。

其他如强暴、堕胎、乱伦等禁忌话题也经常出现在沃克的作品中。短篇小说集《你不能压制一个好女人》中就有专文探讨堕胎,并且篇名就是《堕胎》("The Abortion")。其中的另一篇小说《我是如何杀死本州最有名的律师之一而成功逃脱的?那很简单》(*How Did I Get Away with Killing One of the Biggest Lawyers in the States? It was Easy*)中,"我"的母亲在 12 岁时就被强奸过。因为在肮脏、贫困、充满暴力的环境里长大的女孩子往往缺乏爱,没有安全感,在这种地方女孩或女人被强奸根本算不了什么;②《紫颜色》中西丽 14 岁时被她当作父亲的那个人(当时她并不知道

---

① Walker, Alice, *In Search of Our Mothers' Gardens: womanist prose*, New York: Harcourt Brace Jovanovich, 1983, p. 271.

② Walker, Alice, *You Can't Keep a Good Woman Down*, New York: Harcourt Brace Jovanovich, 1981, p. 23.

他是继父)强奸,这种乱伦之罪,伴随着那句"你最好不要告诉任何人,只告诉上帝。否则,会害死你妈妈。"恐吓,令她感到羞耻和害怕,上帝便成了西丽唯一可以倾诉的对象。可怜的小女孩只好一封一封地给上帝写信,表达自己的痛苦和无助;《我亲人的殿堂》中来自中美洲的移民泽德也曾惨遭轮奸;《父亲的微笑之光》中的波琳年轻时被父母安排的未婚夫强奸而被迫嫁给他。这段经历给她带来巨大的创伤和阴影,并使她痛恨男人从而转向黑人姐妹,在"姐妹情谊"中寻求关爱、温暖和支持;《现在是你敞开心扉之际》(*Now is the time to open your heart*)中,来自不同的国家和地区,有着不同的经历的人们参加了亚马孙河之行。她们在萨满的指导以及同行伙伴的关爱下,相继打开了自己的心灵,吐露了内心埋藏的一切:他们有的曾被强奸,有的心里承受着家庭乱伦的罪恶感,有的因为反抗迫害而杀人……都承受着身体或心灵的巨大伤痛,成为其生命不能承受之重。

在传统的黑人文学中,作家关注的是种族主义问题,以描写黑人和白人之间的冲突、批判种族主义为主要内容,将黑人的所有苦难全部归结于种族主义。但是沃克指出,黑人也要为自己的命运承担责任。正如在《格兰奇·科普兰德的第三生》中,沃克借主人公格兰奇之口说的那样:"当白人使你相信他们应当对一切负责时,他们也使你相信他们是神。正是我们使得他们变得至高无上。可是,我们也有自己的灵魂,难道不是吗?"[1]所以,沃克选择正视黑人内部的矛盾,并敢于揭露和批判存在于黑人民族文化中的陋习。

种族歧视、性别歧视、贫困三个因素把黑人妇女放在一个极其特殊的地位,如非身处其中,也许很难了解这类压迫的强度,以及它们之间的交错关系。沃克的作品之所以会引起轩然大波,并招致两种截然相反的评价,是因为她坚持说出事情的真相,更确切地

---

[1] Alice Walker, *The Third Life of Grange Copeland*, New York: Harcourt Brace Jovanovich, Inc., 1970, p. 153.

说,她要说的真相是关于黑人文化传统中的丑陋恶俗的东西。她批评自己的文化,这在当时以抗议白人种族主义压迫为主流的黑人文学中似乎是一个不和谐的声音。①沃克却选择忠于自己的灵魂,不仅摆脱了对白人主流评判标准的依附,而且还勇敢地踏入被黑人批评主流视为禁区的领域,将长期以来被遮掩的真相暴露在世人面前,显示了超人的勇气和胆识。

第三节　与时俱进,忧患天下

艾丽斯·沃克的前期作品较为集中地表现了对黑人妇女生存状态的关注和对种族主义、性别主义摧残黑人妇女肉体与灵魂的揭露与批判。正如沃克研究专家鲁道夫·伯德(Rudolph P. Byrd)所言,"在这些作品中,沃克探索了一个地区的影响——总体而言是南方,尤其是她的家乡佐治亚州——包括其独特的历史,以种族为基础的、特权种族的支配结构,其文化传统,其复杂且不断演变的种族和性别形态,以及在很大程度上改变了美国南方的社会运动"。② 1983 年散文集《寻找我们母亲的花园:妇女主义文集》出版,提出并阐明了她倡导的"妇女主义"思想。"妇女主义"一词不仅代表了美国黑人妇女争取种族和自身解放的斗争事业,也进一步明确了沃克的创作思想和哲学立场。在这之后的创作中,沃克的写作题材有了较为明显的变化,她关注的对象从美国黑人妇女扩展到了更为广阔的领域,并且更加注重对精神世界的探索与表现。她笔下的中心人物依然是黑人妇女,只是从对她们现实生活的关注与描写发展到了对范围更广的诸如自然、生态、历史、

---

① Ikenna Dieke, "Introduction: Alice Walker, A Woman Walking into Peril," in Ikenna Dieke, ed., *Critical Essays on Alice Walker*, Westport: Greenwood Press, 1999.

② Rudolph P. Byrd, *The World Has Changed: Conversations with Alice Walker*, New York: The New Press, 2010, p. 25.

和平等问题的探讨。沃克始终保持着强烈的艺术家的社会责任感和旺盛的艺术探索精神,笔耕不辍,不断给予期待中的广大读者和评论者们以惊喜或新的话题。

一、自然:沃克创作中的重要维度

1988年出版的第二部散文集《以文为生》如同一块里程碑,标志着沃克在创作思想、政治倾向、个人生活和世界观的转型。虽然沃克依然关注黑人妇女的生存状态,但现在她的目光已经投向了更大的范围。这位心中有大爱的作家在作品尤其是散文集中表现了对诸如动物权利、素食主义、生态环境,以及原始宗教信仰等的关注。在她的近期作品中,她把性别、种族、自然三者结合在一起,探讨这三者之间的密切联系。在《以文为生》中,沃克指出:"……我们中的一些人已习惯地认为女人在这个世界上受歧视,有色人种在这个世界上受歧视,穷人在这个世界上受歧视。但实际上,地球本身也在这个世界上受歧视……"[①]在这里,沃克已经意识到自然的状况和妇女、有色人种等所谓的"边缘人群"的状况有着相似之处。在沃克的眼里,自然界的一切都是相互联系、相互依存的,都处于同一个生态网络中,没有等级关系,也不存在统治或支配关系。所以,沃克的后期创作传达了一种生态整体主义的观念,蕴含着丰富的生态思想,自然也成为沃克创作中的一个重要维度。

通读沃克作品,我们发现:自然和种族、性别一样,几乎贯穿了她全部作品的主题,构成其作品的基本要素。就像黑人妇女们缝制百纳被是选用了不同颜色布料才缝制出图案鲜明、色彩靓丽的被子,沃克在文学创作时,也将自然纳入其中,巧妙地拼接了自然、种族、性别这三原色,创作出一部部百纳被式的富含"缝合"隐喻的文学作品。

代表沃克最高成就的小说,尤其是近期创作的小说中,自然的

[①] Alice Walker, *Living by the Word*, New York: Harcourt Brace Jovanovich, 1988, p. 148.

兴衰沉浮、生死存亡，自然的疗伤和精神指引功能更为凸显。1989年出版的《我亲人的殿堂》极大地拓展了叙述的空间，但作家将自然这一主题和要素贯穿故事始终。故事背景从美国延伸到加勒比与南美，小说中的人物虽然是非裔美国人，但他们的祖先是白人、黑人、印第安人、亚洲人。通过小说主要人物对各自人生经历的讲述，通过对祖先历史的了解，他们认识了自己并感悟到人生真谛。这部充满神秘主义色彩的、别具一格作品表达了沃克倡导建立绿色健康的生态体系从而摆脱生态危机并最终实现人类和非人类的诗意栖居的生态思想。小说首先揭露了殖民主义者和帝国主义资本家对自然环境的破坏，及其信奉和推行的物质主义的畸形消费观念和方式导致的人类健康的损害和精神的危机。针对重重生态危机，沃克提出了解决危机的办法，即倡导人们接受信仰万物平等的泛灵论和印第安人尊重一切的自然观以取代人类中心主义的世界观。以主人公丽丝梦境中的人与自然和谐相生的史前母系社会生活为蓝本，沃克构筑了一个诗意栖居的理想的精神生态家园。丽丝梦境中的殿堂象征自然，似鸟似鱼似壁虎的"我的亲友"象征非人类的自然生物。《我亲人的殿堂》最为清楚地表达了沃克将自然界的一切有生命的动植物视为人类的亲戚、将整个世界、人类作为一个整体来看待的思想。尽管这部作品依然重视挖掘和揭示黑人妇女的生活经历，但实际上，自然这一维度的纳入使作品传达的信息远远超越了种族和性别的写作范域。

虽然沃克以其小说和散文著称，但她的文学创作却始于诗歌，她的自然书写，生态关怀在其诗歌和散文中体现得尤为明显。1968年出版的诗集《曾经》的前半部分——《非洲意象：虎背上的一瞥》(*African Images Glimpses from a Tiger's Back*)——记叙了沃克在非洲的见闻。1965年大四期间沃克获得了一次去东非考察的机会，当置身于她曾梦想的世界，沃克的喜悦之情溢于言表：

脖子上/戴着珠子/远处的肯尼亚山脉/在种满菠萝的山上/基库尤人的土地//绿色的灌木丛/彷徨盘旋/轻微颤动/在我们公交车旁边/一只害羞的羚羊//……一个奇怪的声音！/或许是一只大

象/在吃我们的屋顶? /在早晨/更蓝了。//清澈的尼罗河/一只肥胖的鳄鱼/挠着他的肚子/打着哈欠//……一只小船/一个平静的湖/忽然在一个人手边/出现了两只/河马的耳朵。//……看！透过树木/一只豹子/在树枝上/不,只是一只长颈鹿/用力咀嚼着他的晚餐。//……乌干达山/黑色的土地/白色的雪/在山谷里/是斑马。①非洲的自然美景和近乎原生态的环境深深地感染着沃克,使她身心得到了极大的舒展,这首有趣的小诗满含着沃克对自然纯朴的爱:羚羊、大象、长颈鹿、河马、斑马……构成了一幅美丽和谐的非洲风景画,简短跳跃的诗行犹如一个个快速闪过的镜头在非洲大草原上略过。沃克就是摄影师,她负责选景、录制、解说,将一段完整而且美好的画面呈现在人们眼前。害羞的羚羊、有权利的大象、打着哈欠的鳄鱼……这些悠然自得、轻松自在的动物和人类就像邻居、朋友一起生活,和谐共存。这是最自然的状态,最原初的状态,也是最美的状态。沃克将这组诗命名为《虎背上的一瞥》,她的朋友告诉她不能用这个名字,因为非洲已经没有老虎了。在诗集的"前言"中,沃克专门写了一首小诗作为回应:"非洲没有老虎了/你说/皱着眉头/是的/我说/笑着/但是它们很美"②。

当然,沃克的自然生态书写并非空穴来风,而是源自她童年时期对自然的热爱,源自她个人及社会现实的变化。沃克本人自幼儿时期始就开始接受大自然母亲的洗礼,当她的哥哥姐姐们帮忙干农活的时候,太过年幼的沃克"在早晨闪闪发亮的葡萄藤中快乐地玩耍",由此自儿时起就养成了敏锐的观察力,喜欢上,而且特别喜欢自然及户外活动。往后的日子里再度提及,沃克称为她母亲的一种带孩子的艺术。美国学者格里·贝茨(Gerri Bates)在与沃克的访谈中也提到"沃克喜爱户外,会花时间去爬树或在田野中嬉戏游玩。沃克相信她写作时必须根植于被田园环绕的空间里,当

---

① Alice Walker, *Her Blue Body Everything We Know*: *Earthling Poems*, 1965 - 1990 *Complete*, Orlando: Harcourt Brace & Company, 1991, pp. 7 - 23.
② Ibid., p. 4.

她漫步于大自然中时,最妙的写作主题就会出现在脑海"。①沃克从小就体会到大自然有着让她平静的力量,童年时期对自然环境的认识对她的影响十分深远。

不仅如此,大自然和沃克的创作灵感之间似乎也存在某种神秘联系。沃克曾在创作体会中如是说:

> 有时一连好几天,好几周,甚至好几个月,我都下不了笔。什么也没写。我就……和好友去散步,在新发现的河心小岛上伸展肢体,把双手浸在河水里。我去游泳、去周围的红木树林寻找灵感。我躺在草坪上,摘些苹果,给树木讲话。②

之前沃克专门在宁静的布鲁克林大街买了一间袖珍房,书桌俯瞰大街……满以为可以在那里搞创作。殊不知,却没有灵感。无论是旧金山的"都市美景",还是纽约的"摩天大楼"都不能激发沃克的文学想象。最后她选定了一处和"非洲村落有点儿相像的地方"。沃克"看着这些牛群羊群、吮吸着苹果树、牧草的芬芳、我的小说人物西丽吞吞吐吐地开了口"。终于,沃克的"书写成了,从下笔到封笔,不到一年"。③

在《寻找我们母亲的花园》这篇散文中,沃克写道:"像《格兰奇·科普兰德的第三生》中的人物梅姆那样,无论我们被迫住多么破旧的房子,我的母亲都用花朵装饰它。不仅仅是素常的四处蔓延的一片片百日菊。她侍弄了一个骄人的院子,一直这样。她栽了50多种不同的植物,它们从三月初盛开到十一月末。在她离开家去到田里之前,她给她的花浇水,割草,摆弄新的花蕾。当她

---

① Gerri Bates, *Alice Walker*: *A Critical Companion*, Greenwood Press, 2005, p. 2.
② 艾丽斯·沃克:《书写〈紫色〉》,《译林》2004年第3期,第205—207页。
③ 嵇敏:《美国黑人女权主义视域下的女性书写》,北京:科学出版社,2011年,第346页。

从地里回到家里,她会分开一簇簇球茎,挖一个温度低点的坑,拔起玫瑰,重新栽在别处,为高大的灌木和树木修剪枝条,一直干到夜晚降临,一切都看不见为止。……因为她在花朵上显露的创造力,连我对贫穷的记忆都通过盛开的花朵的屏幕呈现,太阳花、矮牵牛花、玫瑰花、大丽花、连翘花、绣线菊、飞燕草、马鞭草……"①

对自然的热爱,成为黑人女性维系美好人性的积极之举,自然也是她们唯一可以依靠的精神和物质家园。对于沃克而言,自然是她生命中的一部分:是生命力、创造力源泉;"母亲的花园",这个生机盎然的绿色世界,其实就是一个健康的生态妇女主义的大花园,常常象征着她认领的精神遗产。

二、关注并忧患地球和生态

沃克的第一本诗集《昔日》(*Once* 1968)是朴素的自然书写,是关于自然纯美的表达。第二部诗集《革命的牵牛花》(*Revolutionary Petunias and Other Poems* 1973)中则加入了革命和现实的元素,沃克已不仅仅局限于自然审美,而是将目光转向了外部世界。然而,残酷的现实给革命带来了巨大的阻碍,也正是从这个时候开始她看到蕴含在自然当中的力量。在她消沉的时候,她认识到了改革必须从内部开始,从人的内心开始,她开始体会到善良和原谅的重要性,这是她第三本诗集《晚安,威力·李,明天早晨见》(*Good Night, Willie Lee, I'll See You in the Morning*, 1979)表达的思想。当她从阴霾中走出来,从个人狭小的世界中走出来之后,她将目光投向外部世界,在她的第四本诗集《马儿使风景更美丽》(*Horses Make a Landscape Look More Beautiful*, 1984)中,沃克第一次表达了自己在面对遭受破坏的地球时的忧患和悲痛之情。这一情感主题一直延伸到沃克后期的创作中。

---

① 艾丽斯·沃克:《书写〈紫色〉》,《译林》2004 年第 3 期,第 241 页。

艾丽斯·沃克,这位思想激进的黑人女性主义作家始终把人文思考与现实关怀作为她创作的一个基点。她对日益恶化的环境问题越发关注和痛心疾首。她说,她的脑海里常常浮现这样的画面:人类掐着地球的咽喉,一边摇动它,一边叫喊着"给,给,再给",他们不停地挤压,只要地球还有一口气在他们就决不罢休。[①] 沃克曾不止一次地在她的作品或别人对她的采访中明确地表达了她对生态危机的忧虑。在文集《与文共生》(Living by the Word: Selected Writings, 1988)中,她大声疾呼:地球已成为人类的奴隶,如果她继续遭受奴役,人类将永远无法享有自由![②] 1989年美国著名的电视节目主持人奥普拉·温弗里(Oprah Winfrey)曾对她进行过采访,沃克说:"为了让地球继续存在下去,我们得承认我们(人与自然)是一家人,是同一个大家庭的一部分。"[③]国外有学者指出,在沃克后期的作品中,对整个地球命运的关怀已促使她"将早期作品中那颇具特色的愤怒主题放在了一旁"[④]。在沃克眼里,自然界的一切都相互联系、互为依靠,都处于同一个生态网络中,没有等级差别,也不存在统治或支配关系。沃克的哲学立场和创作思想使得自然(地球)越来越成为她创作中的一个重要维度,沃克与时俱进、胸怀天下的忧患意识溢于言行、跃然纸上。

1977年,沃克在她的一篇日记中写道,她曾为阿姨们能像男人一样在杂草丛生的田野里射鹰杀蛇的行为而自豪,认为这是巾帼不让须眉的品格。[⑤] 但是,在她的作品中,尤其是中后期的作品中类似的观点已经很难寻觅。而且在对她的访谈中,我们更常看

---

① Donald, Mc Quade and Robert Atwan (eds.), *The Writer's Presence: A Pool of Essays*, Boston: Bedford Books, 1997, p. 215.

② Alice Walker, *Living by The Word: Selected Writings: 1973 - 1987*. New York: Harcourt Brace Jovanovich, 1988, p. 147.

③ Donna Haisty Winchell, *Alice Walker*, New York: Twayne Publishers, 1992, p. 133.

④ Ibid., p. 133.

⑤ Alice Walker, *In Search of our Mothers' Gardens: Womanist Prose*, New York: Harcourt Brace Jovanovich, 1983, p. 185.

到的是作家对人类种种反生态行为的谴责和批判。如果说她的系列小说是她妇女主义及其生态思想的生动阐释,那么作为其非虚构作品的一系列访谈,则是以更直接和生动的方式记录了她日趋成熟的、独特的忧患天下的生态思想。[1]

然而,人类对自然的掠夺随着男性对女性的压迫而上演。因此,生态女性主义者认为,在反抗男权统治的同时也应该把拯救大自然的斗争视为己任。对于被压迫、被贬损和被他者化的自然世界,沃克曾在多种场合表示深切的担忧,痛心地警醒人们停止一切危险的毁损地球、毁损大自然的恶行。在访谈录中,沃克时常强调自然的神圣性,以示其对大地母亲的关爱,她几乎是以宗教般的虔诚对待大自然的。在与著名智利裔美国女作家阿连德(Isabel Allede)以及美国著名精神病医生鲍伦(Jean Bolen)的谈话(1993)中,她表现得就似一个泛灵论者、异教徒,声称大地是她的上帝,自然之外不存在上帝。她认为一切自然之物皆有神性。和人一样,树叶、蛇也是上帝,甚至无生命的沙漠和尘土也有神性。正是出于这样一种对自然的崇敬心理,她谴责亵渎了自然的神性的行为,喜爱和赞赏任何表现自然的人性和神圣性的任何形式的作品。对沃克而言,自然的完整是人类完整生存不可或缺的要素。

沃克还把与大地母亲、荒野,以及一切自然之美的联系视为她存在的根基。她曾假设,如果她是在远离自然、丑陋不堪的贫民窟里而不是在充满自然之美的"母亲的花园"中长大的话,那么她也许也会选择酗酒甚至吸毒等自毁行为。所以沃克称神圣的大自然为"最好的老师",其无限的"创生能力"赋予了她无比乐观的精神。当她在访谈中被问到她的作品中为何总是充满了乐观主义精神时,她说这种乐观主义精神源于大地本身:"只要大地每年能孕育一个春天,我也能。因为我就是大地。我不会放弃希望,除非大地

---

[1] 张燕:《沃克生态思想研究的新资料:评〈世界变了:艾丽斯·沃克访谈录〉》,《外国文学》2013 年第 4 期,第 150—155 页。

放弃希望。"①

扩展道德关怀的范围是生态哲学的基本精神。当人类把道德关怀的对象从人类扩展到人类之外的其他存在物时,动物就成了这一扩展运动的首批受益者。哲学家边沁(Jeremy Bentham)是近代西方第一个自觉而又明确地把道德关怀运用到动物身上去的人。他在《道德与立法原理》(1789)一书中指出,一个行为的正确或错误取决于它带来的快乐或痛苦;动物能够感受苦乐;因此,在判断人的行为的正确或错误时,必须把动物的苦乐也考虑进去。早在1837年,达尔文就指出,动物是人类的同胞,所有有生命的存在物都有着某种普遍的亲缘或亲情关系。在《人类的起源》一书中,达尔文明确指出,人类是从动物进化而来的;人与高等哺乳动物在精神功能方面并无本质区别。塞尔特(H. S. Salt)在1892年出版的《动物权利与社会进步》(*Animal Rights and Social Progress*)中进一步指出,动物和人类一样,也拥有天赋的生存权和自由权。与这一观点相对应的是,美国语言学家伊文斯(E. P. Evans)首次指出并批评了基督教的人类中心主义性质,认为人和其他动物一样,是大自然的一部分,是大自然的产物。另一位美国思想家摩尔(J. H. Moore)则认为,地球上所有的动物在生理上、精神上、道德上都是联系在一起的。沃克就是一位主张"动物权利论"者,以及敬畏生命,尊重自然的"生命中心论"和"生态整体主义"的拥护者和倡导者。在她的生活中,在她的生命里,在她的哲学思想中,自然已然成为完整生存不可或缺的因素。

沃克带着对自然与生俱来的热爱,走进了艺术世界。田野、草原、沙漠、森林、河流这些伴随沃克出生与成长的自然环境,以其多变的美景丰富了沃克的想象力,孕育了沃克的情感结构和世界观,更奠定了沃克独特的忧患天下的生态思想基础。她一系列的散文、诗歌以简洁而清新的语言,赋予自然界的动植物以人性,把他

---

① Rudolph P. Byrd, *The World Has Changed: Conversations with Alice Walker*, New York: The New Press, 2010, p. 173.

们视为人类的"亲戚",人类完整生存不可或缺的一员。沃克曾指出,不同肤色人种的存在,就像一座五颜六色的"花园",也即"母亲的花园",如今看来,沃克思想中和笔端下的整个自然界就是一个更大的"母亲的花园",它是这个世界多样性和完整性的体现。由这种和谐共存的伦理思想出发,沃克继而强调对这种伦理思想的践行:关爱生命,关爱一切。在沃克对"爱"这一伦理行为的阐释中,万物和谐共存的理念充溢其中。

艾丽斯·沃克就是这样一位为时代而生的女性,她知道如何迎难而上。对地球上的芸芸众生来说,生活是艰难的。她却是一位有勇气的女性,自民权运动以来,她一直站在美国每一场重大社会运动和无数未公开的小型社会运动的前线,她周游世界,与人们站在一起,为黑人妇女发声,为弱势群体发声,为这个星球辩护。在这个时代,以国内或国际恐怖主义之名而产生的仇恨使任何人都不敢抱有希望,她却无所畏惧。她从民权运动中学到的是,每一次为改变做的努力都是重要的,每一个想法、每一首诗、每一个梦想或每一个为建立一个和平与欢乐的世界而做出的选择都是重要的。

第三章　艾丽斯·沃克:时代的"斗士"

艾丽斯·沃克以无比的勇气、毫不畏惧的精神,用犀利的文笔毫不留情地揭露和控诉种族主义的罪恶,为争取美国黑人的平等权利走出了第一步,并为美国黑人运动取得的每一次胜利欢欣鼓舞。同时,她并没有因同情整个黑人民族在美国社会的遭遇而忽视,甚至粉饰存在于美国黑人种族内部的同样严重的性别主义问题。她一反当时大多数黑人男作家和批评家仅仅强调消灭种族主义而忽视黑人种族内部问题的倾向,时刻关注黑人妇女在种族主义和性别主义的双重压迫下的悲惨处境,在讴歌黑人民族主义运动的同时,无情地揭露了黑人男性对黑人女性的歧视与压迫、正视并批判黑人民族文化中的种种陋习,对背负着沉重历史与现实灾难而又坚韧不屈的黑人妇女表达了深切的同情和尊重。

沃克认为在种族主义和性别主义的双重压迫下,黑人妇女的生存状态,尤其精神世界是分裂的、破碎的、不完整的。由于种族主义,她们不仅被贬低人格,还失去了与祖先历史的联系,以致无从确认自己的文化身份;由于性别主义,她们沦为"世间的骡子",失去最起码的做人的尊严。沃克勇敢地为黑人妇女现身立言,却又不仅仅停留于对丑恶现实的揭露。沃克转而担负起一名"斗士"的责任,通过艺术创作呼唤黑人妇女自我意识的觉醒,树立黑人妇女的自尊和自信,探索实现种族完整生存的可能途径。事实上,沃克追寻的完整生存并不局限于美国黑人种族的完整生存,在随后的创作中沃克站到了一个新的高度,关注包括所有的男人和女人、有色人种与白人在内的整个人类的完整生存,她追寻的是一种多元共生、平等和谐、共同繁荣的完整人类社会。所以,沃克的思想——妇女主义思想,也是世界大同的思想。

沃克自始至终与时俱进,其创作也富有极强的时代性。在"走向完整生存的追寻"崎岖征途中,她已然意识到真正完整的生存意味着什么:不仅仅指不同性别、不同种族、不同阶级的人们,而是全人类的完整生存,还应当推及当前更为迫切、更为重要的人与自然的和谐共生,即整个自然界的和谐共生。随着阅历的丰富和对社会问题认识程度的加深,沃克逐渐开启了更广阔、更丰富、更深刻的写作空间。她以一种胸怀天下的生态忧患意识进行创作,其作品,尤其是后期作品关注自然生态危机和人类的生存危机,字里行间流露出强烈的自然责任感和社会使命感。沃克俨然成了一名无畏的"斗士",通过艺术创作以及自己的身体力行,在追寻种族的完整生存、追寻人类的完整生存以及追寻整个自然界的和谐共生的道路上披荆斩棘,勇往直前。

第一节 追寻种族的完整生存

> 我首先关注的是我的民族的精神生存,它的完整生存。但在此之外,我又致力探索黑人妇女所遭受的压迫,她们的疯狂、忠贞和胜利……对我来说,黑人妇女是这个世界上最有魅力的人群。[①]

一、种族健康与民族自信

种族健康与民族自信是美国黑人族群的生存精神,它的完整生存的重要前提。自黑人奴隶制起,黑人就被视为低人一等。长时间地被奴隶和压迫,一些黑人自己都习惯于白人强加给他们的模式和标准,他们习惯于与白人期待的思想和行为保持一致,甚至

---

① Rudolph P. Byrd, *The World Has Changed: Conversations with Alice Walker*, New York: The New Press, 2010, p.40.

将白人的黑人观内化为自己的,结果看不起自己的民族文化,认为本民族文化低劣,没有价值。因此,对本民族文化的尊重和热爱就尤为重要。

随着 300 年来美国黑人坚持不懈的斗争,和源于非洲的美国黑人文化传统的影响,尤其是 20 世纪二三十年代兴起的"哈莱姆文艺复兴"(Harlem Renaissance)和六七十年代美国黑人文艺运动(Black Arts Movement)的开展,唤醒了美国黑人的民族意识,促进了黑人文化的复兴,使美国黑人民族重拾民族自尊和民族自信。

"哈莱姆文艺复兴"也被称为"新黑人文化运动",是美国新型黑人知识精英群体发起的文化思想运动,他们不仅人数更为庞大(具有创作天赋的黑人不再是个人而是一个群体),而且更具现代气质。美国黑人以第一次世界大战爆发为契机,在新的自由观的驱使下,纷纷涌向城市和美国北部。黑人北上大迁移和城市黑人聚居区的形成促进了黑人民族意识的觉醒,城市黑人以崭新的面貌出现在美国社会中。新黑人知识分子批判并否定了汤姆叔叔型驯顺的旧黑人形象,表现出新的精神面貌。他们对黑人民间文化遗产的肯定、对个性的发扬、对自由平等的追求和渴望、对民族形象的关心、对种族歧视的抗议,成为美国黑人的典范和引领。哈莱姆文艺复兴/新黑人文化运动大胆展现黑人的民族意识和民族认同,歌颂黑肤色和黑人民族在美国社会的伟大成就。兰斯顿·休斯鼓舞黑人自尊心的名句"黑而美丽"经常出现在黑人贫民窟的墙上和篱笆上。精神上对非洲根的认同是美国黑人民族认同的一个重要方面。古老的非洲不仅是新黑人作家的创作主题和题材,而且更是新黑人灵魂和精神的家园。黑人自从来到美国之后,一直在音乐、民间传说等方面为美国文化的发展做着贡献,但这种贡献带有无意识性。哈莱姆文艺复兴/新黑人文化运动则是黑人有意识地、积极主动地发展具有黑人特色的文学艺术的运动。他们试图通过这种努力来证明黑人的智力潜能,驳斥"黑人低人一等"的谬论。在运动中,包括黑人作家、艺术家、思想家、评论家等在内的黑人群策群力,团结合作,致力于黑人文化的复兴。总之,哈莱姆文艺复兴/新黑人文化运动是一次旨在证明美国黑人的智力潜能,唤起黑人民族的自信心和自豪感的思想启蒙运动,它为美国黑人以尊严的姿态融入美国社会铺平了道路。

黑人文艺运动(1964—1976)在美学上和精神上是黑人权利运动(Black Power Movement)的孪生姊妹。黑人权利运动在价值观念上,从欧美白人的传统规范和标准转为为种族而自豪,为黑人文化传统而自豪,主张泛非主义。黑人文艺运动提出要对西方文化美学进行激进的重建,力图创造出一种能表现美国黑人的需求和理想的艺术,主张要有非裔美国人自己单独的象征、神话和批评。(Neal:184)这一运动反对20世纪50年代以赖特(Richard Wright)和戴维斯(Arthur P. Davis)为代表的"融合的诗学"(Integrationist Poetics)的主张。黑人文艺运动以及黑人权利运动响亮地提出了"黑就是美"的口号,这个口号的意义是:非裔美国人对自己的种族、自己的先辈、自己的历史感到自豪,并提倡一种以平等和没有个人贪婪或剥削他人的欲望为基础的世界观(程锡麟 108)[1]。

哈莱姆时期的重要作家、民俗学家左拉·尼尔·赫斯顿对黑人民俗的挖掘和研究做出了重大贡献。对艾丽斯·沃克来说,赫斯顿不仅是黑人女作家的典范和先驱,也是一个完整的黑人文化传统中不可缺失的部分。沃克认为赫斯顿是"走在她的时代前面"的作家,她的作品表现出了一种"黑人是完整、复杂、并不弱小的人的意识"[2]。沃克最欣赏赫斯顿作品中表现出的黑人民族的健康气质;让人感到黑人是一个完整的、多样的,和充满生机的人类,而这种感觉是许多黑人文学作品所缺乏的。赫斯顿在她的小说中真实地反映了黑人和他们的生活,却没有丝毫作为黑人女性的自我轻视,也没有丝毫自我怜悯的痕迹。赫斯顿因童年时代免受种族

---

[1] 程锡麟:《西方文论关键词:黑人美学》,《外国文学》2014年第2期,第108页。
[2] 王守仁、吴新云:《性别、种族、文化》,北京:北京大学出版社,1999年,第9页。

主义压迫以及早年对黑人的一些宽松的政策而形成了一种乐观又自信的心态,她从来不认为自己的"黑色"是个问题,"做黑人对我而言并非悲剧。在我的灵魂深处并无巨大哀伤……我已看清楚了,这个世界属于强者,不论其肤色的深浅。"[1]因此她蔑视任何种族血统的分类,正如她自己所说的:

> 有时候我不属于任何人种,我就是我自己。但我大体上还是感觉自己像一只靠墙立着装满各种杂物的棕色皮袋子。靠墙立着的还有其他颜色的袋子,白色的,红色的,黄色的……袋子中所倒出的一堆堆东西几乎一模一样……[2]

可见,赫斯顿在她的作品中展现了一种优越的文化,而不是白人认为的落后的文化,肤色的不同并非意味着种族的优劣。"各种颜色的袋子"正暗合沃克"花园"这一隐喻,指每一种肤色都有其存在的理由和意义。

哈莱姆文艺复兴的思想和精神滋养了沃克,而赫斯顿的作品如《他们眼望上苍》对沃克和其他黑人妇女来说就像水和空气一样重要,[3]因为,在这部作品中能够感受到黑人的自爱——对黑人社区、黑人文化、黑人传统的爱,这种爱可以唤醒一个世界,或者创造一个新世界。另一部民俗学作品《骡子与人》则让沃克兴奋之情难以抑制:

---

[1] Calvin Hernton, "The Sexual Mountain". In Joanne M. Braxton and Andree Nicola Mclaughlin(eds.), *Wild Woman in the Whirlwind: Afro-American Culture and Contemporary Literary Renaissance*, New Brunswick, New Jersey: Rutgers University Press, 1990, p. 197.

[2] 郑树棠主编:《新视野大学英语读写教程(4)》,外语教学与研究出版社,2003年,第201—202页。

[3] Alice Walker, *In Search of our Mothers' Gardens: Womanist Prose*, New York: Harcourt Brace Jovanovich, 1983, pp. 7.

第三章 艾丽斯·沃克:时代的"斗士"

......这是一本完美无瑕的作品!我在我的亲戚们那里检验了它的完美性。我亲戚都是典型的美国黑人,分别住在波士顿和纽约的郊区和黑人社区,他们早已忘记了自己的南方文化传统。当他们自己阅读,或听我朗读,或听其他人朗读赫斯顿的这本故事集时,他们感到出现了一种天堂般的情景。因为左拉的书起到这样的作用:它让他们回忆起了所有被遗忘的故事,或是让他们害羞的故事(多年前我们的父母和祖父母给我们讲的——他们中没有一个不会讲故事讲到让你哭泣或大笑),这些故事表明,他们多么不平凡,多么了不起。①

沃克曾在演讲中评论赫斯顿的作品:

读她的作品时,我才第一次看到自己的文化,认出它是什么样子,她总是努力地试图通过幽默与痛苦的生活抗衡。我觉得仿佛得到,事实上确实如此,一张指向我文学之国的地图。……她的人物所说的语言是我一直听见身边老人们说的语言,她的作品描写了我所见到过的老人们的形象。她没有丝毫的优越感,去施惠于他们,也没有为他们感到羞耻,因为她就是他们中的一员,一个快快乐乐的人。②

事实上,赫斯顿带给艾丽斯·沃克的惊喜,源于打消了沃克内心深处一直隐藏的焦虑。一直以来,艾丽斯·沃克始终在寻找一个能在精神上给予她支持的黑人妇女文学先驱,渴望有一个精神

---

① Alice Walker, *In Search of our Mothers' Gardens*:*Womanist Prose*, New York:Harcourt Brace Jovanovich, 1983, p. 84.
② Evelyn C. White, *Alice Walker*:*A Life*. New York:W. W. Norton & Company, 2004, p. 142.

"母亲"引导她。① 赫斯顿坚持的实际上是对非洲根的认同,对黑人民族的认同,这种认同就是种族健康与民族自信的体现。沃克手持这张指向她文学之国的地图,更加信心满满、义无反顾、勇敢地阔步前行。

《你无法压制一位好女人》中带有政治寓言性质故事《艾丽西亚》(Elethia),讲述了同名女主人公艾丽西亚以实际行动抵制种族主义者对黑人奴性化、矮化、丑化的刻板印象模式化宣传。在艾丽西亚生活的那个南方小镇有家只对白人开放的餐厅。然而,在厨房里工作的当然都是黑人。具有讽刺意味的是这家餐厅偏偏就取名为"老阿尔伯特叔叔餐厅",橱窗里还摆放着一个酷似真正的"老阿尔伯特叔叔"长相的模型以招揽生意。这位老阿尔伯特是庄园经济时代一个非常"固执"的黑奴,拒绝服从白人的命令,像牲口一样地为白人干活,因此招致主人的嫉恨。对于白人的威逼恐吓他也无所畏惧。曾有人把一个被处死的黑人男孩儿的生殖器绑在竿子上,立在街头恐吓黑人,是老阿尔伯特把那东西取了下来,并且掩埋掉。他的固执和大胆为他招来了许多麻烦,他经常遭到殴打,他的牙齿"早在他长大之前就全都被打掉了"②。

一年暑假期间,艾丽西亚在这家餐厅打工,她发现"老阿尔伯特叔叔"并不像当地黑人们想的那样是空壳模型,而是个有着闪亮牙齿的填塞标本:"就像只鸟,像麋鹿的脑袋,像条大鲈鱼。他是个填塞标本。"③白人像展览动物标本一样展览阿尔伯特叔叔的形象,并将其丑化成咧嘴傻笑、满脸奴相的小丑形象,这种做法激怒了艾丽西亚。一天晚上,艾丽西亚同她的伙伴们闯进传统,偷走了"老阿尔伯特叔叔",并把它付之一炬,将灰烬分装在小瓶子里,每人身上的藏着一瓶。后来,艾丽西亚带着瓶子去上大学,男孩儿伙

---

① 王晓英:《艾丽斯·沃克:妇女主义的传奇》,武汉:华中科技大学出版社,2020年,第158页。
② Alice Walker, *You Can't Keep A Good Woman Down*, New York: Harcourt Brace Jovanovich, 1981, p. 30.
③ Ibid., p. 28.

伴们去当了兵,他们发现"世界上到处都有阿尔伯特叔叔";令艾丽西亚更为沮丧的是,"在她的课本里,在报纸上,在电视上,也都有阿尔伯特叔叔"①。不过,她非常小心,坚决不允许"阿尔伯特叔叔"在她自己的心目中存在。艾丽西亚拒绝接受白人强加于黑人身上的这种卑微、低贱、顺从、奴性十足的刻板印象和给黑人设定的这种模式化形象。她坚决不允许"阿尔伯特叔叔"在自己的心目中存在就是在竭力维护黑人民族的尊严。

在这部小说集中,像艾丽西亚这样觉醒式的人物还有《牵牛花》(*Petunias*)中的无名妇女和《春天里的一次意外归家之行》(*A Sudden Trip Home in the Spring*)中的萨拉·戴维斯。萨拉是北方某大学——一所女校中唯一的黑面孔。孤独伤感的萨拉还被内心的症结所烦扰:主修艺术的她画了很多黑人妇女的画像,却从来画不出黑人男子,因为她无法在白纸上勾画。② 她对黑人男性的这份失望源于小时候的经历,源于她那"格兰奇·科普兰德"式的父亲。被白人榨干了血汗的佃农父亲,终生颠沛流离,常常把绝望和怒火发泄在妻儿身上。萨拉甚至把母亲和家中一个幼儿的死亡归咎于父亲,并一直耿耿于怀,拒绝与父亲和解。在她心目中以父亲为代表的黑人男性是"失败"的象征。但这一切因为父亲的葬礼而彻底改变。萨拉从学校赶回家参加葬礼,在墓地里她站在祖父的身边,发现祖父并没有被白发人送黑发人的痛苦压垮,相反,"他腰板挺直,眼睛是干的却很清澈。显得庄严而刚毅;一个骄傲地承载着家族的信任和自己的悲伤的男人"。③ 就在那一刻,萨拉豁然领悟:

> 我怎么从没想过画祖父这个样子?就画他站着的这个样子,再没有毫无意义的不知名的人笼罩在他的侧影

---

① Alice Walker, *You Can't Keep A Good Woman Down*, New York: Harcourt Brace Jovanovich, 1981, p. 30.
② Ibid., p. 126.
③ Ibid., p. 135.

上;他棕色的脸庞迎着光,很骄傲。黑人男性脸上那种曾经把她吓坏了的失败感,其实永远都是白人所定义的黑人的失败。但在她祖父脸上找不到这种失败。……他是不会让大家失望的。①

可以说,萨拉的归乡之行是种寻根之旅。当年同父亲的矛盾曾令她一度对自己的根感到怀疑和失望,但现在她又在祖父身上发现了新的源泉,她开始明白自己无法割断同根的联系。也许父亲有错,但他只不过是"有着许多古老房间的屋子里的一扇假门"而已,她不能让那扇假门把自己"永远地关在房子之外,不能进入其他房间"。② 葬礼过后重返学校的萨拉像获得了新生一样,开始用崭新的眼光看待世界。她终于明白,不应该责备父亲,因为真正有罪的是杀死她母亲、毁了她父亲的那个在政治上压迫、经济上盘剥、文化上同化黑人以及在精神上践踏黑人尊严的社会制度。

二、黑人妇女的成长与文化自信

孩子啊,依我看,白人主宰一切。或许远在大洋里的某个地方是黑人掌权,但是,除了我们见到的情况之外,我们对此一无所知。因而白人把重负扔下,再叫黑人男子把它拾起来。他拾起来了,因为他不得不这样做,不过他没有搬运它。他把它交给了他的女人。依我看,黑人妇女是世上的骡子。我一直祈祷,你会不一样。上帝,上帝,上帝啊!③

---

① Alice Walker, *You Can't Keep A Good Woman Down*, New York: Harcourt Brace Jovanovich, 1981, p. 135.
② Ibid., 129.
③ Zora Neale Hurston, *Their Eyes Were Watching God*, Chicago: University of Illinois Press, 1937, p. 186.

（一）唤醒黑人妇女，促其精神成长

正如赫斯顿在《他们眼望上苍》中借南妮之口所说的那样，黑人女人就是"世间的骡子，她们是世界上背负最重受压迫最深的人群，种族主义和性别主义的双重压迫使黑人女性生活在水深火热之中，精神、情感世界受到严重摧残"。尽管沃克也着重描写种族主义导致黑人及黑人妇女的悲剧人生，她并不避讳而且敢于大胆揭示黑人种族内部的性别歧视造成的黑人妇女的悲惨命运。当然，沃克强调黑人内部的性别压迫是与种族主义压迫密切相关的。白人种族主义不仅在政治和经济上严酷限制了黑人男性的发展，还严重扭曲了他们的心灵，使他们在面对黑人妇女时下意识地模仿白人男性，把屈辱和愤怒转嫁到更为弱势的黑人女性身上，最终导致黑人妇女"骡子"般的存在。沃克在其前三部小说中塑造的第一代黑人妇女形象最具代表性、最为典型地体现了她们备受摧残和压迫的"骡子般的命运"。

《格兰奇·科普兰德的第三生》中格兰奇的妻子玛格丽特在种族主义和性别歧视的双重压迫下几乎完全丧失了自我、个性和尊严。她一生忍辱负重，对丈夫百般逢迎，以至于儿子布朗菲尔德认为自己的母亲"有点儿像他们家的狗。她说的任何一句话都显示了她对丈夫的服从"[①]。被严酷的生活现实扭曲了心灵的格兰奇将妻子当成发泄一切的对象，为了摆脱债务，他甚至想卖掉妻子抵债。他不但置自己的妻子于不顾，出去找情妇玩乐，还经常辱骂殴打妻子。最后只身出走，将自己的妻儿遗弃于困苦和绝望中。玛格丽特无法忍受被丈夫遗弃的痛苦和生活的无助，服毒自杀，含恨离开人世。含垢忍辱的玛格丽特成为父权专制的牺牲品。

西丽的母亲和索菲亚的母亲是小说《紫色》中描写的是第一代黑人女性的典型代表。虽然对她们着墨不多，但她们和含垢忍辱的玛格丽特一样完全成为父权专制的牺牲品。她们生来就没名没

---

① Alice Walker, *The Third Life of Grange Copeland*, New York: Harcourt Brace Jovanovich, Inc., 1970, p.13.

姓,完全视既定的第二性社会角色为理所当然,一辈子都活在男人的影子里。用索菲亚的话来说,"……她(索菲亚的母亲)在我爸爸的手底下过日子。不,她被我爸爸踩在脚底下过日子。不管他说什么,他的话就是圣旨。她从来不回嘴。她从来不为自己争辩。有时候她替孩子们争几句,结果反而更不好。她越支持儿女们,他就越虐待她。他讨厌孩子,讨厌生孩子的人……"①。索菲亚的母亲就这样在夫权制的淫威下无声无息地操持家务,忍辱负重,直到耗尽精力,离开人世,才脱离苦海、彻底摆脱各种势力的压迫和奴役。今天看来,这种不平等的两性关系、敌对的夫妻关系造成黑人男人人性的扭曲又何尝不是另一种悲剧!更可悲的是,黑人女性长期在男权社会的影响下完全丧失了自我,只能依附男性而生存。西丽的母亲在丈夫被白人以私刑处死后,精神大受到打击,"虽然还有土地,但没人替她耕种,她又什么都不会,还老等着丈夫吃完她给他做的饭,亲自下地去张罗。于是很快家里就断粮了,光靠邻居接济,她跟两个小娃娃就在院子里胡乱找些东西来糊口"。② 不懂如何打理田庄以承担起养家责任的她只好再婚,依附于另一个男人,回到自己习惯的生活方式中,并且"马上就第三次怀孕,尽管她的精神并没有好转。从此以后,她年年怀孕,身体一年不如一年,精神越来越不正常。又过了好几年,她去世了"。③

第二部小说《梅丽迪安》中同名女主人公梅丽迪安的母亲黑尔太太则是种族主义和性别主义的另一类受害者。黑尔太太曾经有过快乐的少女时光,她受过教育,毕业后在一所学校任教,有份属于自己的薪金,作为教师颇受社会的尊重,自由且独立的她对未来充满了美丽的幻想。然而,婚后的黑尔太太只过了一年,幸福便永远地离她远去了:从她怀上第一个孩子时起……她不再是原来的她,她的独立精神让位给了做母亲的压力……她的个人生活结束

---

① 艾丽斯·沃克:《紫颜色》,陶洁译,南京:译林出版社,1998 年,第 33 页。
② 同上书,第 132—133 页。
③ 同上书,第 133 页。

了。她没有哭诉的对象,可以向他叫喊"这不公平!"①从周围那些生了几个甚至十几个孩子的女人眼里,黑尔太太看到的是自我的消亡,因为她们的生命只为孩子存在,而她自己就是其中一个。②当孩子们长大后,黑尔太太想重返讲台,可是她没有办法通过新的教师资格考试,心中的苦楚无人理解。她对自己的生活现状不满,试图抗争,但是在父权社会的淫威下,她的抗争只能以消极对抗的方式隐蔽地进行。因为苦恼于做母亲的挫败感,在颓唐和烦恼中她故意表现得不擅长家务,饭菜烧得不精致,屋子收拾得也不漂亮。然而,久而久之,黑尔太太和其他黑人妇女一样,成为生儿育女、伺候丈夫的家庭奴婢,将自己的一生完全禁锢在家务和抚养孩子的琐事之中,并且将种族主义与性别主义的价值观内化,成为其"帮凶"。黑尔太太虽然一直苦恼于自己的命运,却强迫女儿接受并没有做好心理准备的母亲角色。在她看来,女儿没有任何别的出路,只能重复她的老路。这样,黑尔太太从对性别压迫的消极对抗者渐渐变为一个内在的种族主义、性别主义价值观的屈从者,最后变成其"帮凶",着实可悲可叹。

然而,艾丽斯·沃克文学创作的目的不仅仅是揭露种族主义和性别主义对黑人妇女的压迫以及揭示黑人妇女人生的悲惨经历,而主要在于唤醒黑人女性的自我意识,促其精神成长,树立黑人妇女的人格尊严,以实现黑人妇女的完整生存。《紫色》中到了西丽这一代,受女权运动等因素的影响,黑人女性的自我意识和独立意识觉醒,黑人男性的思想也有所改变,两性关系逐渐走向平等。

西丽是一位天真、善良却极其不幸的黑人女孩,父亲被白人以私刑处死,母亲精神被摧垮不得已改嫁。14岁时,在母亲身体虚弱之极期间,遭到继父强奸,先后生下的两个孩子都被继父送人。

---

① Alice Walker, *Meridian*, New York: Harcourt Brace Jovanovich, Inc., 1976, p.50.
② 王晓英:《走向完整生存的追寻:艾丽丝·沃克妇女主义文学创作研究》,苏州:苏州大学出版社,2006年,第92页。

此后西丽不仅是家里的主要劳动力,而且被继父当作泄欲工具。母亲死后继父又另娶了妻,将西丽,连同家里西丽喂养的一头牛一起打发掉,把她嫁给了已有四个孩子的某鳏夫。但她同样只是作为劳动工具和性工具而存在。她对丈夫唯命是从,饱受欺凌、任人蹂躏却逆来顺受。生活的残酷、冷漠和孤寂使她绝望,她默默地忍受一切苦难,并认为这辈子很快就会过去,只有天堂永远存在。西丽的继父和丈夫对西丽肉体和精神的肆意践踏,使西丽对男人世界的冷酷和残忍充满了恐惧和绝望。在男性中心的文化语境下,西丽是毫无价值的。继父把她当成泄欲的替代品,还给她贴上了"笨"的标签。丈夫鄙夷道:"你是个黑人,你很穷,你长得难看,你还是个女的。你一钱不值。"①西丽也自认命运如此,毫无怨言地忍受着没有人格和尊严的生活。如若不是她身边的姐妹们给她的影响和帮助,西丽也许就和母辈一样"骡子般"地耗尽自己的一生。西丽在与身边性格迥异的黑人姐妹相互帮扶、鼓励、关爱和支持中渐渐地重获自尊和自信,从而成长为一位不仅在经济上独立而且在精神情感上自立自强、有人格尊严的新女性。

在这些姐妹中,布鲁斯歌手莎格对西丽的影响和帮助无疑是最大的。莎格虽然是西丽的丈夫某某先生的情人,但她更是具有自主意识,能够掌握自己命运的,在当时极为少见的黑人女性。在父权制卫道士的眼中,莎格是"穿短裙的妓女",但在西丽眼里"她正直,坦率,光明正大"。莎格不受任何人的控制,她是一个属于自我,敢爱敢恨,人生经历丰富的女人。西丽描述莎格说:"你只要看看莎格的眼睛就知道她哪儿都去过,什么都见过,什么都干过。现在她洞察一切。"②莎格虽然经历过许多人生的酸甜苦辣,但她仍然有能力爱自己,也爱别人,充满热情和同情心。用西丽的话来说:"很难不去爱莎格,因为她懂得怎么回报爱她的人。"③在沃克

---

① 艾丽斯·沃克:《紫颜色》,陶洁译,南京:译林出版社,1998年,第159页。
② 同上书,第213页。
③ 同上书,第213页。

笔下,莎格是最能体现妇女主义者形象的人物。我们不难看到,在西丽的成长过程中,莎格其实扮演了朋友、情人、母亲的各种角色,但最重要的是她对西丽的爱,使西丽的心灵得到滋养和哺育,才使得她重新有了鲜活的生命。

　　莎格首先唤醒了西丽对自身的认识和喜爱,从而建立起她作为女性的自信。在莎格的启发和引导下,结婚多年后,西丽才第一次发现自己身体的美丽与曼妙,也第一次明白性欲原来不只是男人的专利。作为男人强暴的牺牲品,对于男人她只有恐惧而没有了性欲。然而,在莎格那里她的性意识却得到了充分的表现:"我给她洗身子,我好像在做祷告。我两手颤抖,呼吸短促。"[1]在莎格的督促和鼓励下,西丽鼓起勇气,第一次站在镜子前,正视自己的身体结构,认清自己的女性特征,懂得欣赏自己的女性特征。小说对西丽的生理欲望觉醒的描写具有重要的意义,因为这是西丽从逆来顺受、麻木不仁的生活状态中觉醒的起点。虽然莎格和西丽的关系有着浓厚的同性恋成分,但她们那种苦难中互相扶持、互相鼓励的友爱却深深打动了读者。事实上,在这里,我们看到的并不是同性恋色情的渲染,而是黑人妇女间难能可贵的感情。是莎格的抚摸为西丽祛除身心的伤痛,给她活下去的勇气和力量;是莎格教会西丽如何爱自己,发现自身价值,进而摆脱男权的统治和宗教的束缚;是莎格将西丽从耻辱、暴力和绝望的深渊中拯救出来,帮助她成为一个真正完整的女人。正如黑人学者贝纳德·贝尔指出的那样:"同性恋是西丽走向自我,走向姐妹情谊和人类情谊的通道。"[2]芭芭拉·克里斯琴也指出西丽和莎格的同性恋是"具有解放意义的,是自然的"。[3]事实上,如果简单地把西丽和莎格的关系理解为普通意义上的"同性恋",那就远离了它的深刻内涵。也许

---

[1] 艾丽斯·沃克:《紫颜色》,陶洁译,南京:译林出版社,1998年,第40页。
[2] Bernard W. Bell, *The Afro-American Novel and Its Tradition*, Amherst: University of Massachusetts Press, 1987.
[3] Barbara Christian, "The Black Woman Artist as Wayward," in Harold Bloom (ed.), *Alice Walker*, New York: Chelston House, 1989.

我们可以这样说,西丽与莎格之间的爱情,寄托了苦难中的黑人女性对人间温情的向往,也表达了黑人女性对在平等的关系中寻得欢乐和幸福生活的美好愿望。同时,这种爱情也可以看作黑人女性对黑人男子暴行进行的一种积极反叛,是她们企求证实自身力量,寻求自身价值的一条途径。

莎格的帮助还体现在她激励西丽走上了一条自立的人生道路。有了自信心,西丽终于敢于冲着侮辱她的丈夫大声反击:"我穷,我是个黑人,我也许长得难看,还不会做饭……但是我就在这里。"①并且公开宣布离家出走,与莎格一起来到孟菲斯。在那里,西丽发挥特长,做起了裤子生意,业务发展顺利,不仅养活了自己,还照顾到其他黑人姐妹,从而解决了最现实的经济问题。她第一次体会到自己的社会价值,由衷地感叹道:"我是幸福的。"由此可见,西丽的解放是较彻底的,不仅解脱精神枷锁,还能运用自己的智慧才能自食其力,从根本上摆脱了从属于男人的地位,实现与男人在物质和精神上的平等。

除了莎格,对西丽的人生转变起到重要作用的还有另外两位黑人女性。一位是西丽丈夫的儿媳妇索菲亚,另一位是西丽的妹妹耐蒂。索菲亚是一位身体粗壮、性格刚烈的女性,从一出现她就表现了强烈的反抗精神和独立意识,因为她从小就认识到"一个女孩在一个满是男人的家里是不安全的"②,她必须以以暴制暴的方式来保护自己,从而得以生存下去。索菲亚与哈波相爱,结了婚,可是她并没有将自己隶属于丈夫。哈波试图效仿父亲对待西丽那样,使妻子听命于自己,对自己俯首帖耳、唯命是从,然而却徒劳无益。索菲亚对他的暴力予以更猛烈的回击。她爱哈波,可她表示"我要在被他打死之前先把他打死"③。在索菲亚看来,独立的人格不能为爱情做出牺牲。她不仅反抗黑人男性的压迫,还勇敢地

---

① 艾丽斯·沃克:《紫颜色》,陶洁译,南京:译林出版社,1998年,第160页。
② 同上书,第33页。
③ 同上书,第50页。

反抗白人的侮辱。索菲亚的出现让西丽深受震撼:"我喜欢索菲亚,她的一举一动跟我完全不一样。"①虽然西丽羡慕索菲亚身上的那种反抗精神,但深受男权思想影响的西丽,当看到索菲亚敢于同自己丈夫和某某先生对峙时,竟然建议哈波去揍索菲亚。当索菲亚得知这件事后,她找到了西丽,当面质问她。西丽对索菲亚坦言道:"我说那种话因为我是个傻瓜。我说,我那么说是因为我妒忌你。因为你做了我不敢做的事。"②可见,在索菲亚的影响下,西丽的自我意识已经开始萌动。索菲亚向西丽倾诉自己自小就深受周围男性的压迫,不得不奋起反抗的经历:

"我这辈子一直得跟别人打架。我得跟我爸爸打。我得跟我兄弟打。我得跟我堂兄弟、我的叔伯们打。在以男人为主的家庭里女孩们很不安全。可我从来没想到我在自己的家里还得打架。"③

索菲亚不能理解西丽对男人的虐待抱着逆来顺受的态度,她甚至建议西丽"应该把某某先生的脑袋打开花,然后再想天堂的事。"④索菲亚真心爱自己的丈夫哈波,但她决不容许丈夫虐待她,更不允许他骑在自己头上作威作福。后来为了自己的利益和尊严,她果断地领着孩子们离开了哈波。

妹妹耐蒂是西丽精神上的支柱。远在非洲的耐蒂,坚持不懈地给西丽写信,尽管不知道西丽最终是否收到她的来信。当西丽在莎格的帮助下找到被某某先生藏匿的耐蒂写给她的所有信件时,西丽顿时感觉到了生活的希望,因为在世界上还有一位至亲至爱的人在等待着她、挂念着她。姐妹之情让西丽看到眼前的光明,也让她更加坚定跟某某先生作斗争的勇气。正是在这些姐妹的温

---

① 艾丽斯·沃克:《紫颜色》,陶洁译,南京:译林出版社,1998年,第29页。
② 同上书,第32页。
③ 同上书,第33页。
④ 同上书,第34页。

暖、帮扶、引导,以及精神和心灵慰藉下,以西丽为代表的美国黑人妇女从无知、麻木和认同并接受一切来自家庭和社会的歧视及压迫逐步走向觉醒,走上自尊、自信、自立的道路。《紫色》还描写了其他一些黑人女性的醒悟与成长。例如哈波的情人"吱吱叫"在莎格的帮助下找到自我,敢于要求众人用她的姓名"玛丽·阿格纽斯"称呼她而不再使用她的绰号,并充满自信走上唱歌谋生之路。还有远在非洲的女孩塔希,西丽儿子的女朋友,为了确立自己的身份而接受她部落的习俗举行表示成年的纹面仪式。她们,尤其是西丽的成长体现了沃克的一贯主张:妇女只有通过确立自我,摆脱社会与习俗强加在妇女身上的精神枷锁,维护自身精神世界的完整,并且依靠妇女之间的相互关心与支持才能获得真正的独立与自由。用西丽的话来说:"我们要是想过得更好的话,我们总得从某个地方着手干起来。我们能对付的只有我们自己。"①

(二) 黑人妇女的文化自信

美国黑人以奴隶的身份被贩卖到美洲之后就经历了一个漫长的民族文化被剥夺的过程。长期以来,由于种种原因,美国社会对黑人的歧视从未消除过。在白人主流文化的影响和冲击下,黑人文化逐渐被边缘化,黑人民族内部出现了强烈的文化身份危机和文化认同危机。民族身份和文化身份的丧失以及文化的错位,给黑人民族带来了灵魂上的折磨,如何从民族文化中获得生存和斗争的力量成为黑人知识分子长久思考的问题。美国黑人在新大陆的生存史和斗争史就是一部黑人民族确认文化身份的历史。尽管处于文化的边缘地带,美国黑人努力保护和继承从非洲故土带来的民族文化,积极结合新大陆的文化特点,发展属于美国黑人自己的独特民族文化,否定和拒绝白人强势文化的同化。

对于美国黑人而言,民俗文化是黑人民族的灵魂,是黑人建构民族身份、维系民族团结的精神血脉,历代非裔美国人精英知识分

---

① 艾丽斯·沃克:《紫颜色》,陶洁译,南京:译林出版社,1998年,第215页。

子都非常重视黑人民俗文化的延续和保存。与赫斯顿同时代的黑人思想家 W.E.B.杜波依斯也非常重视黑人民俗文化在争取种族平等斗争中的作用,他认为:"文化是美国黑人民权运动的一个主要方面。"[1]兰斯顿·休斯在作品中反复强调:"黑人艺术创作要从黑人民俗文化中汲取养料……黑人一定要有自己的审美标准,而不应该去接受或模仿白人的审美标准。"[2]在文学书写中,黑人作家努力体现民俗风情事件的行为意义以及为弘扬民俗文化而书写的初衷。黑人民俗文化不是一种亚文化,而是与主流文化并存的另一种形式的文化,是源自不同社会文化背景的另一种文化形式。而黑人女性文化则体现在她们的日常生活之中。"在艾丽斯·沃克以前,黑人女性的日常生活几乎没有进入批评家的视野,更不用说去认真探究了。"[3]艾丽斯·沃克则充分挖掘潜藏在黑人女性日常生活中的艺术创造力,把黑人妇女看作是特殊的艺术家,认为"她们的艺术创造力来源于身边无处不在,无处不有的文化土壤。"[4]沃克在文学创作中"突显日常生活中黑人妇女的创造力这一破冰之举成为黑人书写中的重要内容。"[5]

艾丽斯·沃克文学创作的目的不仅仅是揭露种族主义和性别主义对黑人妇女的压迫以及揭示黑人妇女人生悲惨经历,而主要在于唤醒黑人女性自我意识,促其精神成长,树立黑人妇女的人格尊严,以实现黑人妇女的完整生存。因此,沃克小说注重歌颂黑人妇女的创造力,突显黑人妇女的独特文化,表现黑人妇女的情感、智慧和力量,以及黑人女性宽容、开放、乐观的形象特征,从而唤起

---

[1] W E B DuBois, "The Criteria of Negro Art," *The Crisis* (October 1926), In Cary D. Wintz (ed.), *The Politics and Aesthetics of "New Negro" Literature*, New York and London: Garland Publishing, Inc., 1996, p.366.

[2] Langston Hughes, *The Negro Artist and the Racial Mountain*, *Black Expression*, New York: Weybright Talley, 1970, p.262.

[3] 嵇敏:《美国黑人女权主义视域下的女性书写》,北京:科学出版社,2011年,第187页。

[4] 同上书,第187页。

[5] 同上书,第187页。

黑人女性自尊自爱、自信自强的勇气。通过挖掘和颂扬黑人女性文化传统和创造力，确立黑人妇女的自尊意识和文化自信。

黑人妇女讲故事、唱歌、种植花草、缝制被子的方式等，实际上是黑人妇女特有的文化表达方式，显现了黑人妇女的文化底蕴。对于黑人妇女而言，她们坚持着心中某种价值和秩序，审美标准，那就是她们的文化。[1] 几个世纪以来，黑人妇女虽然生活在恶劣的环境中，背负着太过沉重的苦难，但她们利用一切可能的条件创造了一件件艺术品，她们以自己特殊的、非正统的艺术形式表达她们那深藏的灵魂世界。沃克通过她的文学创作，揭示长久以来被淹没的黑人妇女丰富多彩的文化传统和她们深厚的艺术创造力，彰显黑人妇女的文化价值。其中最具代表性的便是黑人妇女缝制"百衲被"。

百衲被不仅是妇女团结的象征，也是也是黑人民族文化传统和艺术的象征。美国黑人妇女赋予其新的生命和意义。"她们缝制被面时所采用的图案大多源自非洲文化传统，从内容上颠覆了白人文化形式，同时被面图案的设计也反映了黑人女性对生活的体验和美的追求，因此，在黑人女性主义者眼里，百衲被成了颠覆白人文化中心和黑人父权制的文本。"[2] 在许多黑人女性作家笔下，百衲被不仅记录了黑人女性的奋斗历程，而且也记录了整个黑人家族的历史。随着社会的发展，机械化的逐步实现，特别是缝纫机的广泛使用，手工缝制的百衲被逐渐成为黑人女性传统文化的一部分。在《紫色》中，西丽和索菲亚在门廊一起缝制被子，莎格也特意拿出自己最喜爱的黄色连衣裙给她们做点缀，"我和索菲亚一起缝被子。在门廊里把布片拼接起来。莎格·艾弗里把她那条黄色旧裙衫给我们当碎布片，我只要有机会就缝上一块。图案很漂亮，叫'姐妹的选择'（这是一种精心缝制的被子，用各种碎布拼成，

---

[1] 王晓英：《走向完整生存的追寻：艾丽丝·沃克妇女主义文学创作研究》，苏州：苏州大学出版社，2006年，第99页。

[2] 曾竹青、杨帅：《〈戴家奶奶〉中百衲被的黑人女性主义解读》，《湖南科技大学学报》2008年第2期，第111页。

碎布可以是三角形、方形或长形的,并组合成各种图案。《紫色》译文注。)如果被子缝成后好看的话,我也许会送给她的。如果不好看,我也许就留着自己用。我想留给自己,因为里面有那些黄色的布块,它们看上去像星星,可又不是星星"。①显然,莎格的参与激发了西丽的艺术热情和创造力,她一有空闲就快乐地缝上一两片。那一片片黄色碎布经过西丽之手把被面点缀得宛如夜空中的点点繁星,美不胜收。在缝制百衲被的过程中西丽也获得了身心上的愉悦,西丽和索菲亚在门廊前缝制被子的温馨一幕被视为"女性团结的象征"。后来,西丽把这条被子送给了索菲亚,这条象征着女性情谊的被子陪伴索菲亚度过了漫长的囚禁生活。在莎格的鼓励和帮助下,西丽勇敢地走出了象征牢笼的"某某先生"的房子,和莎格一起来到孟菲斯,发挥自己在裁剪、缝制、设计方面的超人艺术天赋,成功地创办起自己的"大众裤子非有限公司",她做了一条又一条的裤子——给莎格做、给吱吱叫做、给杰克做,甚至也给莎格乐队里的人做。西丽的艺术想象力如泉涌:凡是世界上存在的颜色、凡是世界上能有的尺码、凡是她能找到的布料和印花花样,都被西丽用在了裤子的设计、裁剪和缝纫上。她还为索菲亚做了一条非常别致的裤子,"一条裤腿是紫颜色,另一条是红的。我想象索菲亚穿上会是个什么模样,总有一天她要上九霄揽月去的。"②在西方色彩史上,紫色是皇室的专用颜色,代表权威、尊贵、特权。与中国古代色彩观类似,黄颜色暗喻着皇权、威严、万人之上的霸权,黄色专供皇帝独享,平民百姓禁止使用,否则有被杀头之险。沃克通过西丽传达出这样一种信号:"颠覆西方主流意识是自下而上的行动,是从日常生活开始的。树立自我主体性和赋权黑人女性也需要从微观处着手。"③西丽创造性的缝制在颠覆西方色彩观的同时也完成了她自我主体的建构。通过设计各式各样的裤子,

---

① 艾丽斯·沃克:《紫颜色》,陶洁译,南京:译林出版社,1998年,第46—47页。
② 同上书,第167—168页。
③ 嵇敏:《美国黑人女权主义视域下的女性书写》,北京:科学出版社,2011年,第188页。

西丽不仅展示了她的艺术天赋,更重要的是,她的真实情感和思想有了可以表达的渠道。正是她的艺术才能,帮助她最终成为一个自食其力、自信自强、独立完整的有人格尊严的人。

小说中多次提到西丽全身心地缝被子,和许多普通妇女一样她最初学缝制仅仅把它当做生活中的实用技能。其实,百衲被隐含着更深刻的文化意义,它作为人际关系的纽带把妇女间的情谊牢牢地编制在一起。同时缝制也是个性化的具体体现:式样不同的每条裤子突出了人们情感上的不同需求。裤子意象既满足了"日用家当"的物质需求,又象征着黑人妇女的生活美学。在小说的结尾,西丽与丈夫某某先生一起缝制衣物、交心谈话,重建起一种平等、相互尊重和理解的相处模式。

《外婆的日用家当》是沃克最为优秀的短篇小说之一,主要围绕"百衲被"的故事展开的。在这部短篇小说中,沃克成功地塑造了一位代表并继承了黑人传统文化的黑人母亲,讲述了这位母亲与女儿围绕"百衲被"发生的冲突,反映出不同时代的美国黑人女性对文化遗产的不同态度。为了继承外婆的遗产"百衲被"姐姐迪伊煞费苦心、处心积虑,在母亲贬低诋毁妹妹不会珍惜百衲被,只"会像乡巴佬那样把这些遗产当做日常用品使用。"[1]母亲纠正了迪伊的错误看法,认为妹妹麦琪才是继承百衲被的合适人选,因为麦琪"知道怎样缝制,一定会缝制出更多的百衲被来。"[2]这位黑人母亲充分肯定了遗产的文化传承功能。她告诉女儿传统文化的继承是对精神力量的不断创新而不是利用那些老古董去做摆设或追逐时尚。沃克通过继承遗产的故事传递出这样的信息:如果错误地继承遗产将很容易成为物质的附庸。只有正确地理解遗产精神,才能保存遗产的文化价值。[3]才能进一步增强黑人女性的文化自信和自豪感。

---

[1] 嵇敏:《美国黑人女权主义视域下的女性书写》,北京:科学出版社,2011年,第193页。

[2] 同上书,第193页。

[3] 同上书,第194页。

沃克的小说从不同侧面反映了黑人女性的艺术创造力,这种艺术创造力在帮助黑人妇女走向独立、实现自我的人生价值上起到了非常重要的作用。对此,《紫色》阐述得最为透彻。在这部小说中,几乎所有的主要黑人女性都具备一定的艺术创造力。首先是代表了沃克妇女主义精神的布鲁斯歌手莎格,作为艺术家歌手,唱歌不仅给了她全面展示天赋的机会,而且给了她做人的勇气。正因为她凭借自己的艺术才能挣到可以养活自己的钱,她才最终摆脱男人操纵。唱歌不仅给了她自信,还使得她能够帮助西丽站起来反抗压迫,寻找新的人生。

美国黑人妇女文化传统对沃克产生了很大的影响。沃克母亲正是通过日常劳作来展现她所代表的黑人妇女文化传统。沃克认为,母亲的创造性天赋在她的家务劳作中得到了释放,因为"我们所有的衣服都是她(母亲)做的。所有的毛巾和床单都是她做的。夏天她做蔬菜和水果罐头;冬天的晚上她做被子。"[1]母亲给她留下的最深刻印象是培植自家花园里那些花花草草中显示出的高超园艺。不管她们的住处有多寒酸简朴,沃克的母亲总会在房子的周围种上各种花草,看着满目的鲜花,贫穷的日子似乎也不那么难熬了。在沃克眼中,母亲的花园有一种神奇的力量,她用她自己的方式创造了一件件艺术作品,并用这样的方式继承和发展黑人文化传统。事实上,沃克的母亲就是千千万万黑人妇女的典型代表,沃克在她成长的过程中常常惊诧于众多黑人妇女天才所创造的多样艺术成果。"虽然这些成果常常是失之无名的,但她们以这种方式坚守了自己的文化根基,并因此使自己的灵魂和精神获得自由。正因为如此,沃克小说中许多黑人妇女形象都被赋予了这样深具文化内涵的特质。"[2]

除了此类日常家务,沃克的母亲还通过讲故事显示了她的语

---

[1] Alice Walker, *In Search of our mothers' Gardens: Womanist Prose*, New York: Harcourt Brace Jovanovich, 1983, p. 238.

[2] 王晓英:《走向完整生存的追寻:艾丽丝·沃克妇女主义文学创作研究》,苏州:苏州大学出版社,2006年,第100页。

言表述才能,"那些故事从她的嘴里流淌出来就像呼吸一样。"[①]多年后,沃克意识到那些从母亲那里听来的故事和语言已不知不觉地渗透到自己的写作中,并影响到她自己讲故事的方式。

对沃克而言,文学创作是最为有效的方式,她希冀用这个方式唤起世界上所有有色妇女,去找回失去的具有无价文化宝藏的"母亲的花园"。如果大多数人能够珍视自己的传统文化,它们就一定能生根发芽,并得到他人的认可和尊重。沃克认为黑人妇女要挺起腰杆做人,必须以自己的文化为支撑,她曾在一篇题为《我们自己的文化之音》的文章中写道:

> 文化是一种人的身体和灵魂都应该在其中成长的东西。但在美国,对我们许多人来说,这样的事情并没有发生。相反,就像根茎陷在有毒的土壤里的植物一样,我们生养出了一代又一代有病的果实。为何如此?这是因为主流文化是以鼓励白人和男人的全面发展为其宗旨的……其他人是得不到支持的,除了不时对我们施以伤害。还因为我们许多人已经忘记或不再能够辨认自己文化中最健康的东西。我们不知道那是我们生存和成长所必需的土壤。[②]

沃克坚持认为,黑人妇女应该建立她们与自己文化根源的联系,并将之视为"一项神圣的事业——将灵魂,勇气,力量重新放回我们的身体。"[③]正是因为文化传统的深厚价值可以加强黑人妇女的自信,为她们的解放和实现完整的人生价值铺平道路。

[①] Alice Walker, *In Search of our Mothers' Gardens: Womanist Prose*, New York: Harcourt Brace Jovanovich, 1983, p.240.
[②] Alice Walker, *Anything We Love Can Be Saved: A Writer's Activism*, London: Women's Press, 1997, p.53.
[③] Ibid., p.55.

三、两性和解与迈向种族的完整生存

黑人妇女的觉醒成长和自信自强不仅为她们解放和实现完整的人生价值铺平道路,而且也是促成黑人男人的转变和回归的重要途径。正如《紫色》中艾伯特所说,他打西丽和他的前妻一部分的原因是她们从不反抗。从另一个角度来看,黑人女性的懦弱忍让也助长了黑人男性残暴的嚣张气焰。沃克笔下黑人男性形象是丰富而多元,动态发展的,她并没有排斥或完全否定黑人男性,更没有丑化黑人男性。相反,沃克在描写黑人女性成长历程的同时,也强调了黑人男性共同成长、转变的可能性和重要性。沃克曾明确表示她个人喜欢《紫色》的地方在于"它强调人的发展成长、妇女间的团结以及男人发展成长产生变化的可能性。"[①]其实,早在她的第一部小说《格兰奇·科普兰德的第三生》中,就显示出了黑人男性转变和实现和谐平等的黑人两性关系的可能。沃克特别强调变化的可能性,她说:"我相信变化,个人的变化、社会的变化。"[②]在沃克的几部主要作品中我们都可以看到黑人男性得到拯救和人性的失而复得的理想化结局和美好愿景。

沃克首先通过对种族主义、性别主义的揭露和批判,促使黑人男子乃至整个黑人民族觉醒并走向精神自救。她笔下的黑人男子并不只是黑人社会的产物,而是黑人在美国社会中长期遭受歧视的产物,他们性格的形成具有社会、历史、经济、政治上的种种原因。沃克通过一些令人发指的事实揭示黑人男性被扭曲的灵魂,其实是对种族歧视的有力控诉和谴责。如果不正视种族歧视造成的黑人精神上的创伤的各种最深刻的表现,黑人又如何能够得到真正的精神上的解放?[③] 黑人与女性的双重身份,使沃克和其他

[①] 艾丽斯·沃克:《紫颜色》,陶洁译,南京:译林出版社,1998年,"序",第2页。
[②] Henry Louis Jr. Gates and K. A. Appiah (eds.), *Alice Walker: Critical perspectives Past and Present*, New York: Amistad Press, Inc., 1993, p. x.
[③] 王家湘:《20世纪美国黑人小说史》,南京:译林出版社,2006年,第364—365页。

黑人女作家一样,既要表现一个白人中心社会中的黑人意识,又要表现一个男性中心社会中女性意识的觉醒。艾丽斯·沃克的可贵之处在于她在处理黑人男女之间的矛盾冲突时,深刻地剖析了他们的思想意识和心理状态,塑造出的黑人形象既有普遍共性又富有独特个性,并从不把黑人理想化,从而摆脱了狭隘的种族意识的局限性。她对黑人负面形象的描写"是在提醒我们男人看到自己身上的问题……她是说,黑人是美丽的,但并不总是正确的。"[①]如前文所述,格兰奇就是在意识到自己以前所犯的错误后,走上了自我改造的道路。小说描写了格兰奇经历的三种生活:在前两种生活中,他先是因为生活的艰难而常常以酒浇愁,虐待妻子儿女作为对白人愤怒的发泄。后来他抛妻弃子,流浪到北方,开始了他的第二种生活。他的妻子玛格利特因无法接受这一切而自杀身亡。格兰奇在纽约的几年靠盗窃苟且偷生,甚至间接杀死过一个白种女人。这段经历使他有机会在较为广阔的社会空间里以崭新的视角反省自己的过去,思索黑人的未来,而杀人则把他从对白人的恐惧中解放了出来。然而在纽约中央公园里经历的一幕却使他决定重新开始他的人生。他想同情一名被男人欺骗并怀有身孕的白人妇女,却受到了后者的极大鄙视。而当那白人妇女不慎掉入湖中,格兰奇向他伸出救援之手时,却又被她拒绝,因为她不愿握住一个黑人的手。格兰奇的第二种生活使他彻底醒悟,他认识到在无辜的妻儿身上发泄怒火的极端错误和残忍的,那是懦弱无能的表现。他应当把枪口对准这个冷酷的社会,对准压迫黑人的白人。为了找回自尊的生活,他结束了在北方的流浪,回到南方,由此开始了他的第三生。精神上重获新生的格兰奇不再自我憎恨并认识到了重整男子精神,唤醒黑人自尊心的必要性和重要性。因此,当他面对已经沉沦并更加邪恶的儿子布朗菲尔德时,他不顾一切地保护美丽善良的孙女露丝,使其免受上两代人的苦难。抚养、保护孙女

[①] Richard Wesley. "Can Man Have It All? The Color Purple Debate: Reading between the Lines." *Ms.*, September 1986, p. 62, pp. 90 - 92.

是格兰奇第三次生命/第三种生活的唯一责任,因为露丝象征着希望,她给了格兰奇弥补过去错误的机会和拥抱未来的理由。格兰奇保护露丝不受外部世界的伤害,并教会她生存所必需的勇气和手段。天真无邪的露丝则唤醒了格兰奇心中沉睡的爱,促使他改变自己,并使他进一步意识到,并非所有的白人人性都恶,不加区分、盲目地仇视白人并不能解决一切问题,只能让黑人逃避自己应该承担的责任。当刑满出狱的布朗菲尔德为了报复格兰奇蓄谋夺回对露丝的监护权,眼看着自己为露丝所做的一切即将被毁,格兰奇开枪杀死了布朗菲尔德,自己也因此失去了生命。格兰奇牺牲自己以成全另一个美好的生命,他将自己的希望、自己的新生注入孙女露丝身上,使自己的生命得到延续,同时实现了自身的人性回归。在格兰奇身上体现了沃克的一种信仰,她相信人是会转变的,而社会的变化离不开个体的变化。格兰奇会变,因为他后来获得的广泛的社会经历使他有机会转变,而且他对露丝的爱使他的灵魂得到了净化和升华。正如梅利莎·沃克所说,这部小说的结尾集中"在这位老人身上,他改变了自己的人生,证明了人有改变的可能,并最终以献出这一生命为露丝创造了机会"。[1] 格兰奇用行动证明了自己的信仰:"生存并不是一切……但完整的生存是他想要给露丝创造的。"[2]

黑人妇女主体意识的觉醒也是帮助黑人男性转变的一个重要途径。《紫色》中,索菲亚的丈夫哈波之所以能在思想上发生转变摒弃大男子主义观念,正是因为妻子索菲亚是一个具有斗争精神并坚持掌握自己命运的黑人妇女,具有强烈的自我主体意识。她强壮、勇敢、独立,是个天生的"女战士",绝不屈服于任何压迫。作为一个黑人女性,为了生存下去她从小就得和同家里的所有男性成员作斗争,用她自己的话说,"我这辈子一直得跟别人打架。我

---

[1] Melissa Walker, *Down from the Mountaintop*: *Novels in the wake of Civil Right Movement*, 1966 - 1989, New York: Yale University Press, 1991, p. 118.

[2] Alice Walker, *The Third Life of Grange Copeland*, New York: Harcourt Brace Jovanovich, Inc., 1970, p. 214.

得跟我爸爸打。我得跟我兄弟打。我得跟我的堂兄弟、我的叔伯们打。在以男人为主的家庭里女孩子很不安全。可我从来没想到我在自己的家里还得打架……我爱哈波，上帝知道我是真心爱他。可我会揍死他的，如果他想揍我的话。"①虽然哈波和索菲亚真心相爱，虽然哈波没有屈服于父亲的粗暴干涉最终娶了索菲亚，但是他还是深受父权文化观念和父亲的影响，在婚后为了捍卫他男子汉的尊严，千方百计地炮制父亲对待西丽的方式试图让索菲亚臣服于他，对他言听计从。他还向父亲和西丽询问使索菲亚听从他指挥的办法。"老婆都像孩子。你得让她知道谁厉害。狠狠地揍一顿是教训她的最好办法。"②某某先生说道，"索菲亚考虑自己太多，她的傲气得打掉。"③但当哈波把拳头挥向索菲亚时，却反被打得鼻青脸肿。他起初认为是自己体格不够强壮，于是拼命进食想增肥变壮，希望能压制住索菲亚，但最终未能如愿。当索菲亚感到那时的哈波要的不是老婆而是条狗时，她毅然决定离开他。一般而言，在黑人家庭或社群里，通常是丈夫由于某种原因抛妻弃子，离家出走。而妻子离开丈夫则需要非凡的勇气，因为她们将因此失去名声、保护和经济来源。索菲亚却没有丝毫的畏惧，带着孩子离开哈波，相信自己没有丈夫也能过得很好。

　　历经一番波折之后，哈波终于想明白了，也相信西丽对他说的话："有些女人是打不得的，索菲亚就是这样的女人，况且她爱你。你要是好好跟她说，也许她多半都会照着你说的话办的……"④哈波从此不再猛吃，这意味着在婚姻和家庭生活里，他放弃总是想着制服索菲亚的念头了。他在家带孩子、做饭、收拾屋子、做零碎活。哈波渐渐开始了转变。但是，在索菲亚母亲的葬礼上，索菲亚坚持要抬灵柩而，哈波的传统观念使他认为这不成体统，他说"女人应

---

① 艾丽斯·沃克：《紫颜色》，陶洁译，南京：译林出版社，1998年，第33页。
② 同上书，第29页。
③ 同上书，第29页。
④ 同上书，第5页。

该待在家里煎鸡块,抬灵柩这事大伙儿都习惯让男人去做"。①但是,索菲亚决定的事情不容置疑也不容商量,"什么也别管!……这个女人去世了。我可以又哭,又不伤心过头,同时又抬棺材。不管你肯不肯帮我们搬椅子,做饭菜,招待事后来的亲戚朋友,反正我就是这个打算。"②最后,哈波不得不轻声轻气地对索菲亚说,"你怎么会是这种样子的,呃? 你干吗总是非要按你的注意办事?"③其实,哈波在索菲亚还在监狱时就从岳母那里找到了答案,索菲亚的主意不比别人差,而且,那是索菲亚的主意。在父权社会里,女性的社会角色受到了极大的限制,她们无法充分发挥自己的潜力,也无法自由地做自己想做的事情,必须藏在男人的身后,依靠他们生活。然而,打不倒也压不垮、总是坚持自己信念的索菲亚逐渐使丈夫哈波改头换面,一点一点地清除他头脑里残存的传统观念和性别主义思想,不仅在婚姻家庭的小天地,而且在涉及黑人家族、族群的婚丧嫁娶方面的传统习俗领域里也做出让步,充分尊重妻子的决定。哈波的转变是较为彻底的,他甚至用实际行动支持索菲亚出去工作。当西丽雇了索菲亚在商店里做营业员,问哈波是不是会计较时,他回答说:"我有什么好计较的……她好像干得挺高兴。家里的事情,我都能对付。"④后来,他还当面向索菲亚表示自己的支持:"你总有我在支持你的,你作的每个判断我都同意。"⑤看似简单的一问一答透露出非凡的意义。哈波支持妻子走出家庭,走向社会,进一步实现她的个人价值和社会价值。同时,这也是对传统的"男主外,女主内"思想的挑战和颠覆,表明哈波彻底战胜了腐蚀他灵魂的大男子主义思想,实现了黑人男子的转变与回归,为黑人两性从对峙走向和解、实现种族的完整生存树立了典范。

---

① 艾丽斯·沃克:《紫颜色》,陶洁译,南京:译林出版社,1998年,第169页。
② 同上书,第169页。
③ 同上书,第169页。
④ 同上书,第223页。
⑤ 同上书,第224页。

如果说哈波的转变和回归容易被忽视,那么当西丽在莎格等女性朋友的帮助下勇敢地走上独立的新生之路后,她称之为某某先生的丈夫艾伯特的逆转才是最为典型和令人欢欣鼓舞的。在美国社会中,种族歧视直接或间接地从黑人男性身上折射出来。在文学作品中他们大都以"控制者""伪君子""施暴者"等面貌出现。在多元"交叠性"压迫下,黑人男性与黑人女性一样也是受害者。所不同的是,黑人男性在压迫女性的时候并没有意识到他们的残暴其实也是被美国社会制度内化的结果。事实上,黑人性别主义就是白人种族主义在黑人群体内"微缩后的复现"[1]。小说中某某先生艾伯特最初是以一个冷酷残暴,独断专行的家庭暴君的形象出现的。他同别的黑人男子一样,任意虐待妻子奴役孩子,当第一任妻子惨死后,为了找个人照料那群孩子和种地干活,他像挑选牲畜一样打量一番西丽,勉强同意娶了她,某某先生恶习未改,仍然变本加厉虐待奴役西丽。觉醒后的西丽开创了自己的事业,获得了经济上的自主和独立,生活过得风生水起、事业蒸蒸日上;而艾伯特却在西丽出走后一蹶不振,萎靡消沉,生活在一片狼藉中。如同"劫后余生"的艾伯特开始思考并逐渐明白自己的过错,并对自己过去的行为感到愧疚。在认识到自己的大男子主义思想以后,他决心重新做人。渐渐地,艾伯特也找回自己的本性,做自己该做的和喜欢做的事情。当西丽从孟菲斯回来后,她发现某某先生像变了个人,她注意到某某先生的第一件事就是"他可真干净",后来,从索菲亚和哈波口中西丽了解到,从不干家务的某某先生现在"从早到晚都在地里干活","他甚至还自己做饭和洗盘子。"[2]

转变后的艾伯特开始收集贝壳,做针线活等。这两个爱好具

---

[1] Chikwenye Okonjo Ogunyemi, "Womanism: The Dynamics of the Contemporary Black Female Novel in English," *Signs: Journal of Women in Culture and Society*, Vol. 11. No. 1, 1985, p. 68.

[2] 艾丽斯·沃克:《紫颜色》,陶洁译,南京:译林出版社,1998年,第172—173页。

有一定的象征意义。欣赏贝壳需要倾听,同样,要建立友好和谐、互尊互爱的男女关系,男人必须学会倾听,而不是用暴力迫使女人陷入沉默。针线活历来被认为是女人的活儿,艾伯特小时候其实很喜欢针线活儿,常跟他妈妈一起缝缝补补,只是因为受到了别人的嘲弄才放弃了这个爱好。据莎格讲述,多年前他们两人相爱在一起的时候,她常穿着某某先生的裤子,而他则穿上莎格的裙子闹着玩儿。那段时光是某某先生一生中最幸福的日子。不幸的是,性别主义观念和家长制改变了艾伯特并剥夺了他的幸福。年轻的艾伯特曾是一个很"有趣"的人:喜欢跳舞,喜欢笑,爱莎格胜过一切。然而,他却不敢违抗父亲,屈从于父亲的命令,抛下莎格,娶了父亲给他安排的女孩。从那以后,他像变了个人似的,彻底放弃了原先的那个温柔、和善、充满爱的自我。根深蒂固的社会性别规范和家长制摧毁了艾伯特原本具有的善的潜能,把他变成了一个十足的家庭暴君。现在西丽目睹了某某先生的转变后逐渐原谅了他,尽管不确定两人还能否做夫妻,但他们渐渐成为亲近的朋友。对莎格共同的爱给他俩带来许多共同的话题,而且也只有某某先生才真正理解莎格离开后西丽所感受到的痛苦,并真诚地安慰她:"……我有爱情,我也得到过爱情。我感谢上帝,因为他让我明白,爱情并不因为有人呻吟哭泣就停止了。你爱莎格·艾弗里,我并不奇怪,我这辈子一直在爱莎格·艾弗里。"[1]这些话既有深度,又很明了,合乎常理,让西丽大为惊讶。正如迈克尔·奥科沃克所言,"一旦某某先生意识到以他父亲为代表的恶意的社会力量无法终止爱,他就已经克服了父权社会里带给他的恶劣影响。"[2]很快,西丽发现她和某某先生很谈得来,两人经常坐在一起回忆和莎格一起度过的那些快乐的日子。西丽在做针线活时某某先生也参与进来,西丽教他缝裤子,并开始改叫某某先生为艾伯特。艾伯特愿

---

[1] 艾丽斯·沃克:《紫颜色》,陶洁译,南京:译林出版社,1998年,第213页。
[2] Michael Awkward, *Inspiring Influences: Tradition, Revision, and Afro-American Women's Novels*, Columbia University Press, 1989, p.163.

意做针线活说明他已经摆脱了男尊女卑的错误观点,不再固守男女的家庭或社会分工和角色,愿意跟女人平起平坐分担她们的劳动。他转变了,也把他自己给解救了,他对西丽说:"我现在心满意足,我第一次像个正常人那样生活在世界上。我觉得我有了新的生活。"①某某先生可能是沃克所有作品中最具争议的男性角色,他从一个欺骗、虐待妻子并将她妹妹写给她的信藏起来,说妻子又黑又丑又穷又是女人所以一钱不值的恶男人,变为能够与妻子谈心,告诉她自己的想法,并最终学会爱的男人:

> 我开始琢磨、我们为什么要爱情,我们为什么会受苦,我们为什么是黑人,我们为什么分男人和女人,孩子到底是从哪儿来的。没过多久我就明白,我其实什么都不知道。我还发现,要是你光问为什么自己是黑人,是男人,是女人,是棵树而不先问问为什么你活在人世的话,这种问题就一点意思都没有。
> 那你是怎么想的?我问。
> 我想我们活在世上就是来想问题的,来琢磨,来发问。在琢磨和思考大事情的时候,你学会小事情,差不多都是碰巧发现的.可是,对于那些大事情,你不管怎么琢磨,总是只知道那么多。我越琢磨,他说,我越爱大家。
> 我敢说,别人也就爱起你来了,我说。
> 对极了,他有点吃惊地说。哈波好像喜欢我了,索菲亚和孩子们也爱上我了。我想连老坏蛋亨莉埃塔也多少有点喜欢我……②

当某某先生开始思考并发生改变时,他学会了相互尊重和关心,自那时起,他就真正成为有名字的艾伯特,这是成为一个完整

---

① 艾丽斯·沃克:《紫颜色》,陶洁译,南京:译林出版社,1998年,第204页。
② 艾丽斯·沃克:《紫颜色》,陶洁译,南京:译林出版社,1998年,第224—225页。

的人的重要一步。西丽也坦言虽然艾伯特干过很多坏事,但她不恨他,因为他爱莎格,因为莎格从前也爱过他,而且现在跟他讲话他真的听进去了。艾伯特学会了怎样去面对遭受奴役的历史所遗留下的种种痛苦甚至扭曲的心灵,经过痛苦的反省和挣扎,他终于摆脱了种种精神枷锁,终于得到了解放和升华。他的觉醒在很大程度上归功于他周围的黑人女性尤其是西丽的觉醒。内因是原动力,外因是驱动力,男性思想觉悟的提高,在很大程度上取决于女性自我意识的觉醒和自我品质的完善,女性的成长和独立是促进男性思想解放的引擎。

西方一些评论者也看到了艾丽斯·沃克作品在塑造男性形象中隐含的积极因素,如罗伯特·詹姆斯·巴特勒指出:"她(沃克)克服了南方社会不公正现象可能引起的'盲目'视角,成功地从表面看来'贫困的'背景中挖掘出了'大量积极的素材'。"[1]李·巴切尔和华顿·利兹也指出:尽管受限于社会和经济条件,沃克的"人物具有完善自我,改善各种关系的最基本的责任感—他们有能力改变,且向好的方面改变。"[2]在沃克的小说中,黑人男子的自我改造与完善首先发生在个体身上,因为正是个体的罪孽波及整个社区及黑人民族的社会生活。沃克认为,个体对自身的发展、完善负有责任,只有男性个体得以改造和完善,黑人社区男女两性方可平等相处,才会团结携手共建美好家园,才能实整个种族的完整生存。

不言而喻,沃克作品中男性人物形象的塑造体现了作者追求精神健康和完整生存的妇女主义思想。沃克向我们显示了不论付出多大的代价,世界上所有的民族都有权利、有能力实现完整的生存,他们可能是穷人、黑人、未受教育的人,但他们的内心世界都会绽放出美丽的花朵。沃克还给我们这样一个启示:艺术可以改造

---

[1] Robert James Butler, "Alice Walker's Vision of the South in *The Third Life of Grange Copeland*," *African American Review*, Vol. 27, No. 2, 1993, p.195.

[2] Lea Baechler, and Litz, A. Walton. *Modern American Women Writers*, New York: Charles Scribner's Sons, 1991, p.513.

人。通过对黑人男性虐待黑人女性的野蛮行为的描述,沃克试图唤醒那些麻木不仁的人们,使他们认识到自己行为所造成的破坏性后果,那就是,除去个人痛苦,他们还切断了代与代之间的联系纽带,进而毁坏了家庭、社区、民族以及整个社会。正是出于对黑人民族深深的爱,沃克坚定了她对黑人男子的信任,并相信艺术可以帮助他们克服后天形成的不良行为,从而使其一心向善,拯救自我,走向精神健康和完整的生存。综上所述,沃克一方面不遗余力地揭露、控诉黑人男性"恶"的一面,及其对黑人女性、黑人家庭和黑人社群所造成的毁灭性后果;另一方面,不同于白人女权主义把男性放在女性的对立面来声讨,沃克及其倡导的妇女主义却坚信黑人男性具有自我转变的能力,因此,她们的目标并非与黑人男性分裂,而是黑人男性与黑人女性世界的彻底融合。沃克妇女主义理想首先追寻的是黑人种族的完整生存。

第二节　追寻人类的完整生存

《紫色》是沃克文集中重要而关键的作品,因为它不仅确立了她在美国文学界的经典地位和作为美国文化的标志性人物,这部取材于沃克家族史的书信体小说也是她创作的分水岭。国内外学界认为,从1968年到1983年之间的作品,可以被视为其前期创作,之后的则视为后期创作。沃克前期作品较为集中地表现了作者对黑人妇女尤其是美国南方黑人妇女生存状态的关注和对种族主义、性别主义摧残黑人妇女肉体与灵魂的揭露与批判。正如沃克研究专家鲁道夫·伯德(Rudolph P. Byrd)所言,"在这些作品中,沃克探索了一个地区的影响——总体而言是南方,尤其是她的家乡乔治亚州——包括其独特的历史,以种族为基础的、特权种族的支配结构,其文化传统,其复杂且不断演变的种族和性别形态,以及在很大程度上改变了美国南方的社会运动"。① 其后期作品在许多重要方面与前期作品大为不同,主要体现在其创作重心、政治倾向和艺术风格等方面。虽然她仍然关注黑人妇女及其生存状态,但视野更加广阔,叙事更为宏大,写作题材已超越性别种族的范畴,开始探究共通性的人类问题,表达她对完整的人类家园的构想和对人类完整生存的追寻。沃克通过她的文学创作尤其是后期创作不仅表达了这种追求的愿望,而且还通过历史溯源和合理构想,论证了实现这一愿景的可能性。

一、人道主义旨归:妇女主义思想的核心

沃克在1983年出版的散文集《寻找我们母亲的花园》中提出并阐述了妇女主义思想。在此文集的扉页上详细地给出了妇女主义者的定义,这个定义中说到妇女主义者是"传统意义上的大同者",妇女主义追求的是不同种族的人类世界"就像一个花园,各式各样的花朵一起开放"的完整的理想。大同社会的理想贯穿在沃克的写作中,贯穿在她激进的行动主义中,既是她标志性的理论符码,又是她身体力行、寻求消除不平等和改变社会的勇气源泉。因此沃克的作品又充盈着人道主义的关切,渗透着她本人的人道主义理想。无论是前期作品对黑人妇女生存状况的揭露,还是后期作品对人类共同面临的问题的关注,沃克始终以一种强烈的责任感,聚焦于人类真实的生存状况。她的妇女主义思想核心是"爱",正是在对人类对自然的爱的驱动下,沃克将其行动主义精神灌注在艺术创作之中,铸成了以"反性别主义、反种族主义、非洲中心主义、人道主义"②为中心的妇女主义理想。

沃克认为妇女主义者追求的并不仅仅是黑人妇女的解放,当

---

① Rudolph P. Byrd, *The World Has Changed: Conversations with Alice Walker*, New York: The New Press, 2010, p.25.
② 王成宇:《〈紫色〉与艾丽丝·沃克的非洲中心主义》,《当代外国文学》2006年第2期,第30页。

妇女主义者思考妇女运动的时候,她自然而然想到的是全世界的女性,而不单单是本种族的姐妹,而且她认识到,如果把黑人妇女的斗争同世界妇女的斗争割裂开来的话,那将"极度破坏妇女们的团结,同时也会令最乐观的将神感到沮丧"①。因此,妇女主义者在传统上是"普救论者(universalist)","妇女主义者之于女权主义者,就如同紫色和淡紫色的关系。"②沃克把所有种族都说成是有色人种,从而把黑人妇女斗争的范围扩大开来,同时又强调了人性的团结,避免了黑人女性主义的"分离倾向"。妇女主义从黑人妇女的视角出发,呼吁世界上不同种族、不同肤色、不同性别的人们平等相待,和平共处,以实现全人类完整生存的美好理想。

实际上,妇女主义理论蕴含的博爱的人道主义特点有其独特的历史来源,它可以被归结到黑人在美国社会生存下来的一个重要原因,即黑人传统的人道主义价值观上。根据麦克雷的分析,这种人道主义价值观的成因包括黑人的非洲文化传统、黑人虔诚的宗教信仰,由于社会和经济原因黑人被赋予的"照顾人的角色"(caring roles),如《紫色》中,当白人市长的女儿埃莉诺·简对她未婚夫说她其实是索菲亚一手带大的,并说当初要是没有索菲亚的话真不知道大家会变成什么样的时候,她的未婚夫斯坦利·厄尔说这儿的人都是黑人带大的,所以我们才长得这么好。③以及黑人对于相互帮助的重要性的认识。自古以来黑人就非常看重"婚姻、家庭的稳定、亲缘联系和对大家庭,以及广阔的社会的责任。"即便在今天,黑人还普遍保留有非常强烈的社会责任感。此外,非洲人视关怀他人为一种美德。而这种美德,尤其是黑人妇女身上体现出的这种美德,曾经在蓄奴制时期对整个黑人种族在美国的生存起到了重要作用。蓄奴制时期,黑人家庭常常会被强行拆开,家庭成员被分散卖到南方各地,这样留下来的家庭成员——多为

---

① Alice Walker, *In Search of our Mothers' Gardens: Womanist Prose*, New York: Harcourt Brace Jovanovich, 1983, p. 378.
② Ibid., p. xi.
③ 艾丽斯·沃克:《紫颜色》,陶洁译,南京:译林出版社,1998年,第206页。

有血缘关系或无血缘关系的女性——就责无旁贷地担负起抚养那些失去了父母的孩子们的重担,甚至那些不被奴隶主承认的黑白混血儿(多为奴隶主强奸黑人奴隶的产物)也不例外。照顾需要照顾的孩子,不管有没有血缘关系,这早已成为了黑人妇女生活的一部分,即使到了今天也是如此。而这种人道互助精神正是黑人在美国恶劣的生存环境里得以幸存、发展的重要原因。[①]由此可见,妇女主义者称自己"热爱亲人","热爱'爱'",就不难理解了。"爱"是沃克妇女主义思想的指导原则,妇女主义者首先就是一个人道主义者,它摆脱了传统女性主义的"排他"特征,超越了"二元对立"的对抗性社会关系,沿袭美国黑人传说中表现的自然、和谐的男女关系,寄予了对"所有人民,包括男人和女人的完整生存"的憧憬。[②]

二、原初的和谐:再现人类社会初始的原貌

在后期作品中,沃克对历史有关的问题的探索和挖掘既不限于美国南方,也不限于这个国家,而是扩展到整个人类,纵横几十万年。作为一个故事的讲述者,沃克已经走出她的家乡佐治亚来到加利福尼亚、夏威夷以及墨西哥、中美洲和欧洲,在《拥有快乐的秘密》一书中可以看到她又一次回到了非洲。她努力编织一个个跨越千年的故事。这种对人类历史的兴趣在 1989 年出版的鸿篇巨制《宠灵的殿堂》中表现得最为明显——这是迄今为止发现的最古老的人类考古遗迹。[③]沃克自己称之为"一部过去 50 万年的罗曼史"("a romance of the last 500 000 years")。

丽丝是本部作品最具有魔幻色彩的人物,严格说来她并不是

---

① 转引自刘戈,《革命的牵牛花:艾丽斯·沃克研究》,北京:高等教育出版社,2007 年,第 26—27 页。
② 王晓英,《走向完整生存的追寻:艾丽丝·沃克妇女主义文学创作研究》,苏州:苏州大学出版社,2008 年,第 61 页。
③ Rudolph P. Byrd, *The World Has Changed: Conversations with Alice Walker*, New York: The New Press, 2010, p. 26.

"一个"人物，而是许多人物的综合体：她前世曾经是白人、黑人、男性、女性，甚至狮子。她经历过与动物和谐共生的史前时代、遭受过奴隶制度下的奴役与剥削、体验过美国现代生活中的种族和性别歧视。她那穿越50万年历史长空的奇幻人生将历史与现实对接，向读者再现人类社会原初的样貌：一个没有尊-卑、优-劣、主-从等对立关系的和谐世界；同时，丽丝前世经历的多元身份也展现了充满压迫的历史，揭示种种压迫的起源。

  丽丝有着非同寻常的记忆力，她能记得自己的前世生命的经历。她的名字"Lissie"的寓意是"记得一切的人"[①]她一直在向她的倾听者讲述自己变幻莫测的人生经历和多重身份的记忆。在她的记忆中，相对平和、幸福的时期是她生为皮格米人之时。皮格米人是指远古时期生活在非洲赤道一带或东南亚部分地区的侏儒。她当时生活在非洲原始森林里，和猩猩为邻，称他们为表兄弟姐妹，大家和睦相处，猩猩甚至不时替人类照看孩子。在她眼中，性情温和、热爱和平的猩猩以及它们的家庭生活模式甚至优于人类。当时的人类处于母系氏族时期，在丽丝的部族里，女性占据主导地位，男人和女人分开居住，只是在求偶期才被允许进入女性聚居地，而且交配结束后必须离开，孩子由女人们共同抚养到成年，然后男孩进入男子群体生活，女孩留在女性群体里。在这种社会体制下两性都能充分地享有自由。丽丝当时和她的伙伴像一对夫妻那样生活在一起，共同养育他们的孩子，但是这种家庭式生活只存在于猩猩的群体中，"他们无法理解分离，他们与整个家庭、部族、树林同甘共苦。"[②]因此，丽丝选择脱离人类社会而与猩猩们生活在一起。丽丝因此对苏维罗坦言，"在所有记忆的身份中，与表亲猩猩一起的生活是我拥有的最幸福的人生。"[③]黑猩猩群体被描述为"平静祥和的部落"，他们使树林周围具有安全感，帮助"笨拙"的

[①] Alice Walker, *The Temple of My Familiar*, New York: Harcourt Brace Jovanovich, Inc., 1989, p. 52.
[②] Ibid., p. 86.
[③] Ibid., p. 88.

人类挖掘树根……与黑猩猩表亲的相处令丽丝这个女皮格米人无比的怀恋。① 后来,黑猩猩的这种家庭式生活也渐渐地这也成了人类生活的时尚:

> 就这样,这种生活渐渐成了森林里人们的生活模式,延续了很长时间,直到占有的观念现。因为男人更加强壮,特别是当女人因为生孩子而变得虚弱的时候,他们便开始考虑将女人和孩子占为己有。②

丽丝的讲述展示了以女性为主体的原始社会有着某种内在的和谐:天性热爱和平、团结的女性能够与动物和平相处,更能善待彼此的孩子,在没有男性干涉的情况下,共同承担起哺育后代的责任,整个氏族社会和平安宁,各得其乐。但是,男性天性爱斗,常常挑起事端,破坏部落之间的安宁,于是森林也"被视作某种被分割成一份一份的东西属于这个或那个部落"③,私有制也就产生了。男人们由于在体格上占优势,开始认为自己对女人和孩子拥有所有权,私欲的膨胀使他们"变得贪婪,想要得到更多的女人和孩子"④。

此外,丽丝的前世还至少一次曾是狮子。在身为狮子的那一世里,丽丝作为宠物与一个女人和她孩子生活,但是最终被男人赶走。也是因为这个原因,她直接目睹了男人的妒忌和征服欲如何改变了人的自由的过程:

> 动物们和女人孩子被逐出家园,我们一起生长,共同享受森林中我们最喜欢的地方。但这种生活很快结束

---

① Alice Walker, *The Temple of My Familiar*, New York: Harcourt Brace Jovanovich, Inc., 1989, p. 102.
② Ibid., p. 87.
③ Ibid., p. 87.
④ Ibid., p. 87.

了,不知什么原因,当我长大为一只成年狮子时,男人和女人的住处合在了一起,他们都为对方失去了自由.男人决定一切该做和不该做的事情,女人在行动上顺从男人,感情上依赖男人……。①

作为一头狮子,丽丝因为失去女人的友谊而悲伤,也为女人依附男人而为她们无奈与惋惜:"依附男人,女人必定要失去她的尊严和完整性。这是一个悲剧。这样的命运,狮子不打算与其分享。"②当狮子最终被驱走时,丽丝(狮子)表明:"我知道,在这个地球的生活结构中,我们正在经历着一种巨大的改变,它使我无比伤痛……很快,我们将会忘记(女人的)语言……这种友谊也将荡然无存。可怜的女人将只能和男人在一起,与那个杀害她朋友的男人在一起,为他做饭,讨好他。"③这样,男人让自己成为女人唯一的主人和伴侣。

在这部作品中,作者巧妙地创造了丽丝这样一个对自己前世生命的记忆可以追溯到人类在地球上出现之前的人物,而且她的多重身份在她身上不仅集合了人类历史发展演变的线索,而且还体现了艾丽斯·沃克认为的不同种族血缘的人类其实同出一源,人类本是一个整体的思想。

丽丝还记得在伊斯兰教传入之前的非洲,人们崇拜的对象是母神。她在那一世是一名非洲女孩。父亲去世后被叔叔卖给美国白人为奴的人。丽丝所在的贩奴船上有许多因为拒绝放弃"母亲崇拜"信仰而被卖身为奴。丽丝对这一身世的讲述使我们目睹了数百年前跨越大西洋的奴隶贸易中许多"母亲崇拜者"被抓捕,妇女儿童被驱入"以男人占统治地位的部落"的情景。那时,母系制度逐渐被取代,母亲崇拜的传统信仰渐渐地被非洲本土大众淡忘,

---

① Alice Walker, *The Temple of My Familiar*, New York: Harcourt Brace Jovanovich, Inc., 1989, pp. 364-365.
② Ibid., p. 366.
③ Ibid., p. 403.

贩奴船上大批的"母亲崇拜者"因恶劣的生存环境也未能幸存。尽管如此,那些被强制迁移到异域并幸存下来的奴隶及其后裔对女神崇拜却始终深信不疑。① 正如丽丝指出的那样,"我们的祖先将对母亲崇拜这一古老的宗教带到了法国、德国、波兰、英国、爱尔兰、俄国等地,如果我没有说错的话,如今在波兰,还有许多人信仰我们的母亲崇拜。"②

在横渡大西洋罪恶的贩奴船上,被卖身为奴的人们遭受饥饿、疾病,以及船上恶劣条件的折磨,尤其是那些幼小的孩童,是"那些哺乳期妇女的乳汁成为幼童们的天堂……否则,一些恐惧和有伤病的孩童必死无疑。"③这些年轻的母亲受到人们的敬重,她们还将乳汁滴在人们溃烂的伤口上,帮助伤口愈合。丽丝的讲述不仅使小说人物、历史学教授苏维罗厘清非洲黑奴被贩卖的历史原貌,还了解了"母亲"的特质,其身体的重要性和滋养他人的能力。苏维罗开始重新审视女性的力量,体会到女性"如何为了整个民族的幸存和完整而无私奉献"的精神和斗志。

女神崇拜的文化传统不仅仅存在于丽丝的讲述中,泽德和卡洛塔母女生活的中美洲文化中也有与丽丝的描述相同的崇拜母亲的历史。泽德对阿维达讲述了自己民族中对女性充满尊敬与敬畏的母系文化,再现了人类社会的原貌。泽德告诉阿维达,在中美洲的历史上,有一段时期女人被认为是创造地球的神。生命诞生的过程在男人看来是一个不解之谜,于是男人将女人视为神,因为"人们对于不明白的事物,不是崇拜就是害怕"。在他们看来,能够创造生命的人也能创造这个地球。所以他们认为创造地球的是一个大女人、一个女神,而女人们则是拥有超自然力量的女神的祭司④。那时候,泽德生活的小村庄保留着母系氏族的习俗,具有魔

---

① Alice Walker, *The Temple of My Familiar*, New York: Harcourt Brace Jovanovich, Inc., 1989, p. 67.
② Ibid., p. 195.
③ Ibid., p. 68.
④ Ibid., p. 49.

幻色彩的瀑布洗浴仪式便是其中之一："那里有个神奇的地方,当经期结束之时,许多母亲和女儿们总是在圆月高悬的夜晚去那里洗浴。"[1]在泽德的本民族语言里"瀑布"意为"女神"。正是在这个瀑布旁边,人们讲述古代的母系社会：……很久以前,只有女人才可以做牧师,男人崇拜敬畏女人,男人与女人分开居住,男人和女人的聚会只是为了满足双方的性欲,如果生下男孩,一旦长大就会离开母亲。男人收集羽毛、骨头、动物牙齿等东西,带着这些礼物来讨好他们喜欢的漂亮女人,女人们便用这些东西来打扮自己。但不久,男人们窥视了女人创造生命的全过程,不再视其为神秘。男人出于对女人能够创造生命的嫉妒产生了征服女人的欲望,结果导致人类失去自由的历史。沃克通过泽德向阿维达讲述这些代代相传的故事,描摹人类社会的初始风貌及历史的演进过程。这些故事揭示了男性如何使女性成为牧师,又如何出于嫉妒女性创造生命的能力重新收回男人做牧师的权利等母系文化及其变化的历史真相。到了卡洛塔祖母老泽德这一代,男人和女人在家庭和社会中的角色和地位完全反转,男人成为执掌宗教的祭司。而男人曾经为了取悦女人收集羽毛等东西来装饰女人的做法,则变成了老泽德这样的妇女用来表达对男祭司的崇拜而做的事情。老泽德在缝制羽毛装饰这件事上发挥了她的艺术天才,后来她又将这艺术创造能力传给了她的女儿小泽德,成为后者在美国谋生的主要手段。显然在泽德们的身上,隐含了女神精神仍然在延续的意义。

沃克在作品中追溯了非洲和拉丁美洲大陆文明的起源,探索了母系社会是如何被父权文化压制的,以及对母/女神的崇拜是如何被基督教和伊斯兰教取代的。她提供了一种更加宽泛的宗教视野,其前提是所有存在物的平等以及对男性和女性美学的赞美。正如蒙特拉罗所言："妇女主义允许女性将她们的母性身份和历史

---

[1] Alice Walker, *The Temple of My Familiar*, New York: Harcourt Brace Jovanovich, Inc., 1989, p. 46

编织在一起,以修正她们的压迫环境,并为自己重写更可接受的剧本[①]。"诚然,女人天性热爱和平,而男人则更倾向竞争和攻击性。所以,当女神崇拜被男神的宗教取代时,战争、等级、压迫就应运而生了。弗吉利亚·伍尔夫在《三个几尼》中说父权制就意味着等级、竞争、侵略、暴行乃至战争。私人生活与公众生活是密切联系的,伍尔夫认为和平的希望只存在于"女性"观:和平、正义、养育、正直,以及对他人的关爱在公众领域的延伸。伍尔夫指出如果妇女被给予平等的机会,那么男性在公众生活和私人生活中的主宰地位将结束。最终会带来一个非暴力的社会结构和价值观的转变,从而创造一个更公正和更和平的世界。[②] 由此可见,伍尔夫的和平观与沃克在这部作品中表达的思想不谋而合。

三、爱与拯救:重构完整的人类家园

沃克借用《宠灵的殿堂》中神奇人物丽丝不同视角的眼光来看待人类世界,得出了同一个结论:压迫随处可见。官府压迫人民、白人压迫黑人、男人压迫女人、物质压迫精神。同时,丽丝多元化的人物形象和人物身份跨越了种族、性别、物种以及时空边界,对性别、种族甚至人类等固有观念进行改写和修正。她颇具"魔幻"色彩的复杂人生则再现少数族裔文化的循环/轮回观念和万物同源的思想。她代表边界的打破与跨越,使得一切——白人与黑人、男人与女人、人与动物、生者与逝者、过去与现实联系起来,从而使女性个体的自我身份强化为集体的凝聚力,最终为世人展现和谐大同的人类社会图景。

在沃克看来,地球上的不同种族的人类之间其实已经没有明确的区别,因为事实上,种族血统并不是单一的,经过几百年,甚至

[①] Jane J. Montelaro, *Producing a Womanist Text*: *The Maternal as Signifier in Alice Walker's "The Color Purple."* Victoria: University of Victoria, 1996, p. 71.
[②] 转引自王晓英,《走向完整生存的追寻:艾丽丝·沃克妇女主义文学创作研究》,苏州:苏州大学出版社,2008年,第143页。

几千年民族之间各种形式的交流,任何人的身上可能都含有几种不同的血缘。譬如说黑人,沃克在文章《灵魂的密室》中指出:

> 我们曾经是这里的奴隶,也是那里的奴隶。白人曾祖父们虐待我们再将我们卖到这儿,黑人曾祖父们虐待我们再将我们卖到那儿……我们是北美洲的印第安人和白人的混血儿。我们是黑人,不错,但我们也是白人,我们还是棕色人。如果你身上有 2 或 3 种血缘,要想只承认一种,我相信,那一定会导致精神疾患:"白人",已经向我们表现了这种疯狂。想象一下,如果白人明白也许这个星球上没有一个人是百分之百的纯种"白人",他们将获得的那种精神上的解脱。[1]

也许在沃克看来,一旦人们认识到这一点,这个世界将不会再有种族隔阂、种族压迫,以及种族间战争的发生。

作为妇女主义者、人道主义小说家,沃克一直在尝试用她的创作来创造另一种生存方式、另一种文化。她尝试结束种族主义的噩梦并改变种族关系的现状。尽管沃克毫不留情地揭露、控诉、批判种族主义的罪恶,但她同时也一直在表达消除种族偏见、主张种族和解的愿望,这一问题的解决有助于消除其他形式的统治、压迫、剥削等不平等现象,这样才有可能重建完整的人类家园。沃克在第二部小说《梅丽迪恩》中就已经涉及这一主题,她塑造了一位甘愿献身于黑人解放事业的白人女性形象,阐述了在消除种族偏见、实现种族和解方面,白人女子林做出的努力和牺牲。

来自北方的白人女子林选择了南方的民权运动,投身黑人民族的解放事业。她和黑人男子、民权运动者杜鲁门结了婚,希望能成为这个世界的一分子,但是黑人社会对白人妇女有着传统的对

---

[1] Alice Walker, *Living by the Word*, New York: Harcourt Brace Jovanovich, 1988, pp. 81-82.

立和隔阂。即使林已经投身黑人民族的解放事业,也并不能改变种族歧视和偏见造成的鸿沟,特别是因为她是女性,人们更忽略了她这一选择的政治因素,把她的行为解释为择偶上对黑人男子的偏爱。当黑人运动遭遇挫折,则所有的白人都"有罪过"。正如杜鲁门看望在示威活动中受伤的朋友拖米并代妻子林向他问候时拖米的答复一样,"别提那个白人婊子""所有的白人全是混蛋"。仅仅因为林是白人就有罪,这同样是种族主义思想,与白人认为黑人应该受到歧视同样荒谬。林付出了极大的努力试图融入黑人社会。当她初次出现在黑人活动中心时,没有一个黑人男子肯单独和她说话。在美国南方,对黑人男子来说,白人女子意味着祸根。林坚持参加中心的一切活动,可是就在她和黑人之间开始建立信任的时候,"运动本身发生了变化,任何会议都不欢迎林参加,不让她参加示威游行,也不准许她为报纸写文章"。[1]当黑人男子拖米强行和她发生关系时,她明知受到强迫,却"一声也没呼救,甚至没有过多的挣扎……因为她感到当时的情况不允许她叫喊"[2]她担心叫喊会伤害他。想到他的艰难生活,他失去的那只胳膊,事后也没去告发他。"因为警察会不分青红皂白地袭击黑人聚居区里的青年男子,这样一来,她最希望保护的人就会遭殃"[3]林宁可牺牲个人权益、宁可自己被曲解也要心怀仁爱反映了她对黑人命运的真正关切,她对这件事的处理完全是一种政治选择。当林和杜鲁门6岁的女儿被暴徒打死时,他们跨越种族边界的爱情、婚姻、家庭被种族主义思想和种族偏见完全吞噬。至此,尽管林致力种族和解的努力失败,但是最终收获了与梅丽迪恩、杜鲁门三人彼此间的以诚相待、相互谅解,同时也深化了各自对自身和彼此的认识,克服了民权活动家们"将所有黑人等同于善,所有白人等同于恶"带有偏见的思想观念,为种族和解铺平道路。

---

[1] Alice Walker, *Meridian*, New York: Harcourt Brace Jovanovich, Inc., 1976, p. 136.
[2] Ibid., p. 159.
[3] Ibid., p. 163.

"9·11"恐怖袭击之后沃克立刻做出反应,出版了《地球传送:世贸中心和五角大楼遭袭后来自奶奶精灵的话》(2001)(*Sent by Earth: A Message from Grandmother Spirit after the Attacks on the World Trade Center and Pentagon*)。在作品中,沃克从"9·11"事件入手,结合历史上的种族歧视和迫害,直指暴力的根源之一是爱与关怀的缺失,而对抗暴力化解暴力的最佳途径之一就是爱。[①]《紫色》中表现的姐妹情谊拯救了那些被忽视的、被埋没的、被诅咒和曲解的黑人妇女。伤痛在心,拯救也就始自心灵,还包括那些行使男权而给女性带来伤痛的人。同样《紫色》中表现的超越种族、民族、阶级等界限的"大爱",尽管受到质疑,也在尽力缓和、拯救恶劣的种族关系。小说从家庭视角出发,通过特定历史语境中两个具有特殊意义的"家庭"组合:美国白人市长一家和索菲亚、英国白人传教士多丽丝·北恩和她领养的非洲黑人孙子,揭示通过爱实现种族和解的可能性。远走非洲的耐蒂在一艘船上碰到这一白一黑,一老一少很是特别的祖孙二人。白人传教士多丽丝丝毫不在意他人的好奇、沉默或是敌意,常带着黑人孙子在甲板上散步。对于形形色色的种族主义行为而言,多丽丝和黑人男孩间建立的亲缘关系是符合奥林卡"白人黑人是同一个母亲所生的孩子"的创世叙事的。确实,以多丽丝的年龄,她完全可以做男孩的祖母,她本人也将祖孙相处的家庭生活视为她最幸福的生活方式。再者,多丽丝与其他白人传教士的不同之处在于:她不想改变当地的"异教徒",因为他们没有什么不对。[②]

与多丽丝祖孙的亲缘关系相似,市长的女儿埃莉诺·简和索菲亚之间也超越了白人与黑人的纯粹的主仆关系,更具有某种家庭成员般的亲情。因为简基本上是索菲亚一手带大的,索菲亚也认为她是市长家唯一有同情心的人。索菲亚——连接黑人和白人

[①] 凌建娥:《爱与拯救:艾丽斯·沃克妇女主义的灵魂》,《湖南科技大学学报(社会科学版)》2005年第1页,第111—113页。

[②] 章汝雯:《〈紫色〉中的叙事策略》,《外语与外语教学》2009年第3期,第52—55页。

的桥梁,在和白人相处的十多年里,一直在思索而且开始更理性地思考白人和黑人的关系。简对索菲亚有着非常深厚的感情,所以她也在反思索菲亚与她和她家人的关系,白人和黑人的关系,特别是白人对黑人的态度。尽管索菲亚故意疏远她,成年之后的简主动保持与她们之间的往来和联系,更是责无旁贷地帮助索菲亚,坚持给她生病的女儿食疗。当她的家人质问她白人怎么能给黑人干活时,她反驳到:有谁会像索菲亚这样的人给废物干活。上述两个具有特殊意义的"家庭"组合之爱与温情或隐或现或明或暗地让人们看到种族和解的曙光。

反对种族压迫、主张种族和解是沃克所有作品中永恒的主题之一。如果说《紫色》表达了对这一主题的追求与渴望,《宠灵的殿堂》(*The Temple of My Familiar* 1989)则不仅预示着这一愿望的实现,而且还重构了理想化的人类家园。《紫色》中,黑人挣扎在种族压迫和歧视的痛苦中,黑人女性更是忍受着白人男性和黑人男性的双重压迫。而在《宠灵的殿堂》里:"种族歧视的坚冰已开始融化,黑人和白人相互帮助、团结战斗的感人场面时有发生。"[1]尚处在《紫色》背景中的索菲亚深知在这个种族歧视的国家黑人的艰难处境,尽管很难看到种族和解的希望,但她并没有完全放弃努力。同时她认为白人也应该积极地自我反思,寻求拯救之道。要改变不平等的种族关系,不仅需要黑人的抗争,更需要白人的努力。所以当她谈到埃莉诺·简的时候说:"她帮我干活不是为了拯救我……"[2]显然,客观上也是在拯救她(白人)自己。因此,埃莉诺·简坚持向黑人保姆传达来自白人世界的温情,白人祖母和黑人孙子在甲板上散步的温馨场景,预示着白人和黑人应该通过爱和沟通跨越并消除种族的鸿沟,重建和谐的人类家园。《宠灵的圣殿》中的白人女子玛丽·安的故事让人们看到各种族和谐一家亲

---

[1] 王成宇:《试析〈紫色〉与〈殿堂〉跨文本语言策略的语用意义》,《河南工程学院学报(社会科学版)》2008年第6期,第84—87页。
[2] 艾丽斯·沃克:《紫颜色》,陶洁译,南京:译林出版社,1998年,第223—224页。

的未来图景。玛丽·安出生于白人上层世家,对于白人主流社会而言,她思想反叛,是个不安分的激进分子。但她明白她的政治主张并没有错——作为一个激进分子,她曾竭力支持那些"最底层的人",帮助那些没有能力给予她回报的毫不相干的人们,竭力减轻那些不知道她也在受苦,甚至不相信她会受苦的人们的苦痛。[①]她说她爱泽德,因为泽德看到了这一切。

泽德原本和母亲生活在家乡的村子里,以教书为生。后来国家发生暴乱,泽德被指控为"共产党"而遭到逮捕,被关押到一个由印第安村子改成的种植园里充当苦工。她和一名印第安人"耶稣"相爱,被看守发现,"耶稣"被杀,泽德被"耶稣"的族人救出,生下女儿卡洛塔后,来到一所白人开设的"拉·埃斯库拉学校"做女佣谋生。学校里有些学生是令家族抬不起头的"疯子",家人甚至不愿意把他们送往北美的任何一家精神病院,有些是残疾或智力低下的人,只有最贫穷的印第安仆人才会见到这些人。玛丽·安被强制送到"拉·埃斯库拉学校"前和北美的激进分子是朋友,他们很穷,不管她做什么,他们都嘲笑她,有个黑人被关进了监狱,他的女朋友甚至袭击了玛丽·安,使她脖子、胳膊和胸部都留下了伤疤。她搬出黑人聚居区,撤退到父母农场,在那里公开要和她依赖的父母断绝关系。她认为他们不是好人,有太多的钱,不可能是好人。玛丽·安把他们描述为亲自暗杀了6条河流,屠杀了12个湖泊的人,因为他们生产了一种致命的物质,这种物质总是从他们身边游开。

这所学校——是一所精神病院,在中美洲的一个偏僻的地方,富有的白人把有缺陷的孩子送到这里,支付一大笔费用后就不再过问。残忍冷酷的学校用药物操纵学生,把他们变成行尸走肉,家长却被蒙在鼓里。泽德因为玛丽·安的善良、仁慈和正义一方面对玛丽·安充满感激之情,另一方面也非常同情她当时的处境,就

---

① Alice Walker, *The Temple of My Familiar*, New York: Harcourt Brace Jovanovich, Inc., 1989, p. 80.

第三章　艾丽斯·沃克：时代的"斗士"

偷偷写信把她在学校的遭遇告知了她父母。很快,他们前来接回了玛丽·安。玛丽·安获救后不忘泽德的恩情,她带着两名枪手,悄悄回到学校,救出泽德母女,并安排她们偷渡到美国,开始她们的新生活。玛丽·安则故意设计了沉船事故,制造自己的死亡,从那以后与父母及家族脱离关系,并重新改名为富于新的寓意的玛丽·简·布莱登(Mary Jane Briden)。沉船事件调查清楚后当地报道毫不留情地猛烈抨击玛丽·安"年幼误入歧途,试图推进种族融合的狂妄自由主义者的劣迹"。[1]但是,30年后的她回忆起来,告诉她身边的非洲和美国朋友,"解救泽德和卡洛塔是我作为玛丽·安·哈佛斯多克(Mary Ann Haverstock)做的最后一件事,这是我做过的最令人兴奋的事情之一,我很清醒！长期以来,因为毒品我大脑意识模糊,但当我回到丛林去带她们时,那里的一切,每一棵树,每一丛灌木,每一颗星星,乃至太阳,在我看来都像全新的,当我们穿过灌木丛时,我对每一处蕨类植物的岸堤、每一条小溪,和树叶上的露珠反射出来的最微小的光点都在欢呼。我一直在笑,欣赏着我的每一步,我漂亮的粉红色靴子,明亮如花朵一样,行走在黑暗的绿色热带大地上"。[2]

玛丽·安的故事如同《梅丽迪恩》中的白人女性林的遭遇一样再次揭示了种族主义/种族偏见不仅仅来自白人社会,也存在于黑人群体。尽管玛丽·安作为一名激进分子为推进种族融合做出了各种努力,政治立场坚定,但如上文所述,"不管她做什么,他们(黑人激进分子)都会嘲笑她",甚至在激进活动受挫时他们还会袭击玛丽·安,发泄对白人的仇恨。另一方面,她的"叛逆"思想和行为为她的家族和白人主流社会所不容。当她身陷囹圄时泽德读懂玛丽·安并出手相救。沃克以此表明,白人女性在致力于少数族裔的自由事业时最终会得到这个群体的认可与尊重。泽德不仅使玛

---

[1] Alice Walker, *The Temple of My Familiar*, New York: Harcourt Brace Jovanovich, Inc., 1989, p.206.
[2] Ibid., p.205.

丽·安免遭不测,而且使她获得慰藉、灵魂找到归宿。她之所以有勇气回来营救泽德母女,是因为"在摆脱多年来依赖的毒品的同时,已经有了某种宗教的皈依"①。她的爱和努力得到了回应,如同重获新生的她正朝气蓬勃、满怀信心地迈向充满希望的未来。

　　成功营救泽德母女后,与过去告别了的玛丽·简·布莱登乘坐一艘命名为"未来时代"新船起航,周游世界。在英国她拜访了曾姨婆埃莉诺拉·伯纳姆并有幸阅读了她的非洲之行的日记。后来在图书馆又发现在非洲工作多年的曾-曾姨婆,伊莱朵·伯纳姆·皮考克的日记。这些日记使玛丽·简了解到她祖上的女性先辈们的非洲情怀和她们与非洲的历史联系,也具体了解到伊莱朵跨种族婚姻和与混血孩子们的家庭生活,以及与非洲人共同抵抗白人殖民者压迫的斗争。因此,日记为玛丽·简创造了一个了解非洲和重新审视欧洲历史的机会,促使她进行更深层次的思考,采取更为成熟、更卓有成效的行动。在两位女性前辈同样充满勇气和叛逆精神的感召和激励下,玛丽·简也踏上了非洲之行旅,并在非洲创建了一所弃残儿艺术学校,以她作为教师、剧作家、故事讲述者的身份教育、影响学生和他人,使他们重新对欧洲与非洲、白人与黑人的联系,让人们明白"现在的历史使原本一体的部分彼此分裂"。②进而思考如何重建完整性。玛丽·简·布莱登与自己的女性先辈的叛逆思想和跨越黑白种族的婚姻挑战了白人的法规和思想观念,她们创造了一种不同身份、不同文化之间的协商与融合,将主流文化与边缘文化、白人与黑人,以及男人与女人并置于同一空间,凸显了沃克对白人能够超越自身的优越感,与其他种族、阶级的人们和谐共处的美好愿景,预示着重建美好人类家园指日可待。

　　和其他黑人女作家一样。沃克希望她的作品能对世界产生影

---

① Alice Walker, *The Temple of My Familiar*, New York: Harcourt Brace Jovanovich, Inc., 1989, p. 80.

② 转引自王秀杰,《艾丽丝·沃克的杂糅性书写研究》,南京:南京大学,2013年,第143页。

响。这就是她说话的原因,也是她写作的原因。但在她的作品中,意图并不是唯一的政治因素。政治变革的过程,社会转型的设想是她作品的核心。她的主题、形式、意象和评论都以她对连贯而发展的生活哲学——一种意识形态的信仰为标志,这种信仰与外部现实密切相关。她的作品不仅仅是她虚构的故事,也体现她与世界的联系,对现实与时俱进的关注、反映和思考。

第三节 追寻自然界的和谐共生

在"走向完整生存的追寻"崎岖征途中,艾丽斯·沃克已然意识到真正完整的生存意味着什么:不仅仅指不同性别、不同种族、不同阶级的人们,即全人类的完整生存,还包括当前更为迫切、更为重要的人与自然的和谐共生,即整个自然界的和谐共生。如果人类赖以生存的自然生态环境遭到严重破坏而无法维持对人类的给养,那么人类的生存就无以为继。因此,当她探求完整的生活意味着什么,同时探求既作为个体也作为更伟大的精神群体的一部分的成长时,她以深厚的艺术性寻求、发现、呼喊了生存的本质之美。这样,沃克以惠特曼的诗学传统,为把所有人类连接或分开的世事沧桑而歌唱、庆祝或痛苦。[①] 就像她在诗中所写的那样:"尽管/饥饿/我们不能/拥有/比这/更多:/和平/在一个/我们自己的/花园。"[②]这短短的诗行显示了沃克近期创作的核心内容,那就是她对人类生存境遇的忧虑、对人类生存的家园——地球命运的担忧和对重大社会问题的关注。

在当今的文学艺术特别是在西方发达国家的文艺作品中,对于大自然往往采取挽歌式的观照方式,艺术家们带着深切的生态

[①] 王卓:《艾丽斯·沃克的诗性书写:艾丽斯·沃克诗歌主题研究》,《外国文学评论》2006年第1期,第93页。

[②] Alice Walker, *Absolute Trust in the Goodness of the Earth*, New York: Harcourt Brace & Company, 2003, p.76.

忧患意识进行创作。在他们笔下,我们所置身其中的环境已经不仅仅是被描绘为一种优美的田园风光,而更多地被描绘为一个千疮百孔、行将崩溃而亟待人们加以保护和拯救的对象。艾丽斯·沃克的作品也不例外,随着阅历的丰富和对社会问题认识程度的加深,沃克逐渐开启了更广阔、更丰富、更深刻的写作空间。她以一种胸怀天下的生态忧患意识进行创作,其作品,尤其是后期作品关注自然生态危机和人类的生存危机,字里行间流露出强烈的自然责任感和社会使命感,明确传达出作家主张敬畏生命、平等对待生命、拥抱所有生命并视所有生命为一体,追寻自然界的和谐共存的生态伦理取向。

一、敬畏生命,尊重自然

在西方认识论发展史上,人与自然对立的二元论思想根深蒂固。苏格拉底宣称人是万物的尺度,笛卡尔在《方法论》中也明确指出人类原本就是"自然的主人和占有者"。但是作为一位大自然忠实的热爱者,沃克超越传统话语中将人与自然视作主人与仆人、主体与客体的二元论思考,无论在作品中还是在现实生活里都将自然视为与人一样有着情感、欲望与内在价值的生命主体,表达了对生命的敬畏和尊重。

沃克是一位用心观察自然生命,感受自然生命,平等对待自然生命并融入自然的作家。她视自然界的这些生命为"正在忍受煎熬的、完全有意识的、并且受奴役的生命个体"(Walker, *Living by the word* 188),当被问及为何如此关心自然生态环境、如此关心一山一石一鸟一兽时,她说:"这源于我的成长环境。我是在非常、非常偏僻的乡村出生和长大的。我们很少碰到陌生人。相比较而言,我们更多看到的是树和动物。因此,我与大地非常亲近,懂得没有健康的环境,我们就无法成为健康的人。"①

---

① 涂沙丽、袁雪芬:《艾丽丝·沃克散文〈我是蓝?〉的生态意识》,《武汉工程大学学报》2009年第4期,第79页。

沃克带着对自然与生俱来的热爱,走进了艺术世界。田野、草原、沙漠、森林、河流,以及花鸟鱼虫等这些伴随沃克出生与成长的自然环境,以其多姿多彩的美丰富了沃克的想象力,孕育了沃克的情感结构和世界观,更奠定了沃克独特的生态思想基础。她中后期的长篇小说、散文,以及诗歌创作超越了她早期的写作视域,将道德关怀的对象扩展到整个自然界。沃克从不视自然为独立于人之外的客体,她始终认为自然界的生命与人的生命是平等的,而人从自然世界中可以获得许多有益的东西。在沃克的艺术世界里,自然具有升华人性的崇高力量,同时自然是展现生命的丰富、庄严与伟大的场所,是世界的无限、多样和完整的体现。她一系列的散文、诗歌以简洁而清新的语言,赋予自然界的动植物以人性,把他们视为人类的"亲戚",践行着她一贯坚守的"动物权利论"和"素食主义主张"。

散文《我是蓝?》(*Am I a Blue?*)中高大雪白的骏马"蓝"在沃克眼中和人一样有着丰富的情感。"我"注意到"蓝"大部分时间是独自在牧场度过并且深深地感受到"蓝"的孤独和无聊,便时常拿屋旁树上的苹果喂它,久而久之"我们"建立起了一种亲密友好的关系。第二年,一匹棕色的马闯进了"蓝"的生活并成了形影不离的伴侣。但是好景不长,"蓝"的伙伴在怀孕之后,就被带离了牧场。失去了爱侣的"蓝"在牧场上独自来回狂奔,不但对美味的苹果失去了兴趣,就连看"我"的眼神里也充满了仇恨。[①]

在沃克的笔端,"蓝"不再只是人类中心主义视角下的工具或客体,而是一个有意识、有情感、有思想的和人一样的生命个体。文章通篇使用"他"(he)来指代"蓝"这匹马。显然,对沃克来说,"蓝"和作为人类的"我"是平等的,是另一个和人一样独立的个体,拥有和人相同的情感。正是这种平等的关系使得人与马之间的交流成了可能,"蓝"与"我"之间形成了一种不需要言语的默契。

---

① Alice Walker, *Living by the Word*, New York: Harcourt Brace Jovanovich, 1988, pp. 3-8.

"我"与"蓝"长期相处而形成的亲密关系暗含着作家对尊重和亲近自然、平等对待自然万物的倡导和推崇,也是对传统的人类优于动物、文明优于自然这一逻辑的批判。

沃克始终把人文思考与现实关怀作为她创作的一个基点,将对人类生存、人类利益的道德关切引申到所有其他的生命以及整个自然,真正呼吁并践行敬畏生命,尊重自然。其散文《万事万物皆人类》(Everything Is A Human Being)也深入地阐释了这一主张:

> ……地球上的飞禽走兽,花鸟鱼虫都是我们人类的兄弟姐妹,我们共同拥有地球的全部。……我们必须时时思考如何归还地球——这个生命体的尊严;如何停止对其理所当然的掠夺。我们必须培养这样一种意识:任何一事一物均享有平等的权利,因为个体的存在本身是平等的。[1]

正是出于这样一种对自然的崇敬心理,她谴责亵渎了自然的神性的行为,极力表现和高度颂扬自然的人性和神圣性。

在沃克的诗歌世界中,大地被视为一位多姿多彩的"妇女主义"的母神。母亲的形象在沃克心中是神圣、伟大、至高无上的。在《寻找我们母亲的花园》中,沃克把自己的母亲赞为"我们乡里一部走动的历史"[2],母亲有着无穷的爱的力量和神奇的创造力。当沃克把视线从黑人妇女转移到大地和我们生活的环境上时,她自然地在两者之间建立了某种联系。就像她深情地寻找母亲的花园,以找到黑人母亲艺术创造的动力和她们爱的源泉一样,沃克用极其人性化的笔触书写着饱经沧桑的大地。在她的笔下,大地是

---

[1] Alice Walker, *Living by the Word*, New York: Harcourt Brace Jovanovich, 1988, p.148.

[2] Alice Walker, *In Search of our Mothers' Gardens: Womanist Prose*, New York: Harcourt Brace Jovanovich, 1983, p.17.

温良、仁慈、博爱的母神。在《她蓝色的躯体我们知道一切：世人的诗 1965—1990》这部诗集中，沃克探讨了自然，生命等主题，体现了诗人对自然的热爱、观察与感受，对生命之神圣的敬崇。诗集中，有一首简单却温柔的诗——《我们有个美丽的母亲》，赞美大自然母亲的神圣、伟大：

> 我们有个美丽的/母亲/她的山陵/是野牛/她的野牛/山陵。//我们有个美丽的/母亲/她的海洋/是子宫/她的子宫/海洋。//我们有个美丽的母亲/她的牙齿/白色的石头/在边缘/在海里/夏季/青草/她丰饶的/头发。//我们有个美丽的/母亲/她绿色的山坳/无边/她褐色的拥抱/永恒/她蓝色的躯体/一切/我们知道[①]

沃克在诗中将大自然喻为母亲，一位孕育众多生命的美丽母亲，这个比喻将大自然形象化、神圣化，母亲形象直指生命的本质。海洋仿佛子宫，是众多生命的孕育处，大地是母亲，它的山坳像妈妈裙摆一般婀娜，它的拥抱带有丰富的生机，是地球万物的生命来源。自然母亲哺育着人类，而人们也应当知道自然的无私付出与巨大贡献，永远记得自然母亲的美丽。[②] 在沃克心中，美丽的自然是神圣伟大、独一无二的母亲的代名词。从某种程度上讲，"自然之爱"已成为沃克生命哲学的核心内容。

沃克不仅在作品中提倡敬畏生命、尊重自然，平等对待每个生命个体，她还身体力行，在生活中践行这一主张，真正融入自然，尝试与自然界的"非人类亲戚"和谐共处。在散文《大自然的回应》（*The Universe Responds*）中，沃克曾提到"那个夏天与一群不速之客——蛇"，的共处：

---

① Alice Walker, *Her Blue Body Everything We Know*: *Earthling Poems*, 1965‑1990 *Complete*, Harcourt Brace & Company, 1991, pp. 459‑460.
② 夏光武：《从生态批评的视角解读沃克诗集〈她蓝色的躯体〉》，《鄱阳湖学刊》2010 年第 6 期，第 43 页。

> 我那乡下的"小领地"里爬满了蛇,常常会有很大的常住蛇,母亲管她叫苏西(Susie),苏西经常活动在我通往工作室的过道上。但是还有很多其他蛇,随处可见。有一条红黑色条纹相间的大蛇,非常漂亮,出现在水塘附近。……花园里的蛇在道路上或小径边来回爬行……我们友好地对所有的蛇说话,各行其道。①

同样,在她租住的另一处乡下住处,沃克注意到:

> 如果我赞美屋前小山丘上的野花,次年他们就会加倍地盛开、繁茂。如果我夸赞窗外从一个枝丫跳到另一个枝丫上的松鼠,那么很快就会有四五只松鼠来等着夸赞……而且还有鹿,他们知道永远无须害怕我。②

在沃克的世界里,自然世界仿佛和人一般具有了灵动的、丰满的感情。依照生态学家史怀泽(Albert Schweitzer)"敬畏生命"的观念,正确的生态伦理原则可以概括为:成为思考型动物的人感到,敬畏每个想生存下去的生命,如同敬畏他自己的生命一样;他体验其他生命如体验自己的生命一样。与史怀泽的生态伦理道德观不谋而合,沃克"敬畏"所有的自然生命,如同敬畏和珍视人的生命一般,并真正融入其中,达到了与大自然中的一草一木"物我同一"的境界。

二、胸怀天下、身体力行

面对自然环境遭到破坏和重重生态危机,沃克提出了解决危机的办法。她倡导人们接受信仰万物平等的泛灵论和印第安人尊

---

① Alice Walker, *Living by the Word*, New York: Harcourt Brace Jovanovich, 1988, p. 189.
② Ibid., p. 189.

重一切的自然观以取代人类中心主义的世界观。在小说《我亲人的殿堂》中以主人公丽丝梦境中的人与自然和谐相生的史前母系社会生活为蓝本,沃克构筑了一个诗意栖居的理想的精神生态家园。丽丝梦境中的殿堂象征自然,似鸟似鱼似壁虎的"我的亲友"象征非人类的自然生物。《我亲人的殿堂》最为清楚地表达沃克将自然界的一切有生命的动植物视为人类的亲戚,将整个世界、所有人类作为一个整体来看待的思想。尽管这部作品依然重视挖掘和揭示黑人妇女的生活经历,但实际上,自然这一维度的纳入使作品传达出的信息远远超越了种族和性别的写作范域。

继《我亲人的殿堂》之后的另一部小说《现在是你敞开心扉之际》中可以看到,沃克似乎在一种结合了土著人、南美人、非裔美国黑人的民间信仰以及生态主义、生态女性主义、动物保护、妇女主义各种元素形成的哲学的引导下,看到了某种实现人类和谐完整生存的途径。她将这种哲学称为异教,或异教精神或异教主义。异教主义的核心是崇拜自然,将大自然视为生命之神。沃克于2004年发表的这部小说《现在是你敞开心扉之际》就阐述了人与自然和谐相处,并从自然那里得到生存的力量和借助原始宗教力量来治疗现代精神疾病的主题。

《现在是你敞开心扉之际》中的主人公凯特·尼尔森是一位颇有名气的非裔美国女作家。她事业成功,生活富裕,并且人生经历丰富。就是这样一位大家眼中的成功女人,在她57岁的时候,开始对人生意义感到困惑。于是,她参加了一个由萨满教巫师带领的前往南美亚马逊雨林萨满教所在地寻找原始灵药的团队。根据萨满教的说法,在南美亚马逊雨林萨满教所在的原始森林里,有一种被当地土著人称作"祖母"的草药,饮用了这种草药后,经过反复呕吐和腹泻,使体内清洁,产生幻觉,就能见到"祖母"——一棵具有魔力的巨树。她能治疗世上所有的疾病,包括心灵上的。这个团队的参加者来自不同的国家和地区,有着不同的经历,但都承受着身体或心灵的伤痛。他们有的曾被强奸,有的因为反抗迫害而杀人,有的因家族几代人向黑人贩卖毒品而心灵受到谴责,有的心里承受着家庭乱伦的罪恶感。他们来这儿的目的都是希望见到传说中的"祖母",得到心灵上的治疗。结果,在草药的作用、萨满的指导,以及伙伴的关爱下,凯特和她的同行者们,相继打开了自己的心灵,吐露内心埋藏的一切,并得到来自原始智慧的教导,使内心的伤痛得到治疗,灵魂得到拯救。此番经历,尤其是与"祖母"的"谈话",使凯特明白了"祖母"就是地球,就是大自然,就是所有被父权统治和种族主义侵害的祖先。她惊喜地感到自己与千万年前的祖先建立了联系。在与自然的对话中,她学会了包容一切,懂得了人与植物、动物在大自然中的伙伴关系,从而她也更加认识了自己。在经历了这一切后,凯特的内心世界从混乱转为平静安然,并对未来的生活充满了信心。

沃克在这部梦幻般的小说中,将政治意识、精神探索与充满感性的艺术风格相结合,表达了她对世界现状和人类未来命运的深邃的思考。与沃克前几部小说不同,这部小说有着比较鲜明的现代感,虽然故事以原始丛林为背景,但读者觉得离自己很近。这部书的主题涉及当今世界许多问题:种族主义、男权主义、环境问题、殖民主义,人与自然的关系以及老年问题等,但总体上有两条主要脉络,一条沿主人的心理历程铺陈讲述,细腻地展现了一位女性对人过中年这一阶段人生的感悟;另一条则围绕对人类命运的思考。揭示了当代人类对自然的疏离和无知,以及西方文明和白人文化表面强大实则软弱愚昧的本质。小说传达了作家的一贯主张:现代文明应从大自然和原始宗教里面汲取智慧,只有懂得人在自然中的正确位置,才能挽救人类未来命运,才能实现人与自然的和谐共生。

艾丽斯·沃克不同于一般作家之处在于她还是一位以鲜明的政治态度付诸行动的"行动主义者"(activist)。在散文集《我们所爱的一切都能得到拯救:一个作家的行动主义》中沃克宣称:"我的行动主义——文化的、政治的、精神的——根植于我对自然和人类的爱……我成年后就一直是一个行动主义者。"①沃克以"行动主义者"自居,对她来说,行动主义是政治意义上的,也是文化的和精神意义上的。因此,文学创作就是她作为行动主义者的主要方式;同时,她也身体力行,积极参与当前的社会、政治活动,表明自己作为行动主义者对社会现实的真切关注和鲜明的政治态度,体现出沃克与时俱进、胸怀天下的情怀。

在一次访谈中,沃克说,"对我来说,积极参与人类和地球的事业就是活着。没有区别。都是一件事。我并不是为了到一个小房间里写作而存在。人们对作家有这样的印象,认为这就是我们的生活方式,但这并不准确,不是我写的那种。我知道我写的东西是有目的的,即使它只是为了我自己,如果我只是试图带领自己走出某种黑暗。所以写作拓宽了一切,活跃在世界上……激进主义就是这样。当你活跃时,你必须非常清楚这一点,你越活跃,看得越多,会去看更多,一件事接一件事,而且越陷越深,没有尽头"。②

沃克就是这样一位为时代而生的女性,她知道如何迎难而上(honor difficulty)。对地球上芸芸众生来说,生活是艰难的。她却是一位有勇气的女性,自民权运动以来,她一直站在美国每一场重大和无数未公开的小型社会运动的前线,她周游世界,与人们站在一起,为这个星球辩护。在这个时代,以国内或国际恐怖主义之名而产生的仇恨使任何人都不敢抱有希望,她却无所畏惧。她从民权运动中学到的是,每一次为改变所做的努力都是重要的,每一个想法、每一首诗、每一个梦想或每一个为建立一个和平与欢乐的世界而做出的选择都是重要的。

沃克传记作家之一玛丽娅·劳瑞特(Maria Lauret)曾指出:"行动主义和文学艺术,通常被认为是不可并举的,因为二者都需要全身心地投入。……然而,艾丽斯·沃克却通过她献身的事业

---

① Alice Walker, "Introduction," in *Anything We Love Can Be Saved: A Writer's Activism*. London: Women's Press, 1997, p. xx.

② Rudolph P. Byrd, *The World Has Changed: Conversations with Alice Walker*, New York: The New Press, 2010, p. 272.

竭力保持住了这样两个身份"。①沃克所献身的事业是为人类的和平与完整生存而奋斗的事业。沃克所倡导并命名的"妇女主义"则最为集中地表现了沃克既作为文学艺术家又具有自己的哲学立场的特征。从这个角度上来说,与其说沃克是一位艺术家,毋宁说她是一位思想家。沃克将自己描述为一个"妇女主义者"而不是"女性主义者"或"黑人女性主义者",将"妇女主义者"定义为"具有勇气和主见的人","愿意为整个人类——男人和女人——的完整生存的事业而献身的人。"②可见,她关注的视域随着时代的变化在不断地拓展,并不仅局限于黑人或女性的范围,而是将实现整个人类的完整生存,以及整个自然界的和谐共生视为自己作为艺术家的责任和奋斗目标。无疑,沃克的行动主义就是以这一思想为指南的。

当然,沃克首先是一个作家,她的"行动主义"也主要通过文学创作的形式来体现。沃克十分重视并相信艺术对于改善社会和拯救人类起到的作用,希望通过文学创作这种手段来实现或达到改善世界的目的,她的一生都是在为这个目的而奋斗。沃克曾经说:

> 简言之,我明白艺术,尤其是我的艺术,不足以改变任何东西。但是,我认为我有思考的权利,并且,为了未来,去拯救那些不寻常的生命。③

通过沃克的文学创作,我们是可以清楚地看到作家的行动主义者立场就是对于社会公正的诉求,对于西方白人中心和男权中心的质疑与反抗,对于人间真情的渴望和对于生命价值的追问。

艾丽斯·沃克对美国黑人妇女生存状况和精神生活的热切关

---

① Maria Lauret, *Alice Walker*, New York: Palgrave Publishers, 2000, p. 193.
② Alice Walker, *In Search of our Mothers' Gardens: Womanist Prose*, New York: Harcourt Brace Jovanovich, 1983.
③ Alice Walker, *In Search of our Mothers' Gardens: Womanist Prose*, New York: Harcourt Brace Jovanovich, 1983, pp. 226 - 227.

注,和她的敢于涉足禁区暴露黑人自身陋习和不良文化的勇气,以及她强烈的社会责任感和立场鲜明的行动主义者形象,足以使沃克成为当代美国文坛最有影响力的作家中的一员。可以说,她的作品和她的存在都在影响并鼓励着广大作家、艺术家和读者去关心处于社会边缘的人群和关注包括自己在内的整个人类、整个自然界的和谐共生。

第四章　艾丽斯·沃克:时代的"卫士"

艾丽斯·沃克在现实生活和文学创作中继续求索,在追寻平等、和平、和谐的道路上俨然又转变为一名时代的卫士:成为妇女主义的践行者、人类和谐家园的捍卫者、生命共同体的守护者。随着时代的变迁,社会的发展,现代自然生存环境和生态的恶化,沃克的文学创作从最初的为黑人女性现身立言,到代表整个黑人民族和其他少数族裔等弱势群体的权益,再次到追寻全人类的完整生存,最后观照整个自然界的和谐共生,体现出沃克及其创作视域的逐步拓宽和拓深,关注的焦点也从社会性问题转向更具普遍性的人类生存问题。作家及其创作的与时俱进、胸怀天下的情怀日益凸显。

佐治亚州普特南县的伊顿顿滋养了沃克,正是这片特殊的土地、这道特殊的风景,教会这位自诩农民女儿的女孩第一句话,给了她第一张画布,以及一种通过艺术媒介与世界范围内的读者建立人类联系的方式。

如第一章所述,艾丽斯·沃克从小天资聪颖,禀赋异常,父母为她创造了难得的接受教育的机会。因此,小艾丽斯从 4 岁起就开始上学,并显露出超常的学习能力。青少年时期的艾丽斯酷爱读书,学习努力,成绩出类拔萃,一直是令人惊叹的优秀学生。她志存高远,众人也对她寄予厚望。她的这种志向不是基于自我中心主义,而是源于一种滋养和自我赋能的自爱。在她 15 岁时,人们就意识到她若作为一个作家将对文学界做出的贡献。17 岁的艾丽斯带着母亲送她的三件重要礼物和伊顿顿的父老乡亲们捐助的 75 美元,连同他们那沉甸甸的厚望踏上了斯佩尔曼的求学之路。事实证明,艾丽斯没有让他们失望,她不仅在学业和职业生涯中取得了令人瞩目的成绩和成功,而且还成了一名真正的社会活动家。作为一名艺术家和激进的社会活动家,无论在她虚构的世界还是在现实的生活中,艾丽斯·沃克始终"言为心声,言行一致",创作中"特立独行",现实社会中"身体力行",在争取种族、性别间的平等、人类的和平和整个大自然的和谐共生的道路上坚定地前行……

第一节　妇女主义的践行者

近半个世纪来在复杂动荡的国内外历史背景下,沃克的创作和生活发生了很大变化。作为艺术家和活动家,沃克给世界带来了变化,她尽一己之力改变着世界也被世界的变化所改变。作为一个机警、探索、专注和富有同情心的人,她既处于变化的内部也处在变化的外部,这是她的艺术主题,也是她行动主义背后的力量。

一、妇女主义

妇女主义源于女性主义和黑人女性主义。它是在一定的社会历史背景下,作为美国黑人文学批评理论的一个分支发展而来的。作为妇女主义的源头,女性主义是随着人类文明的发展和社会进步而出现的一种思潮。女性主义这一术语的提出,始于20世纪60年代兴起于美国继而波及欧洲并扩展到整个资本主义世界的妇女运动。女性主义者坚信,妇女有能力从事并领导包括政治、经济、思想、精神等在内的各个领域的人类活动,是同男性完全平等意义上的人类的另一半。同时,女性运动的先行者们撰写了大量的著作来揭示当时社会所存在的种种性别歧视现象,涌现出一批将女性主义用于文学批评的开拓性文本,女性主义文学批评应运而生。自20世纪70年代以来,女性主义文学批评成了西方文学理论界一个显要的流派,它"将性别和社会性别作为最基本的出发点,彻底动摇了以男性为中心的文学批评传统,同时,又以其多元化角度的批评方法和充满活力的特征,开发了整个文学批评领域固定的疆界,赋予文学研究跨学科性和创新意识"[1],女性主义的出现对当代西方文学批评产生了深刻的影响。

女性主义批评挑战女性的传统定位,彻底动摇了以男性为中心的批评传统。但是,一些黑人女学者认为女性主义者忽视了非白人妇女和贫穷的白人妇女,尤其是黑人妇女的悲惨遭遇,把"性别""妇女"等范畴的一致性,建立在对有色妇女和第三世界国家妇女的排斥之上的,存在着鲜明的种族歧视和阶级压迫倾向。在黑人民权运动和妇女解放运动的冲击下,黑人女性有识之士,逐渐意识到白人女性主义者视黑人妇女的经验为异端的现实,于20世纪七十年代初期组织起来,将矛头直接指向受白人主宰的女性主义话语系统中的种族歧视,促成了黑人女性主义批评的诞生。在黑人女性学者的积极努力下,黑人女性主义批评形成了一股影响巨大的力量,重点在于挖掘被主流文学机制所忽视或压抑的黑人女作家和作品,以及建构黑人女性文学传统与探讨黑人妇女书写的独特美学。黑人女性主义批评在挖掘其中的种族、性别问题,探究阶级、历史、文化因素方面起到了积极的作用。然而,正如雪莉·安·威廉斯(Shirley Anne Williams)所说:"当今黑人女性主义批评一个令人不安的方面便是其分离主义倾向,即将黑人妇女文化视为一种独特的孤立存在的文化形式。"[2]

为缓解这种独立性/排外性,或更准确地说,为消解源自"黑人女性主义"这一术语的"分离主义"倾向,以便团结所有有色妇女,"妇女主义"便应运而生了。它的出现搭起了种族间妇女合作和黑人内部男女平等团结的平台。因为妇女主义和黑人女性主义均关注黑人妇女反种族歧视、反性别歧视的斗争,黑人女性主义者有时

---

[1] 鲍晓兰:《西方女性主义研究评介》,北京:生活·读书·新知三联书店,1995年,第96—97页。
[2] 转引自水彩琴,《妇女主义理论概述》,《甘肃行政学院学报》2004年第4期,第130—133页。

也被称作妇女主义者。虽然如此,自称为"妇女主义者"的非洲裔美国妇女越来越强调二者的异质性。因为不论白人女性主义还是黑人女性主义均有种族主义嫌疑。为避免黑人女性主义可能引起与白人女性主义类似的种族中心主义,艾丽斯·沃克倡导用"妇女主义"来代替"女性主义",以便更准确地表达黑人女性主义者的政治立场和诉求。

在散文集《寻找我们母亲的花园》中,艾丽斯·沃克首次提出"妇女主义"这个概念。《寻找我们母亲的花园》是在《紫色》获得普利策奖不久出版的一部重要著作,收录了她在1966—1982年间写作的论文、散文、评论和其他文章,其中用很大篇幅分析了种族主义和性别歧视对人类的生存和完整所产生的破坏力量,通过这些作品,沃克阐述了她的妇女主义思想,并对"妇女主义者"做了一个界定性的描述:

> 1. 妇女主义者来自妇女气(与表示轻浮、不负责任、不严肃的女孩气意思相反),是一个黑人女性主义者或有色人种女性主义者。它来源于黑人母亲常常对黑人女孩说的话,"你的行为很妇女气",就是说,像一个妇女。通常指行为骇人、大胆、勇敢或任性;对那些被认为不该知道的事情,想了解得更多更深……有责任心,有担当,严肃认真。
>
> 2. 一个爱其他女性的女人,性爱或非性爱意义上的。欣赏并更喜欢女性文化,女性的多愁善感(视眼泪为笑的自然平衡),以及女性的力量。有时也爱男人,性爱或非性爱意义上的。致力于整个人类,男人和女人的生存和完整……传统意义上的世界大同者,就像这样的对话表达的那样:"妈妈,为什么我们生下来是棕色、粉红色和黄色,而我们的表兄妹是白色、浅褐色和黑呢?"回答:"哦,你要知道不同肤色的种族就像一个花园,各种各样的花都会在花园里开放……"

3. 热爱音乐,热爱舞蹈,热爱月亮,热爱精神,热爱爱情、食物和圆满。热爱奋斗,热爱传统,热爱自己,在任何情况下。

4. 妇女主义之于女性主义如同紫色之于浅紫色。①

上述对"妇女主义者"界定性的描述强调了黑人妇女解放斗争的四个主要特点,即反性别主义、反种族主义、非洲中心主义和人道主义精神。同时,沃克理念中的妇女主义诠释了一种理想的女性生存状态,传递黑人女性的生存智慧。简言之,强调并偏爱"女性文化、女性情感、女性力量"和"致力于全人类的生存和完整"是妇女主义的精神内核,也是贯穿《寻找我们母亲的花园》一书的中心思想。用黑人女性文学评论者格瑞臣·泽根豪斯在其文章《沃克眼中的世界》中的话来说,"妇女主义者"就是"说出、声援或是抗争某一重要的东西,就是一位热爱她自己,热爱她的文化并顽强地生存的女人"。② 艾丽斯·沃克本人就是这样一位妇女主义者,她不仅对性别主义和种族主义下一切形式的不平等进行口诛笔伐,而且在现实生活中和她的人生道路上,也在为争取黑人/黑人女性的自由、平等而努力抗争。

二、最初的反抗

艾丽斯·沃克年少时就在自己的生活中展现出了梅·普尔(沃克的曾曾曾曾祖母)的态度和勇气。梅·普尔在北美南部做过奴隶,曾经从弗吉尼亚步行到佐治亚州,手臂上各抱着一个孩子,享年 125 岁。这种力量和顽强支撑着威利·李和米妮·路·沃克,他们靠种地、做苦力和给白人邻居当用人勉强维持生

---

① Alice Walker, *In Search of our Mothers' Gardens*:*Womanist Prose*, New York:Harcourt Brace Jovanovich, 1983.
② 转引自王晓英:艾丽斯·沃克:妇女主义者的传说,武汉:华中科技大学出版社,2020 年,第 271 页。

计。日子虽然艰难,但沃克夫妇继承了先祖的气魄和顽强精神。他们以各种方式抵制帕特南的白人至上主义,尤其是通过他们坚持行使特许经营权的权利;通过他们作为帕特南县卫理公会沃德教堂成员的领导举行的各种活动;通过领导建立东普特南联合学校(East Putnam Consolidated),这是一所针对种族隔离的普特南县的黑人中小学;通过高度重视精神价值和幽默,使其成为白人至上主义的荒谬和野蛮的解药,他们常常冒着生命危险反抗不公等等,使艾丽斯·沃克从小就耳濡目染,成为其精神力量的源泉。

在巴特勒贝克高中,她激进的思想和行动受到了麦格洛克顿先生——"她那安静而英勇的校长"的扶持和培育,同时还有特里利·杰弗斯、布朗夫人和罗伯逊先生等老师们榜样的激励,艾丽斯的思想认知和精神世界得到极大的滋养。所有教师都对他们的优秀学生抱有很高的期望,并尽最大努力让她"接触'她的'小社区之外的世界"。正是在这期间,艾丽斯·沃克已经表现出了对种族歧很强烈的反抗意识。在同学们的眼里,艾丽斯是一位充满魅力的女孩,她不仅学习成绩优异,且各方面都出类拔萃,更引人注目的是她性格中的反抗精神。艾丽斯的高中同学波特·桑福德清楚地记得,当年大多同学都不敢对种族隔离政策表达不满,但艾丽斯总是毫不畏惧地指出现实社会的不公平,并提出抗议。伊顿顿镇附近有一个名叫岩鹰山的景区,每年夏天都会有来自全国各地的白人到这儿露营、聚会、游泳或登山。每到这个时候,白人就会雇用当地的黑人到景区做卫生或帮厨。艾丽斯当时受雇于一家沙拉店,每天的工作就是连续好几个小时不停地清洗生菜和切西红柿片。有一次,艾丽斯和另一位同学搭乘波特·桑福德(Porter Sanford III)家的车去打工的地方。桑福德回忆道,"我们坐在我父母的车里,艾丽斯开始说,白人学生可以坐校车去上学,黑人学生只能步行上学;白人和黑人做一样的工作,却获得更高的报酬;白人总是将脚踩在我们的脖子上,这个社会太不公平了。我说,抱怨没有用,我们只能接受这一切。听我这样说,艾丽斯非常气愤,她立刻要求下车,还将另一位同学也拉下了车,说搭乘我的车是个耻辱。结果那天她们坚持徒步走到打工的地方"。①这便是在第一章第二节的第三部分提到的"岩鹰事件"。

1960年10月的一天,16岁的艾丽斯在电视上看到马丁·路德·金被逮捕的那一幕成为她人生的转折点。艾丽斯后来说,"他向我表明,黑人可以不再像从前那样,对白人低眉顺眼,任人摆布,服从那没有人性的种族隔离政策。他把希望传递给了我"。②从那时起,艾丽斯就确立了自己要为黑人平等权利而奋斗的人生目标。高中毕业后,艾丽斯继续踏上求学之路。1961年8月,17岁的艾丽斯在去斯佩尔曼学院的路上再次表达了她对种族隔离的蔑视。也许是受蒙哥马利公交车抵制运动的启发和鼓舞,沃克在登上一辆开往亚特兰大的隔离巴士后,采取了类似的挑衅姿态。她公然蔑视种族隔离法,坐在公共汽车的白人区,直到司机强迫她离开。但就在她泪流满面、惶惑不安地挪动的时候,在那几秒钟的移动中,一切都改变了。她眼里满含泪水、抑制着心中的愤怒,暗暗发誓一定要让这种黑人受辱的情况在南方结束!她心中逐渐激荡起了一股不可遏制的力量,因为她致力于创建一个尊重、保护和珍视所有公民的社会。

1966年1月,艾丽斯·沃克从萨拉·劳伦斯大学毕业。毕业后,她在纽约市福利厅找了一份工作,这份并不十分愉快的工作使艾丽斯更加坚定地认为,社会需要进行更彻底的改革,不仅是纽约的福利部门,而是这个国家的大多数政策都需要改革。在工作之余,艾丽斯还积极参加纽约的各种社会活动。当时海外的越战,国内种族关系的恶化,导致国内民众反抗情绪迅速蔓延,艾丽斯也加入了反战的抗议者人潮中。纽约的政治热情和随处可见、充满活力的艺术场面深深吸引并激励着艾丽斯真正走向民权运动。在福利部门作为一名社会工作者工作后不久,她就辞去了这项太过牵

---

① Evelyn C. White, *Alice Walker*: *A Life*, New York: W. W. Norton & Company, 2004, p.15.

② Alice Walker, *In Search of our Mothers' Gardens*: *Womanist Prose*, New York: Harcourt Brace Jovanovich, 1983, pp.144.

扯她精力而影响到创作的工作。不久,梅里尔奖学金又一次向艾丽斯抛出了橄榄枝,这次她欣然接受了。有了奖学金,她可以重返非洲,去塞内加尔以提高自己的法语水平,进一步了解自己祖先的文化,为计划中的写作积累素材。但是在收拾行装的时候,沃克对沉浸在塞内加尔文化中的意义提出了质疑,因为贫穷和暴力的文化仍然是整个南方非洲裔美国人每天遭受的噩梦。而且,她的家乡是民权运动的发生地,她更是心系那里的动荡局势,心系处在水深火热中的父老乡亲。年仅 22 岁的艾丽斯已经拥有了坚定的立场和非凡的勇气。童年的创伤、吉姆·克劳法案对南方黑人的迫害、对斯佩尔曼失望而转学、华盛顿大游行等,所有这些经历,以及为黑人争取平等权利而奋斗的决心使艾丽斯决定到最需要她的民权运动前线去。最后,她毅然前往密西西比州,接受密西西比州杰克逊市全国有色人种法律保护和教育基金会的实习工作,真正走在了民权运动的前线。

三、捍卫爱情并义无反顾地走进跨种族婚姻

面对个人人生重大事情的选择,艾丽斯·沃克也显示出一贯的巨大勇气、过人的智慧和不可动摇的决心。她不畏一切敌对势力和反对,捍卫爱情,力争家人的支持,义无反顾地走进跨种族婚姻,体现出"妇女主义者"的特质。

就在艾丽斯毅然告别繁华喧嚣的纽约,踏上通往种族主义的堡垒——密西西比州的旅程的那个夏天,还有一位年轻人,从纽约曼哈顿出发也走在通向密西西比州杰克逊市的道路上。这位年轻的犹太白人学生名叫梅尔文·利文索尔(Melvyn Leventhal),是纽约布鲁克林人,在纽约大学(New York University)法学院就读。艾丽斯刚刚抵达密西西比州不久,就在"史蒂文厨房"(Steven's Kitchen)见到了利文索尔。史蒂文厨房是杰克逊市中心一家黑人经营的黑人风味餐馆,民权运动人士在与"吉姆·克劳制"斗争后,经常在这里聚集,填饱肚子,补充精神。他们在 1966 年 6 月相遇时,利文索尔已经完成了法学院的第二学年课程,并在

杰克逊的法律辩护和教育基金实习，在那里他的上级直管负责人是埃德尔曼（Edelman）。

"当我走进餐厅，有人向我介绍梅尔文，记得当时我觉得他很帅气可爱！"艾丽斯回忆道，"但同时，我对运动中的白人非常不信任……有人说白人应该在他们自己的社区里做民权工作。我也赞同白人在斗争中往往会带来危害的看法，因为南方的黑人习惯于自动顺从白人。"①沃克最终克服了她对利文索的不信任，因为在工作和相处的过程中她看到了他对白人至上主义的蔑视，以及他不惜冒着生命危险致力于维护社会正义。他们顺理成章地从同事变成了朋友，最后成为恋人。②

两个年轻人因民权运动事业相遇，并义无反顾地走到一起。就在密西西比州民权运动与种族主义者之间的战斗处于白热化时期时，他们的感情也迅速升温，"好像我俩掉进了一个单独的空间，这个空间只有我们两人，哪怕我们不在一起。"③艾丽斯回忆道。在她心中，梅尔文进行的是捍卫黑人权利的工作，他维护的黑人就是自己的父母和家人，这更让她敬重他，喜欢他。爱情有时候就像有魔力，能够抵挡射向他们的任何子弹和炮火。多年后，艾丽斯·沃克在一篇散文《致我年轻的丈夫》里，回忆了当时顶着巨大的压力和冒着生命危险相知、相爱、相惜：

那时我们的爱情真的让我们刀枪不入，犹如隐身了似的。当我俩走在大街上时，路边种族主义者用眼里的凶光发射的子弹似乎都掉头冲向了外太空。我们的日子在工作、担心暴力、相互传递无法言喻的温柔中一天天度

---

① Evelyn C. White, *Alice Walker: A Life*, New York: W. W. Norton & Company, 2004, p.137.

② Rudolph P. Byrd, *The World Has Changed: Conversations with Alice Walker*, New York: New Press, 2010, p.11.

③ Alice Walker, *The Way forward is with a Broken Heart*, New York: Ballantine Books, 2000, p.21.

过,每天聆听采访对象悲伤叙述,漫漫午夜之后,……我们互为对方朗诵诗歌,叶芝、沃尔特·惠特曼、卡明斯,这样度过那潮湿的夜晚。……夜里,大雨倾斜而下顺着街道流淌,天空因它而变蓝,闪电在我们身上划过银光……我们与大自然融为一体了……①

实习结束时,这对深深相爱的恋人决定回到纽约,让利文索尔完成在纽约大学法学院的最后一年学业。他们一起生活在华盛顿广场公园上格林村的一间公寓里。利文索尔完全致力于法律学习和研究;沃克则专注于《格兰奇·科普兰的第三人生》的初期撰写。1967年3月17日艾丽斯·沃克和梅尔文·利文索尔在纽约注册登记结婚,而三个月后联邦最高法院才在洛文诉弗吉尼亚(*Loving v. Virginia*)一案中宣布州内禁止跨种族婚姻为非法。②这对新婚夫妇决定回到密西西比继续他们的生活并继续他们在法律辩护和教育基金的重要工作。作为密西西比州的跨种族夫妻,艾丽斯和梅尔文遭遇了预料中的和未预料的困难、麻烦、挑战和危险。但是他们以巨大的勇气公然反抗那些认为他们的婚姻是"犯罪"和"违法"的强大势力。正如沃克在一篇文章中所写的那样,"我们来到密西西比州,正是为了使它不再是让黑人感到生活极其艰苦、极其恐惧的地方"。毫无疑问,艾丽斯·沃克的婚姻就是她表达意图和决心的行动之一。

尽管1967年6月以后跨种族婚姻在法律上合法,但是在美国南方,种族主义者丝毫不掩饰他们对跨种族婚姻的仇视。他们往往采用暴力行为来恐吓,甚至以死亡来威胁白人和黑人结为夫妻。许多黑人也对跨种族婚姻持反对意见,甚至在民权运动者中,黑白跨种族夫妻也成为自己同志嘲讽的对象。艾丽斯的婚姻也不例

---

① Alice Walker, *The Way forward is with a Broken Heart*, New York: Ballantine Books, 2000, pp. 24 - 25.

② Evelyn C. White, *Alice Walker: A Life*, New York: W. W. Norton & Company, 2004, p. 154.

外,当他们结婚时,"不是每个人都很高兴,包括艾丽斯·沃克的朋友、参加了婚礼的卡罗尔·达顿(Carole Darden),新郎的母亲米丽娅姆·利文索尔夫人(Mrs. Miriam Leventhal),更是因为她的种族主义和无法平息的愤怒把儿媳斥为黑鬼/泼妇"。[1]

  当这对新婚夫妇决定回到密西西比继续他们在法律辩护与教育基金的重要工作和生活时,沉浸在甜蜜幸福中同时深陷困境的梅尔文写信给在杰克逊的埃德尔曼寻求指导。在愉快地祝贺新郎后,埃德尔曼开始思考这个严肃的问题:为一对理想主义的跨种族夫妇提供建议。这对夫妇决定在一个已成为白人至上的国家象征的州建立家庭,而且可以预见,在那里跨种族婚姻是不合法的。在提供建议时,埃德尔曼无疑也借鉴了她自己的经验,她是住在木兰花州(美国密西西比州的别名)的一对跨种族夫妇中的一员,密西西比州第一位获得律师资格的非裔美国女性。

  这对新婚夫妇必须在前往居住地安家之前首先学会如何在看不见的"枪林弹雨"中小心翼翼地生存下去……此外,来自亲朋好友的反对也给他们带来巨大的压力和挑战。如何竭力争取到新郎母亲的理解、支持和祝福的问题更为棘手也至关重要。

  在离开纽约,前往密西西比州之前,艾丽斯给利文索尔夫人写了一封信。因为她仍然坚决反对这桩婚事。艾丽斯小心翼翼地准备好了最后一次与她进行书面交流。在信的开头写着"母亲节",然后是日期:"1967 年 5 月 14 日",接下来却是令人很意外的称呼:"亲爱的利文索尔夫人"。短短几行使文本形成了巨大的张力,这封家书式布局的书信却以正式的称呼结束,期待中的温馨家书也化为泡影。这种情形下,信件的开头那醒目的"母亲节"显然是对利文索夫人放弃儿媳的母亲角色的微妙而讽刺的批评。作为"开场白"的一部分,艾丽斯·沃克在这封精心撰写的、以单倍行距输入打印的三页纸的信中,为利文索尔夫人再现了她自己的父母

---

[1] Evelyn C. White, *Alice Walker: A Life*, New York: W. W. Norton & Company, 2004, p. 156.

第四章 艾丽斯·沃克:时代的"卫士"

对女儿嫁给犹太人(或者用他们那一代人的话来说,"嫁给异族")这一决定的截然不同的反应:

> 我母亲对我们的婚姻与其说感到不高兴不如说感到害怕。我敢肯定,我父亲内心深处非常不安。根据传统,我父亲有权不让你儿子进我们家门。然而,无论我父母为此经历了怎样的不安和痛苦,他们从未向我传递过此类情绪,更不用说梅尔文了。我知道,他们的沉默并不意味着他们不关爱我。考虑到他们对白人相当不信任的看法,这只能说明他们更爱我了。我嫁给你儿子就好比纳粹德国的犹太女孩嫁给德国人。不知何故,人们总期望犹太人的经历能启发犹太教的追随者。碰上一个有偏见的犹太人总是令人失望的,然而,他们中的大多数人确实如此。作为美国人,作为一个种族主义国家的最终领导层的一部分,他们似乎为自己能够融入美国的习俗而自豪。这一事实永远令我感到惊讶。①

当然,从"开场白"来看双方家长都没有表示赞同和高兴,这是可以理解的。"开场白"展现的双方家长截然不同的反应及其原因主要体现在以下两个方面:首先,双方家长对婚姻的直接反应不同:男方母亲因无法平息的愤怒把儿媳斥为"黑鬼"/泼妇;女方母亲与其说感到不高兴不如说感到害怕,父亲内心深处非常不安。他们对女婿的态度是,对女儿嫁给犹太裔白人,无论他们内心经历了什么挣扎都自己扛了。其次,家长对自己孩子的态度不同:梅尔文母亲反对这桩婚事,给儿子施压。反对不成,心生恨意,坚持要求儿子归还她送的礼物或许还有金钱;艾丽斯的父母的沉默体现出他们尊重女儿的选择以及对女儿深深的爱和理解。此外,艾丽

---

① 转引自 Rudolph P. Byrd, *The World Has Changed*: *Conversations with Alice Walker*, New York: New Press, 2010, pp. 13-14。

斯还向婆婆阐明这桩婚姻对自己的风险性比对梅尔文的更大。并质问她作为有着深受迫害和压迫经历的犹太人,为什么在美国作为白人的帮凶歧视其他少数族裔。作为父母"谁高谁低"一目了然,作为同受种族歧视的对象,艾丽斯毫不留情,直戳痛处。当然笔者相信艾丽斯的出发点是希望犹太人婆婆能幡然醒悟。

艾丽斯随后要求利文索尔夫人想想密西西比州杰克逊的危险境况,她和梅尔文即将伴着她的愤怒——她留给这对新婚夫妇唯一的纪念,进入这个世界:

> 我希望你也考虑一下,三个月后我们就住在杰克逊了。密西西比是一个危险的地方。你的儿子是世界上最优秀,最善良,最勇敢,最温柔的男人之一,他要应对的是外面的人,他们也会因为他娶了我而非常生气。不幸的是,他们会比你更暴力。他们会杀了我们吗?打死我们,射杀我们,炸死我们?还是三种方法都用上?你也应该知道,在密西西比州,异族通婚是违法的。我们将无法给自己提供任何保护。如果你儿子出了什么事而你却带着骄傲和愤怒坐在这里,你会怎么想?你会像南方人一样欢呼吗?你会不会说,我告诉过他的,他本不应该娶她?如果你现在确实是这么想的,那么我希望你能记住,没有什么能让一个死人复活。如果你事后悔悟,那你也只能独自悔悟。你的儿子,"你永远不想再见的人",将永远离开你的视线。生活中可没有这些"如果",这些都是我们在向愤怒屈服之前必须考虑清楚的。①

在这段信里,艾丽斯抓住母爱的心里,主要"动之以情,晓之以理"对利文索尔夫人进行开导和指引,尽力把她争取过来。在这

---

① 转引自 Rudolph P. Byrd, *The World Has Changed: Conversations with Alice Walker*, New York: New Press, 2010, p.14.

里,艾丽斯又引入了有关孙辈们的微妙问题:

> 未来有很多事情需要考虑。你可能会感到震惊,因为我们计划生儿育女……孙辈就是孙辈,即使你从未见过他们。如果你从来不想见到他们,好吧,如果他们从来都不认识你又怎么会想念你呢?但这真是你想要的吗?试着确定一下。生活漫长且艰难,还有可能很孤独。①

孙辈话题向利文索尔夫人表明两点:其一,我们的婚姻不是感情用事,而是经过深思熟虑后做的决定,坚不可摧,并且未来的家庭计划明确。其二,隔代亲是人们的共识,你愿意子孙绕膝,尽享天伦之乐,还是孤独终老?

回忆起发生在这个家庭里的另一幕场景时,艾丽斯回应了利文索尔夫人坚持要儿子把某些礼物归还给她的要求:如果利文索尔夫人一意孤行,这对夫妇也不会退缩。

> 至于你坚持要梅尔文归还你送给他的礼物等等,因为你知道他会这么做的。他实际上是一个比你我都好的人,他知道自己的想法,不会屈服于任何人,他也不会记恨。如果你继续这样做,你认为我们欠你的钱,只管告诉我们,直到还清了你的钱我们才会安心。我有钱,你可以全部要回,只是这样又显得大家都跟孩子似的。梅尔文一直说我们不能以自己的方式来帮助别人,坦率地说,我总认为人们可以做得比他们目前做的更好些。②

艾丽斯·沃克在给利文索尔夫人的信的结尾没有多愁善感,

---

① 转引自 Rudolph P. Byrd, *The World Has Changed: Conversations with Alice Walker*, New York: New Press, 2010, p. 14.
② Ibid., p. 15.

她敏锐地意识到他们之间的鸿沟所带来的影响：尽管你这个长辈没给我们一个好榜样，但我们将以爱和相互信任经营我们的"爱巢"，将来会爱并尽力去理解我们未来的孩子。

> 既然我们将不再相见，这就是再见。我会尽我所能让梅尔文幸福，我永远不会在他面前回忆起你对我们婚姻的不尊重。你的儿子会在生活中做出伟大的事情，因为他是一个伟大的人。如果犹太人的伟大上帝存在，我相信他会很高兴，因为在一个很容易被遗忘的世界里，至少有一个被选中的人没有忘记他的教导。我们将接受一切，爱和信任彼此，爱并试着理解我们的孩子。①

在整封信中，艾丽斯·沃克始终保持着挑战性和原则性的立场，米妮·卢·格兰特·沃克和威利·李·沃克的女儿在信上签了名："真诚的，艾丽斯·沃克·利文索尔。"

据悉，利文索尔夫人受到了儿媳来信的影响。过了一段时间，利文索尔夫人把这封非同寻常的信还给了艾丽斯·沃克，在第三页，也就是最后一页，她手写了如下回复：如果你需要钱，我保证会帮你渡过难关。尽管我心碎了，但我还是你的母亲。② 利文索尔夫人终于被这封信打动和说服，承认并接纳了儿媳艾丽斯·沃克。在《致我年轻的丈夫》(*To My Young Husband*)一文中，沃克以自己的方式回复了利文索尔夫人的附言。这篇小说虚构了她与利文索尔的婚姻，出现在短篇故事集《伤心前行》(*The Way Forward Is with a Broken Heart*, 2000)中。

艾丽斯·沃克在与梅尔文·利文索尔相恋并走进婚姻的这段人生经历使她对跨种族婚姻在种族主义美国社会里遭遇的困难和

---

① 转引自 Rudolph P. Byrd, *The World Has Changed: Conversations with Alice Walker*, New York: New Press, 2010, p. 15.
② Ibid., p. 15.

挫折无疑有深切的体会。她的一些诗歌,如《被禁止的事》(Forbidden Things)①,就表达了她对自由的追求和对爱的坚持:

> 他们说你不属于我,
> 我试着,在我坚定但
> 几乎不转的脑子里,
> 知道"他们"无关紧要,
> 这些过去灾难的遗迹
> 反对我们时代的
> 叛逆。
> 他们将会失败;
> 如同所有其他人一样:
> 因为我们的命运不会是这样:
> 向痛哭微笑敬礼,
> 在他们快乐的铁靴后面
> 蹒跚行走,
> 为被禁止的东西伤心。

当沃克写下"因为我们的命运不会是这样:/向痛哭微笑敬礼"这样的诗句时,我们无法不由衷地敬佩她的勇气、豪迈和对爱、自由的执着,并相信再没有什么力量能够剥夺这位勇敢的黑人女性享受生活的权利。

无论面对个人人生重要事情,还是政治意义上或是文化和精神层面上的重大事件,艾丽斯·沃克都显示了一贯的巨大勇气、过人的智慧、不可动摇的决心和顽强的精神。她蔑视一切敌对势力,力争一切可团结的力量。正如黑人女性文学评论者格瑞臣·泽根豪斯在其文章《沃克眼中的世界》中所说的,"妇女主义者"就是"说

---

① 转引自刘戈,《革命的牵牛花:艾丽斯·沃克研究》,北京:高等教育出版社,2007年,第155页。

出、声援或是抗争某一重要的东西,就是一位热爱她自己,热爱她的文化并顽强地生存的女人"。① 在2009年埃默里大学教授鲁道夫·伯德对艾丽斯·沃克的访谈中,当艾丽斯被问到"目前对妇女主义及其与女权主义的关系有何看法"时,她答道:"只要这个世界还被白人凌驾于有色人种之上的种族意识形态所主宰,来自有色文化的妇女主义者的视角就会更加深入、更加激进……妇女主义者,就像这个词的创造者,决心用舞蹈和歌声与地球和宇宙建立联系,怀着感激和喜悦,成为完整的一体。通过反抗压迫,给自己争取生活的机会……尽管几个世纪的奴役,种族隔离,等等,她每天选择自由,而不是任何内化的奴役,不管女性解放被称为什么,都是为争取自由。……这是一场世界女性运动,她们已经受够了做地球上的二等和三等公民。有一天,如果地球和我们这个物种生存下来,我们将再次被称为神圣和自由。我们的专有名词。"艾丽斯·沃克以自己挚爱的事业、以自己的生活甚至生命创造和诠释了妇女主义,在追求种族间的平等、性别平等道路上从未退缩。

第二节　人类和谐家园的捍卫者

艾丽斯·沃克不仅是一位以追求平等为核心的妇女主义的创造者和践行者,还是一位以追求和平为宗旨的人类和谐家园的捍卫者,始终坚定不移地致力于正义、和平和结束一切形式的苦难。她从参与民权运动中学到的是,为改变世界所做的每一项努力都很重要;每一个想法,每一首诗,每一个梦想,每一个选择都是为了带来一个和平与欢乐的世界。因此,改变世界,引领一个平衡的时代、一个和平的时代、一个尊重各种关系的时代,其中包括公正地尊重地球——银河系中我们所知道并爱我们的唯一家园——迫使

---

① 转引自王晓英,《艾丽斯·沃克:妇女主义者的传说》,武汉:华中科技大学出版社,2020年,第271页。

我们所有人采取行动。自民权运动以来,她一直站在美国每一场重大社会运动和无数未公开的小型社会运动的前线,她周游世界,与人们站在一起,为这个星球辩护。在这个时代,以国内或国际恐怖主义之名而产生的仇恨使任何人都不敢抱有希望,而艾丽斯·沃克——这个人类和谐家园的捍卫者——却无所畏惧。

一、行动主义者沃克

"我的行动主义——文化的、政治的、精神的——根植于我对自然和人类的爱……我成年以后就一直是个行动主义者。"[①]对沃克而言,行动主义更多是指政治意义上的,体现了她强烈的社会责任感和行动主义精神。

深受1959年切·格瓦拉和菲德尔·卡斯特罗领导的古巴革命的启发,艾丽斯·沃克于1978年首次访问古巴,此后已三次访问古巴。为了理解革命并与古巴人民站在一起,沃克与这些艺术家、文化工作者和革命者如:伯尼斯·约翰逊·里根(Bernice Johnson Reagan)、安吉拉·戴维斯(Angela Davis)、普拉蒂巴·帕玛(Pratibha Parmar)和玛格丽特·兰德尔(Margaret Randall)等一同出行访问。在1995年访问古巴时,她和代表团的其他成员会见了菲德尔·卡斯特罗。对沃克来说,古巴之行是为了尽可能多了解古巴革命目标的实施情况,这样她就可以继续在美国的批评者面前捍卫古巴的主权。在她的几次古巴之行中,她不仅运送药品,还向古巴公民、政府官员和卡斯特罗本人提出了有关古巴社会中的种族主义和同性恋恐惧症的问题,并且继续追踪古巴政府为解决这些和其他形式的歧视所做的努力。当沃克在由古巴政府官兵夹道相送的道路上开车驶离总统府时,反政府武装不断发动袭击,绵延数千米。"这太不可思议了",她说,"我一点也不害怕,

---

① Alice Walker, *Anything We Love Can Be Saved*: *A Writer's Activism*, London: Women's Press, 1997, p. xx.

只怀有能表示支持'政府'的喜悦。"①作为一名活动家，沃克也曾于 1983 年访问过尼加拉瓜，在马那瓜书展上，丹尼尔·奥尔特加（Daniel Ortega）"在书摊上漫步，把一本《紫色》高举过头顶出现在她面前，宣称'这是图书节上最好的书。'"这些经历让她着迷。②

沃克强烈的社会责任感和行动主义者精神促使她投入各种形式的革命行动中，包括废除南非的种族隔离制度；美洲原住民运动；女同性恋、男同性恋、双性恋和变性运动；人权运动；以及动物权利运动。沃克对艾滋病给美国国内外社区带来的影响表示深切关注，包括她对马龙·里格斯的纪录片《黑色是……黑人不是：黑人身份的个人历程》(*Black Is ...... Black Ain't：A Personal Journey Through Black Identity* 1995) 的支持。卡特里娜飓风发生后，她前往休斯敦，为那些因灾难而流离失所的家庭提供援助。这场灾难的根源既有自然因素，也有州政府的失职。

多年来她一直反对战争，经历过 20 世纪 60 年代美国国内反对越南战争的运动，也曾多次因反对战争而被捕。2003 年，在美国发动伊拉克战争之际，艾丽斯则采取了更为直接的行动主义者行为——上街游行。3 月 8 日国际妇女节那天，她和数千名抗议者，其中包括华裔美国女作家汤亭亭（Maxine Hong Kingston）和犹他州女作家特里·坦贝斯特·威廉姆斯（Terry Tempest Williams）等，在白宫附近的街上跳"和平舞"，高呼"给和平一个机会"，结果因为闯警戒线而被捕，成为轰动一时的新闻。

作为 CODEPINK（粉红代号）的一员，沃克于 2009 年 3 月前往中东，为加沙地区的妇女提供人道主义援助。CODEPINK 是美国妇女发起的草根和平与社会正义运动，致力于结束伊拉克战争和阿富汗战争。艾丽斯公开对该地区的敌对冲突表达自己的观点，希望能够推动结束那里的不公正。她为自己的行动解释说，这

---

① Rudolph P. Byrd, *The World Has Changed：Conversations with Alice Walker*, New York：The New Press, 2010, p. Introduction 31.
② Ibid., p. 31.

是出于对孩子们的关心,她认为"长辈"应该给孩子们带来"我们在相当长的人生中可能获得的理解和智慧,帮助孩子们见证并成为参加反对压迫斗争的一部分"①。她与印度的萨尔曼·拉什迪(Salman Rushdie)和尼日利亚的肯·萨罗-维瓦(Ken Saro-Wiwa)一起,进一步口诛笔伐,支持当时仍流亡在古巴的阿萨塔·沙库尔(Assata Shakur)在内的政治犯,缅甸的昂山素季,还有那些因勇敢面对国家的落后、腐败和残暴而受到死亡威胁或被杀害的作家和自由斗士们。②

进入21世纪,艾丽斯继续通过她的写作来表达她的政治立场和文化观点,捍卫人类和平和正义。多年来,她因许多作品和反种族主义活动而获得各种奖项。除了普利策奖、美国国家图书奖、全国书评家协会奖、欧·亨利短篇小说奖等美国文学奖项,2016年,艾丽斯还被授予马哈茂德·达尔维什文学奖。该奖以巴勒斯坦著名诗人马哈茂德·达尔维什的名字命名,设立于2010年,此后每年3月13日(即达尔维什的生日)颁奖,评奖宗旨是秉承诗人一贯呼吁的人道主义精神,反抗霸权与压迫。此外,她还入选加州名人堂、佐治亚州作家名人堂,并在2010年被授予列侬小野洋子和平奖。③

二、为什么战争不是一个好主意

20世纪90年代之后,艾丽斯·沃克更加表现出了她强烈的社会责任感和行动主义者精神。美国"9·11"恐怖袭击后,沃克是最早以文学艺术形式对这一恐怖事件进行回应的作家之一。在题为《地球传送》(Sent by Earth)的散文中,她从"9·11"事件入手,

---

① 王晓英:《艾丽斯·沃克:妇女主义者的传说》,武汉:华中科技大学出版社,2020年,第282页。
② Rudolph P. Byrd, *The World Has Changed: Conversations with Alice Walker*, New York: The New Press, 2010, p. Introduction 32.
③ 王晓英:《艾丽斯·沃克:妇女主义者的传说》,武汉:华中科技大学出版社,2020年,第283页。

结合美国历史上的种族歧视、非洲妇女的割礼、沙漠风暴行动中惨死的伊拉克儿童、塔里班对阿富汗妇女的迫害等,指出暴力是毁灭世界的主要根源。在 2003 年出版的诗集《绝对信任大地的善良》(*Absolute Trust in the Goodness of the Earth*)的序言中,艾丽斯继续表达了她对"9·11"事件的反思:

> 许多北美人在"9·11"当中失去的是一种自我为中心的无知,它已经折磨世界其他地方的人们很长时间了。随着时间的流逝,这种无知会慢慢消退,这可不是一件坏事。怀着对我们无知的怜悯,我们可能还能学会摸索着走出令人震惊的、陌生的、意想不到的阴影之路。发现并忍受一段悲伤的时期,但这也是一段决心生存并发展的时期,同时也是一段灵感和诗歌产生的时期……①

在世贸大厦和五角大楼遇袭不久,沃克从家里明亮的大房间里搬出来,搬到一间客房中,房间很小、很暗、很安静。每天早晨吃过饭后,沃克会坐半个小时左右,等灵感来了,她就开始写几首诗。这件事情让她感到很惊奇,因为在过去的十多年里,她曾告诉自己的朋友们她可能不会再写诗了。看来这的确是一段灵感和诗歌产生的时期……过往的人生经历和起起落落已经使沃克历练了很多,当她再次面对这种惨剧的时候已经有足够的平静和理智进行更深层次地思考和应对了。反对战争的态度之坚和程度之深依然没变,但她探索阻止战争、捍卫和平的思考越来越睿智。时局再艰难,她却相信人们能够挺过去。在这部诗集中,她开始明确提出对战争的异议,《我对袭击感到困惑》(*I Was So Puzzled by the Attacks*)、《死人爱战争》(*Dead Man Love War*)、《为什么你头脑中的战争是陈旧的》(*Why the War You Have in Mind*[*Yours*

---

① Alice Walker, *Absolute Trust in the Goodness of the Earth*, New York: Harcourt Brace and Company, 2003, p. vii.

第四章　艾丽斯·沃克:时代的"卫士"

and Mine] is Obsolete)等几首诗,明确地表达了她坚决反对战争的立场,《为什么战争不是一个好主意》(Why War Is Never a Good Idea)表达得尤为直白:

为什么战争不是一个好主意①
(一首送给战争中失明的孩子的图画诗)

尽管战争会讲
每一种语言
但它从来都不知道
对青蛙
说什么

画中的青蛙
在一个池塘旁
召开它们的年度会议
雨季到来前的会议

它们没有看到战争
一辆伪装了的
车辆的
大轮胎
将要
把它们
碾平

尽管战争有自己的想法

---

① Alice Walker, *Absolute Trust in the Goodness of the Earth*, New York: Harcourt Brace and Company, 2003, p. 156.

战争从来都不知道
要去打谁

画中的一头驴
平静地
嗅着
一堆稻草
一个小男孩
抓住
它那
磨损的
缰绳

他们没有看到战争
他们都在想着晚饭的事情
男孩子想要玉米粥和鸡蛋
或者可以来一个胡萝卜
或是苹果
做饭后甜点

就在他们头顶
像汽车一样大小的黑色的东西
落了下来

尽管战争有自己的眼睛
能够看到石油和天然气
以及红松
地底下
每一件闪光的东西

当它面对
看护婴儿的母亲
它就看不见了
牛奶
特别是人
它看不见
画中
窗边的妇女
幸福地
唱着
一支摇篮曲
一个婴儿
转着一绺
她黑色的头发
吮吸着
所有
值得吮吸的东西

他们没有嗅到战争
穿着
绿色和棕色的衣服
模仿着他们田地的颜色
缓缓地
向着他们进军
登上陡峭的山峰

尽管战争已经老了
但它还没有
变聪明
它会毫不犹豫地

破坏不属于它的东西
比它更古老的东西

画中的这片森林
布满河流和岩石
栖息着美洲狮、长尾鹦鹉
还有乌龟
美洲豹和蛇

在他们头顶之上的高空
战争
已将自己化作
紧跟飞机身后的
一线白云
它撒下的粉末
给万物苍生
蒙上灰尘
一种致命的粉末

战争有坏习惯
战争吞食在它的路上的每样东西
以及它不吃的东西
它也要流口水

这里
战争
正在大声咀嚼
一个村庄
它的导弹
咬了它一大口

战争的残留物
泥状的渗出如
吐在地上的口水
它找到了去村庄的路

战争的味道很可怕
闻起来很糟糕
它从不考虑体臭
或怪异的副作用
加入水中后
一小口一小口地抿
也会使你恶心
当你屏着呼吸
捏住鼻子时
你可能会死去

现在
假设你
变成战争
它会发生在
世界上
一些最善良的人身上
那么,总有一天
你不得不
喝这地方的水

  《为什么战争从来都不是一个好主意》是一本儿童读物,取材于收录在艾丽斯·沃克的诗集《绝对信任大地的善良》中的同名诗,是献给"我全球的孙辈们"的一本书。① 这首图画诗特意为在战争中失明的孩子们而作。②

这首叙事诗以拟人的手法来刻画战争。战争是有眼睛的,他能看见石油、天然气、红松和地底下的发光的金属。为了掠夺这些资源,战争又会选择性地失明,他看不见湖里的青蛙、草堆边的驴和男孩,甚至正哺乳的母亲和新生儿!战争会开着装甲车而来,碾平一群正赶在雨季来临前开会的青蛙却无需任何解释;战争会携带着炸弹而来,炸毁正嗅着稻草的驴和牵着缰绳的男孩,连同他们期待中可口的晚餐,也不会有人去在意;战争还会伪装成"大地母亲",穿着绿色和棕色的衣服,即使前方是哺乳的母婴,他们仍然偷偷靠近,伺机袭击且毫不犹豫;战争将有毒的粉末撒向大地,给大地蒙上厚厚的有毒灰尘,致使土地、森林、河流、岩石、美洲豹、长尾鹦鹉和蛇……无一例外蒙难。

虽然战争是古老的/它没有/变得明智/它将毫不犹豫地/摧毁/…不属于它的东西。沃克用她那永不停息的韵律捕捉到了战争不可阻挡的进程。这幅画/这首诗从小处着手,青蛙心满意足地围坐在睡莲叶子上,享受着相互的陪伴;一个小男孩梦想着一顿有玉米粥和鸡蛋的晚餐;世界各地的母亲们正在给她们的新生儿哺乳,哼唱着柔和的摇篮曲,直到战争到来,并炫耀着它的摧毁力,这些画面都让人感到难以承受的痛楚和残忍。沃克用创造性的文字向所有年龄段的读者提出了一个挑战:"战争是否会成为人类的遗产,成为生活中不可避免的事实?"战争会成为你与生俱来的权利吗?就像沃克说的,这种事会发生在一些最善良的人身上。此绘本的插画用色彩和光线捕捉到了和平、安全与战争的破坏之间的鲜明对比。这不仅仅是一首有力的诗,对于所有关心当今世界状况的人来说,这是一本发人深省的书。

---

① Alice Walker, *Why War Is Never a Good Idea*, New York: Random House, 2007, p. 29.

② Alice Walker, *Absolute Trust in the Goodness of the Earth*, New York: Random House, 2003, p. 156.

诗行中,那简单、平淡、美好、温馨的画面被战争在轰隆隆中或悄无声息地摧毁殆尽,被撕碎的美好在战争的阴云中了无痕迹。战争带来的伤害从来都不会是短暂的,那些伤害会侵入土壤、渗透河流,最后会毒害我们每一个人,包括发动战争的人。战争带来的冲击是毁灭性的,沃克通过这首写给儿童的诗歌,是要让人们明白:我们没有失明,我们能看到被战争破坏的世界,在目睹了战争的硝烟之后,我们应该清醒起来,停止战争。

沃克之所以把战争拟人化其实是强调这样一个事实:战争和随之而来的灾难并不是脱离人类意志而神秘地发生在自然界中的某种令人费解的现象,而是被一种根深蒂固的贪婪的虚无主义所驱使。这种虚无主义以生命为食,摧毁它永远无法创造的东西,它的欲望永远不会熄灭。① 这种贪婪体现在人类的态度和行为中就使人变得好斗、极具破坏性,不顾生命,不计后果。而且正如诗中所言,即使是这个星球上最好的人身上也会发生这种事情。虽然战争可以看到它想要的东西——地底下的石油、天然气、矿物和金属——但对其他的一切视而不见。虽然战争是古老的,它已经存在了很长一段时间,遍及很多地方,但它是无知的。② 沃克用"战争之犬"来描述这种致命的倾向。因此,我们都必须审视自己,了解我们自己的"战争之犬"。沃克敦促人类认识到这一点,并借《拥有快乐的秘密》主人公塔希·约翰逊之思传达这一观点:"世界大战已经打响,也已经失败。因为一切争战都是反世界的。凡反世界的争战都必然失败。"③在《克服无语》和《地球传送:来自祖母精神的信息》中,沃克重申了这个显而易见的事实,但是那些对战争本能视而不见的人就是不明白:战争永远不会解决生活中的任何

---

① Alice Walker, *Sent by Earth: A Message from the Grandmother Spirit*, New York: Seven Stories Press, 2001, p. 19.

② Alice Walker, *Absolute Trust in the Goodness of the Earth*, New York: Random House, 2003, p. 123.

③ Alice Walker, *Possessing the Secret of Joy*, Orlando, FL: Harcourt, Brace, Jovanovich, 1992, p. 152.

问题；战争是沸腾着的仇恨，它会因报复而平息；这种无法明晰的人类的本能，通过我们有意或无意识地同谋在人类中继续存在，有增无减，正如任何地方的不公正都是对正义的威胁一样，我们所有人的战争本能都会在任何地方助长战争。

沃克去过加沙地带，亲眼看见了"战争之犬"在集体无意识的黑暗角落里嗅来嗅去、又抓又挠，被释放出来时不可避免地发生的景象。她也渐渐明白了这样一个真理："人类是一个惊人的群体，故意伤害我们中的任何一个人，就是伤害我们所有人。对自己的仇恨是伤害别人的根源，（因为）别人是如此的爱我们！我们很幸运，生活在一个所有谎言都将被揭穿的时代，同时也为不再为谎言服务而感到宽慰。"①沃克前往卢旺达、刚果、加沙地带见证、提供安慰和支持、倾听，并与那些为安全、自由和人类尊严而奋斗的人们团结起来站在一起。她选择和其他人站在一起，就像其他人以前和非裔美国人站在一起一样，长期以来非裔美国人遭受虐待和牲畜般的对待，并屈服于封建、政治和社会结构的暴政。感同身受的沃克前往那里，让那些遭受苦难的人们知道，他们的哭喊、尖叫和哀号并没有被充耳不闻，而是被听到了。她前往那里是为了使那些陷入绝境的人们燃起希望。在前往这些地方的途中，沃克将自己的安危置之度外。尽管她一再被告诫不要这样做，但她还是在旅途中奋力前行，与那些遭受着苦难与欢乐的人同在。

沃克解释说："这也是人类最美好的篇章，当有人为我们献出生命时，我们就好像进入了现实世界的另一扇门。为什么会这样很神秘，但我认为正是这种神秘创造了所有伟大神话。在这些神话中，为了共同的利益，人类献祭——不是在祭坛上，而是在路上，在街上。"②这种认知激发了沃克无私的"冒险"和决心。她相信我们每一个人都被召唤去培养头脑中的认知和心中的爱。"每一个

---

① Alice Walker, *Overcoming Speechlessness: A Poet Encounters the Horror in Rwanda, Eastern Congo, and Palestine/Israel*, New York: Seven Stories Press, 2010, p. 60.

② Ibid., p. 39.

想法、每一个行动、每一种姿态都必须是为了同地球上所有的人发展和维持成熟的关系；一切支配、控制、武力和暴力的思想都必须放弃。"①为了在所有生命形式中培养和平、爱和平等的精神，沃克创作的儿童文学和青少年文学是针对存在于成人和儿童身上的"同一个世界的孩子"而写的。

《为什么战争从来都不是一个好主意》刻画的战争完全缺乏想象力，因为它无法想象所有生命的统一性，因此不会承认战争会引发附带性灾难。战争既想象不到全世界的儿童，也听不到他的哭声——更听不到驴的叫声或青蛙的呱呱声。在沃克看来，与它夸大的自我重要性相反，战争不过是被丢弃在身后的/哭泣的/孤独的/尘埃中的东西。②

三、以爱捍卫人类和谐家园

艾丽斯·沃克的创作同样表达了她反对战争等一切破坏和平和正义的行为，坚决捍卫人类和谐家园的信念。爱一直是沃克创作的一大主题，无论在她的小说还是诗歌、散文中都有明确的体现。

与沃克的小说相比，在她的诗歌中，爱这一主题表达得更为直接、明确、具体、生动，也更贴近普通人的情感。面对人类共有的灾难，沃克已经更加深刻地认识到这是人类自己酿成的错/苦果。因此，她在近期的诗集《艰难时世需要狂野的舞蹈：新诗》(2010)中，一如既往地反对战争及其带来的危害/灾难，倡导捍卫我们的人类的家园。此外，沃克对未来始终保持乐观的态度，这种乐观的精神使得沃克能够以一种更加博爱的眼光看待世间万象、自然万物，她倡导我们用这种方式生活，学会原谅，学会与万物和谐相处，用爱

---

① Alice Walker, *Sent by Earth: A Message from the Grandmother Spirit*, New York: Seven Stories Press, 2001, p. 34.

② Alice Walker, *Absolute Trust in the Goodness of the Earth*, New York: Random House, 2003, p. 152.

守护美好的世界。因为,我们只有"同一个地球/同一个民族/同样的爱"。①

沃克在2013年出版的诗集《世界将遵循欢乐:将疯狂变成花朵(新诗)》中所秉承的仍然是这一观点,她相信人们最终会厌恶战争,因为他们会逐渐看清战争的面目:"它威胁到了我们的健康、我们作为一个物种生存的权利和我们的幸福。"②那些发动战争的人肆意破坏破坏一切,摧毁一切,但是这个世界不会任由其裹挟。"这个世界——动物,包括我们人类——想要参与一些完全不同的事物中去,去观察,去感受快乐,这个地方。这份礼物。这个天堂。我们想要追随快乐。我们也应当这么做。疯狂,当然,对我们每个人来说,必须解决。"③她呼吁人们做出改变,用心体会这个世界带给我们的快乐,即便为此,我们也应该放弃我们自己的那些暴力行为,将我们的疯狂变成像花朵般美丽的存在。

许多读者或许早已感受到沃克的梦想特别依赖于人性的善。她作为积极的行动主义者的经历、敏锐的洞察力和冷静的哲思使她放弃了对暴力革命的幻想,转而选择了一条依靠人性的道路。她曾这样总结自己的人生经历:

> 在我作为一个人和一名作家的成长过程中,我是非常幸运的,即使我有时也会抱怨。不论我敲哪扇门,哪扇门都会打开;每当我踟蹰不前时,眼前就会出现一条路。我得到过不同种族、不同信仰、不同肤色、不同梦想的人们的帮助、支持、鼓励和培养;我也尽我最大的努力,用帮助、支持、鼓励和培养去回馈他人。这样的接受、回馈,或传递,是我生命中最精彩、最开心,并将继续下去的人生

---

① Alice Walker, *Hard Times Require Furious Dancing*, California: New World Library, 2010, p.34.
② Alice Walker, *The World Will Follow Joy: Turning Madness into Flowers* (*New Poems*), New York: The New Press, 2013, p.xiii.
③ Ibid., pp.xiv-xv.

经历。①

其实,沃克的精神是兼收并蓄的。从基督教中她吸收并实践了爱和非暴力的福音;她吸收了自由主义和人本主义的社会哲学;她学会了超验冥想;她通过艺术祈祷;她和美洲原住民以及澳大利亚原住民一起打鼓和治疗;她向萨满学习;她实践了古老的藏传佛教修心及其教义;她将一行禅师(Thich Nhat Hanh)的智慧教义融入她的行动主义和写作。在她2013年的散文集《道路上的垫子》(The Cushion in the Road)的开篇,她宣称:"我从道教思想中学到了很多。"②沃克相信,"对我们中的许多人来说,所发生的事情是,我们可能已经接受了我们成长中的宗教的某些部分,并带着感激之情把它们纳入了我们的信仰体系……"③。可见,沃克的精神哲学也是兼收并蓄的,其核心思想是:"世上没有上帝,只有爱。"④

因此,沃克坚信仰仗内心的光芒能够推动社会的变革。正如一行禅师(Thich Nhat Han)所说,"人不是我们的敌人"⑤,爱的无条件性能使意识转变,使人有能力向"我们的朋友和敌人"致敬。爱的力量鼓励我们把"他者""敌人"看作"我们自身同样阴暗的部

---

① Alice Walker, *In Search of our Mothers' Gardens*: *Womanist Prose*, New York: Harcourt Brace Jovanovich, 1983, p. xviii.

② Alice Walker, *The Cushion in the Road*: *Meditation and Wandering as the Whole World Awakens to Being in Harm's Way*, New York: The New Press, 2013, p. 1.

③ Rudolph P. Byrd, *The World Has Changed*: *Conversations with Alice Walker*, New York: The New Press, 2010, p. 301.

④ Alice Walker, *Hard Times Require Furious Dancing*, California: New World Library, 2010, p. 43.

⑤ Alice Walker, *Sent by Earth*: *A Message from the Grandmother Spirit*, New York: Seven Stories Press, 2001, p. 30.

分",这迫使我们去做带来改变的工作。① 当论及佛教时沃克写道,"在佛教思想中,一个敌人很可能教给我们很多无法从别处学到的东西,以我们从未想象过的方式帮助我们增强力量,而且很可能成为我们成长的主要原因,因此[对待敌人]明智的做法是将他或她视为朋友"。② 对沃克而言,爱是真正的金子,它具有一种神秘的能力,能"把我们的疯狂变成花朵"③,她的诗歌《即便如此》(Even So)表明,人们可以相信这种无所不能而持久的爱,它"根植于我们心中"。④

古代炼金术士的巨著《伟大的作品》(The Great Work)的目标是发现贤者之石或哲人石。这种"非石之石"是一种能净化物质缺陷,改善健康以达到永生,或将贱金属变成贵金属的转化剂。⑤ 简单来说,炼金术的终极目标是追求"完美"——贵重杂质少、性质稳定的黄金,被认为是金属的完美形态,然而永生则是人类的完美形态。炼金术就是要让普通之物朝完美的方向转化,而这种转化的催化剂,就是贤者之石。对于哲学家来说,转化剂会改变无意识的头脑或未开化的灵魂,并促进灵知或灵性超越。艾丽斯·沃克在为全人类和地球的正义、和平和尊严而奋斗的过程中,她所做的工作在很多层面上都体现为一个炼金术士的工作。她绝大部分努力都涉及"将疯狂变成花朵"的炼金术过程。⑥ 在创作"伟大的作品"的过程中,沃克发现了她的转化剂,她的哲人石,那就是爱。因

---

① Alice Walker, *The Cushion in the Road: Meditation and Wandering as the Whole World Awakens to Being in Harm's Way*, New York: The New Press, 2013, p. 42, p. 51.

② Ibid., p. 42.

③ Alice Walker, *The World Will Follow Joy: Turning Madness into Flowers (New Poems)*, New York: The New Press, 2013, p. xiv.

④ Alice Walker, *Hard Times Require Furious Dancing*, California: New World Library, 2010, p. 150.

⑤ Lawrence M. Principe, *The Secrets of Alchemy*, Chicago: University of Chicago Press, 2013, p. 26.

⑥ Alice Walker, *The World Will Follow Joy: Turning Madness into Flowers (New Poems)*, New York: The New Press, 2013, p. xiii.

为她认为和平永远比战争好,和平才能守护人类和谐家园,所以只能用爱来化解对仇恨和破坏。对艾丽斯·沃克来说,爱,如果真心爱的话,是无条件的。爱我的"敌人朋友"是必须的;因为同情不会止于谁对谁错,不会止于对痛苦的和受压迫的人的爱和仁慈,不会止于感受受害者的痛苦而忽视加害者的痛苦。① 沃克逐渐明白,人们是可以被爱的,尽管他们有缺陷。这也许就是沃克式智慧,绝对信任地球对所有造物的善和无条件的爱,激励沃克体现了她在地球母亲身上所感知到的情感。在体现这些情感的过程中,她见证了自己蜕变为爱,爱本身,爱的极致,去捍卫、守护我们美好的人类家园。

第三节 生命共同体的守护者

　　我踏上寻找古老地球的旅程;注视旧时月光,浮游历史之河,咀嚼往日果实,重新发现和仰慕曾经的生命;在它的微风和阳光中净化自己。我的喜悦难以言表,因为我发现旧日的地球仍然存在……然而,我看到它无法再容忍人类如此无情地毁坏它,我花了许多时间思考,为了所有人的利益,在一个新的全球意识日益增强的时代,它如何必须存在……在这个旅程中,我从古老文化的艺术和历史、各种元素、树木、花草,尤其是动物中获得了教益。②

---

　　① Alice Walker, *The Cushion in the Road: Meditation and Wandering as the Whole World Awakens to Being in Harm's Way*, New York: The New Press, 2013, p. 51.
　　② Alice Walker, *Living by the Word*, New York: Harcourt Brace Jovanovich, 1988, p. xx.

一、人与自然：唇齿相依、休戚与共

生态整体主义把整个自然界视为一个大的生态系统,强调这个生态系统的整体性和生态系统内部的关联性。利奥波德、罗尔斯顿、奈斯等人的生态整体主义伦理观从生态学的知识出发,将整个地球的生态环境视为一个整体,强调人作为大地共同体的普通公民、生命共同体的普通成员、生态系统的普通物种、生物链条上的一个普通环节、自然世界的一部分参与到生态整体当中,并由此构成人与自然的整体关系。在这种人与自然的整体关系中,生态整体本身被认为是自然存在的最高目的且拥有最高的价值,生态整体的和谐、美丽与稳定被看作是最高的善,而人则作为其中的一员为实现生态整体本身的善承担着不可推卸的道德责任。艾丽斯·沃克对人与自然的关系的认识契合这一主张,她认为,地球上的一切都是相互联系、相互依存的,都处于同一个生态网络中,没有等级关系,也不存在统治关系。

在文集《以文为生》中,沃克忧虑地认识到地球本身已经成了世界的奴隶,如果我们不学会关爱它,尊敬它,甚至崇敬它,地球将毫无疑问把我们毁灭。正如她在文中警告我们的那样:"当地球被毒化,它所给养的每样东西都会被毒化;当地球被奴役,我们谁也不会享有自由……;当它被当作垃圾,那么我们也没什么区别[①]"。沃克是在痛心疾首地告诉人们,在这个生态系统中,非人类生命物种的生存利益与人类的利益是一种唇齿相依,休戚与共的关系。生命共同体中,人类生存和发展的利益的实现,依赖于所有生命物种提供的生物资源和它们的活动所形成的健康的生态环境。在诗集《绝对信赖大地的善良》(*Absolute trust in the goodness of the earth* 2003)的开篇,沃克就从大地的角度,用拟人的方式直接警醒人类:"我可以崇拜/你/但我不能给/你全部。/如果你不能崇敬/

[①] Alice Walker, *Living by the Word*, New York: Harcourt Brace Jovanovich, 1988, p. 147.

这个身躯。/如果你不能/把你的唇放到/我的/清澈的水中。/如果你不能/轻抚肚皮/用/我的阳光。"①"大地"像一位高瞻远瞩的长者,强调了它与人类的平等身份和地位,同时也用调侃的语气讥讽了人类的自私和无知。对沃克而言,大地/自然的命运与人类的命运血肉相连,她甚至认为:"我们所居住的地球是上帝之躯。所有的人和有生命的个体都是上帝的躯体和灵魂……我们服务于上帝而非恣意改造大地,如果我们恣意改造大地及其子民,那么人类就会因其遭难"②。人与自然有序、链条式的循环运转,是这个整体图景的背景。人既然属于自然,便是自然整体图景中的一个成员。唯一具有道德能力的人类主体在实现自己生存发展的利益的时候,需要采取道德规范的形式来调节自己对待非人类生命及其生存环境的行为,以维护生命共同体的整体利益和组成成员的共同利益,合理地保障非人类生命物种基本的生存利益。因此,这首反思人类生态良知的诗歌假借自然之口再次强调了人与自然一荣俱荣一损俱损、唇齿相依休戚与共的关系。

沃克还把与大地母亲、荒野以及一切自然之美的联系视为她存在的根基,她来自大自然,也将回归大自然。沃克曾假设,如果她是在远离自然、丑陋不堪的贫民窟里而不是在充满自然之美的"母亲的花园"中长大的话,那么她也许也会选择酗酒甚至吸毒的自毁行为。所以沃克称神圣的大自然为"最好的老师",其无限的"创生能力"赋予了她无比乐观的精神。当她在访谈中被问到她的作品中为何总是充满了乐观主义精神时,她说这种乐观主义精神源于地球本身并直言:"大地赋予我力量、使我乐观。只要大地每年能孕育一个春天,我也能。只要大地能开花结果,我也能,因为我就是大地。我不会放弃希望,除非大地放弃希望……我们要用满腔的爱和热情去说服地球,我们没有忘记她是——她是——我

---

① Alice Walker, *Absolute Trust in the Goodness of the Earth*, New York: Harcourt Brace & Company, 2003, p. 3.

② Alice Walker, *Living by the Word*, New York: Harcourt Brace Jovanovich, 1988, p. 194.

们的家。我知道有些人认为他们来自天堂并且将要回到天堂,但我不相信。我来自地球,我回到地球。我会一直在这里。"①

不仅如此,大自然和沃克的创作灵感之间似乎也存在某种神秘联系。沃克曾在创作体会中说:有时一连好几天,好几周,甚至好几个月,我都下不了笔。什么也没写。我就……和好友去散步,在新发现的河心小岛上伸展肢体,把双手浸在河水里。我去游泳、去周围的红木树林寻找灵感。我躺在草坪上,摘些苹果,与树木交谈。② 之前沃克专门在宁静的布鲁克林大街买了一间袖珍房,书桌俯瞰大街……满以为可以在那里创作。殊不知,却没有灵感出来。无论是旧金山的"都市美景",还是纽约的"摩天大楼"都不能激发沃克的文学想象。最后她选定了一处和"非洲村落有点儿相像的地方"。沃克"看着这些牛群羊群、吮吸着苹果树、牧草的芬芳,我的小说人物西丽吞吞吐吐地开了口"。终于,沃克的"书写成了,从下笔到封笔,不到一年"。③

美国环境伦理学之父罗尔斯顿认为,作为人类心智活动的背景和基础,自然对心智的激发永不停息——荒野是我们在现象世界中能经验的生命最原初的基础,也是生命最原初的动力。罗尔斯顿是在强调自然世界与生命的原初性关联,沃克自身的生活经历和创作经历经验是其有力的阐释。在沃克眼中,自然是有灵性的神圣力量,自然中充满无穷的生命奥秘。自然界中的各个生命各个要素间的相互依存、和谐相处则构成统一和谐的自然整体,正如社会生态学家默里·布克金(Murray Bookchin)所指出的那样,"世界是由纷繁复杂的众多要素组成的,各个要素间的互依互存、和谐相处构成世界整体的统一性与和谐。就其不与世界整体利益相冲突而言,个体更多地被从相互依赖性的视角来看待。多

---

① Rudolph P. Byrd, *The World Has Changed: Conversations with Alice Walker*, New York: The New Press, 2010, p. 173.
② 艾丽斯·沃克:《书写〈紫色〉》,《译林》2004年第3期,第207页。
③ 嵇敏:《美国黑人女权主义视域下的女性书写》,北京:科学出版社,2011年,第346页。

样化被视为共同体统一性的极为重要的因素"。①

二、与时俱进:生命共同体的构建者和守护者

随着全球化的不断深入,世界每个角落都早已成了全球生态链中紧密相连的一环,生态危机就成了一个超越单个地区、民族及国家范畴的共同危机,在它面前任何个人和国家都不可能孤立自保。向外转嫁污染源或生态问题以保护自身利益的行为不仅是非正义的,而且还会加剧环境污染的风险,伤及自身。"生命共同体"着眼于全球的生态视野,诠释了推动全人类敬畏生命、尊重自然、保护自然,从而共建共享"天蓝、地绿、水净、人和"的人类生态家园。

生命共同体中的生命包含自然世界中所有具体的生命主体,因而也包含着人类生命与非人类生命主体的种种具体差异。人类生命与非人类生命物种都是生命大家庭中的成员,共同生存于人类居住的星球上,他们的生存利益相互依存。因此,生命共同体作为一个整体,包括所有组成成员的利益,具有一种整体利益;人类生命与所有非人类生命也存在着共同的利益(如地球生态过程的正常运行,生物圈的完整、稳定,全球生态环境的健康等)。所以,唯一具有道德能力的人类主体在实现自己生存发展的利益的时候,需要采取道德规范的形式来调节自己对待非人类生命及其生存环境(即自然,这个人类赖以生存的家园)的行为,以维护生命共同体的整体利益和组成成员的共同利益。事实上,地球村的生存场景早已让生态危机突破了地理空间的界限,"同呼吸、共命运"也早已成为人类面临的共同课题。

从小受到大自然滋养和熏陶的沃克拥抱所有生命、视地球上所有生命为一体;她逐渐认识自然的美和力量,开始尝试从自然中获得精神支撑。随着阅历的丰富和对社会问题认识程度的加

---

① 默里·布克金:《自由生态学:等级制的出现与消解》,郇庆治译,济南:山东大学出版社,2008年,第35页。

深,沃克越发关注自然和生态,最终形成以生态整体利益为价值导向,将自己倡导的以爱的方式构建美好世界的理想纳入实践。这种信念使她更加珍视地球、珍爱生命,坚信地球就是这个星球上所有生命的神圣来源。"我来自地球,她说。我回到地球。我会一直在这里。"这种哲学取向是沃克的指路明灯。它启发了她的艺术,激发了她的行动主义。[①]

沃克倡导并致力于构建一个人与人、人与自然和谐相处的环境,她认为改变人对自然的态度的前提是改变人对人的态度。沃克构筑的生命共同体中既有人与自然互依互存的和谐共生,又有人与人之间在公平正义基础之上的和平共处。人类内部的和谐是前提基础,人与自然的和谐共生是最终目的。无论是在文学创作中还是在现实生活里,沃克一贯主张反对种族迫害,倡导种族间的和解;反对性别歧视和压迫,要求男女平等;反对宗教欺骗,提倡信仰自由,进而以平等相待、相互关爱的全新社会关系重构人类新的共同体,走向一种生态社会,走向人类完整的生存。在这样一个和谐的共同体中,没有阶级差异、没有性别歧视、没有种族压迫、没有国家间的利益争夺、也没有人类对于自然的剥削和掠夺,人们过着幸福、向上的美好生活,人与自然和谐相处。

现实生活中沃克也是一名社会活动激进分子,敢于直击社会弊端、伸张公平正义,并且不顾个人安危亲力亲为。她曾积极投身轰轰烈烈的民权运动,从佐治亚州的乡村到纽约,到密西西比,到加沙,到东非,到许多对沃克的心智和哲学成长有影响的地方。从民权运动到黑人艺术运动,一直坚持到现在。20世纪90年代,沃克表现出了对政治问题和国际形势的高度敏感和关注,她反对海湾战争,访问古巴,发起反对妇女割礼运动,她也是"9·11"袭击事件后,最早以诗歌形式做出回应和反思的作家。在沃克多种多样的激进的行为主义的背后,是她多年来保持不变,并随着时间的流

[①] Deborah G. Plant, *Alice Walker: A Woman for Our Times*, Santa Barbara, California: Praeger, 2017, p.5.

逝愈发挥之不去的情结——对地球和人类命运的关注和忧虑。面对战争、疾病、贫困、自然生态危机和人类生存危机,沃克更加深刻地认识到这一切都是人的问题,是人类自身所致。因此,她在诗集《艰难时刻需要狂舞》(*Hard Times Require Furious Dancing*: *New Poems*,2010.)等作品中一如既往地反对战争、倡导保护地球。沃克的乐观精神使她总能以一种博爱的眼光看待万事万物,鼓励人们以这种态度和方式生活,学会原谅包容,学会与他人和解,学会在生命共同体中和谐共生,用爱构筑美好未来。因为我们拥有且只有同一个地球、同样的爱。正如沃克诗集 *The World Will Follow Joy*: *Turning Madness into Flowers* 的标题所示,"这个世界将追随欢乐",因此,用爱和原谅去拯救,将"疯狂"变为"花朵",将施于人类和自然的疯狂暴行变为花朵般的存在,构建一个人与人、人与自然和谐共处的生命共同体,使人与自然的关系达到这样一种高度平等、和谐和统一的绿色生态理想的境界:"有一朵花儿在我的鼻尖闻我/有一片蓝天在我的眼底看我/有一条小路在我的脚底走我/有一只小狗在我的绳端牵我。"[①]

在诗集《艰难时刻需要狂舞》,散文集《我们所爱的一切都可以被拯救》(*Anything We Love Can Be Saved*: *A Writer's Activism*,1997),和《克服失语症》(*Overcoming Speechlessness*: *A Poet Encounters the Horror in Rwanda*, *Eastern Congo*, *and Palestine/Israel*,2010)等作品中,她用一种鼓舞人心的声音大声疾呼。她为人权发声,为地球发声,为万物发声。她主张克服失语作为一种自我治疗的形式,就像她 2008 年加沙之行之后所做的那样:站着看的人也会受到伤害,但远不如站着看、说、不做的人受到的伤害大。在这样一个时代,艾丽斯·沃克所做的努力召唤我们每一个人去看,去说,去做。她就是我们这个时代的一位勇士、斗士和卫士,民权运动以来,她一直站在美国每一场重大和无数未公

[①] Alice Walker, *There Is A Flower at The Tip of My Nose Smelling Me*, London: Harper Collins Publisher, 2006, p. 6-12.

开的小型社会运动的前线,她周游世界,与人们站在一起,为这个星球辩护,她与时俱进,为建构一个和谐统一的生命共同体继续前行。

综观艾丽斯·沃克的生活和创作,不难发现沃克对于自然生态危机和人类生存危机怀有深切的忧患意识、强烈的责任意识和积极的参与意识。她认识到若不维护生命共同体的整体利益,不维护生态系统平衡,人类就会失去其存在和发展的前提。沃克和其他人一样,经历了金姆·鲁芬(Kim Ruffin)所说的,"生态负担与美丽悖论",这一悖论一针见血地指出了自然和社会秩序对人们,特别是非裔美国人的经历和观点的动态影响。正如鲁芬解释的那样,"生态负担被强加在那些被消极的种族化的人身上,他们因此在经济和环境上都因国家退化而遭受痛苦"。[1] 只有心怀生态忧患意识、珍视自己的生命、尊重自己以外的一切生命,才能将人道主义关怀的对象扩展到整个自然界。生态伦理强化人的忧患意识就是要重新唤起世人对个人与他人、社会、自然关系的重新定位、重新建构。沃克及其作品高度关注自然生态危机和人类生存危机,字里行间流露出强烈的自然责任感和社会使命感。她的生活和工作诠释了忧患意识是良好的动机,责任意识是行动的关键,只有具备参与意识才会真正担负起生态责任的行为。这既表现了沃克作为人文学者心系天下的情怀,又体现了她作为激进的"行动主义者"为构建和谐美好"生命共同体"而身体力行的坚定与执着。

---

[1] Deborah G. Plant, *Alice Walker: A Woman for Our Times*, Santa Barbara, California: Praeger, 2017, p.10.

结　语

　　正如前所说,非裔美国女作家艾丽斯·沃克是一位有着鲜明时代特色的作家。她的文学创作、激进的社会活动来自她创作思想和哲学立场的变化和演进,她敢于直击现实弊端、伸张公平正义、并且不顾个人安危在现实社会中亲力亲为。著名文论批评家哈罗德·布鲁姆(Harold Bloom)在20世纪80年代就曾称其为"完全代表了我们这个时代的作家"。[①]一直以来,沃克不仅笔耕不辍而且与时俱进,现在她作为一位长者仍然在继续前行。沃克的创作及行动主义的灵感来自她的黑人祖先,沃克的创作及行动主义源于一种哲学,这种哲学拥抱所有的生命,并通过勇敢地说出真相、坚定地捍卫自由和激进的爱来表达自己。正因如此,沃克的声音是当时和当今最需要的。

　　人们通常用"文如其人"这句话来评论文章(作品)的风格,一般指文章(作品)风格与作者的为人相一致;或指文章风格与作者的性格、气质、才情、学识、情感等相联系,立身和为文紧密相连。言为心声,风格也应是作者个性特征的自然流露。于艾丽斯·沃克而言,更是如此。正如其文集《以文为生》的标题所示,文学创作是她的生活方式,而生活则是她汲取素材和产生创造力的源泉。可以说,不了解沃克的人生经历便难以理解她的创作思想,不联系她的社会背景也无从解释她的文学创作艺术。是她出生的那个家庭和她身处的那个特定的时代成就了这位独特的当代美国黑人女作家。沃克特别关注当下、与时俱进使得她近半个世纪的文学创

[①] Harold Bloom, "Introduction" in *Modern Critical Views: Alice Walker*, New York: Chelsea House Publishers, 1989, p. 1.

作富于鲜明的时代性特征。

　　作为黑人奴隶的后代,沃克出生于贫寒的佃农家庭,年轻时恰逢美国民权运动轰轰烈烈展开之时,这场运动给像她这样的黑人女孩带来了命运的巨大转变,也正是这场运动使得艾丽斯·沃克找到了成就自我的奋斗目标。她从小就与文学结缘,立志成为一名作家,并将改变美国社会的种族歧视和性别压迫,为美国黑人,特别是黑人妇女争取平等权利视为自己的责任。她首先扮演了一位勇士的角色,以笔为戈,直指种族主义和性别主义的要害,触痛了美国历史和社会的陈年痼疾,令其难以招架,寝食难安。沃克从未满足于揭露和控诉,而是手握利器作为一名斗士继续战斗,反抗种族压迫和性别歧视。她先"破"后"立",创造了妇女主义概念,成为黑人民族实现完整生存道路上的一盏明灯。沃克在现实生活和文学创作中继续求索,在寻求平等、和平、和谐的道路上俨然是一名时代的卫士:成为妇女主义的践行者、人类和谐家园的捍卫者、生命共同体的守护者。随着时代的变迁,社会的发展,现代自然生存环境和生态的恶化,沃克的文学创作从最初的为黑人女性现身立言,发展到代表整个黑人民族和其他少数族裔等弱势群体的权益,再次到追寻全人类的完整生存,最后观照整个自然界的和谐共生。体现出沃克及其创作视域的逐步拓宽和拓深,关注的焦点也从社会性问题转向更具普遍性的人类生存问题。

　　艾丽斯·沃克的时代性书写是给予人希望的,也是耐人寻味的。可以设想,如果20世纪五六十年代,没有出现反抗种族歧视的黑人民权运动,艾丽斯·沃克的人生轨迹和创作生涯会是怎样的?60年过去了,今天的美国,种族主义似乎已没那么严重,但它其实并未彻底消失,还在影响甚至主宰着许多美国黑人的命运。就在2020年的那个5月,美国明尼苏达州黑人乔治·弗洛伊德被白人警察在执法过程中锁颈致死,引发了令世界人民发自内心的悲痛和愤怒,导致了全美自马丁·路德·金被谋杀之后最大规模的反种族歧视抗议示威。

　　"艾丽斯·沃克是这样一个人,她的思想对我们来说很重要,她的生活经历和智慧使她成为我们这个时代的女性。她的作品将我们置于生命的治疗循环中,提醒我们的真、我们的善、我们与地球和彼此之间持久的联系,以及我们所有人内在的力量——爱本身。她是长者,是冒险家,是哲学家,是'圣人',她回来照亮了道路。"①

---

① Deborah G. Plant, *Alice Walker: A Woman for Our Times*, Santa Barbara, California: Praeger, 2017, p. 5. xvii.

附录一:艾丽斯·沃克主要作品出版年表

1968 年 《昔日》(*Once*:*Poems*,诗集)
1970 年 《格兰奇·科普兰德的第三生》(*The Third Life of Grange Copeland*,长篇小说)
1973 年 《爱情与烦恼:黑人妇女故事集》(*In Love and Trouble*:*Stories of Black Women*,短篇小说集)
《革命的牵牛花》(*Revolutionary Petunias and Other Poems*,诗集)
1974 年 《兰斯顿·休斯:美国诗人》(*Langston Hughes*,*American Poet*,编辑)
1976 年 《梅丽迪安》(*Meridian*,长篇小说)
1979 年 《晚安,威利李,早上再见》(*Good Night*,*Willie Lee*,*I'll See You in the Morning*,诗集)
《当我大笑,我爱我自己:佐拉.尼尔.赫斯顿作品集》(*When I am Laughing I Love Myself*,*A Zora Neale Huston's Reader*、沃克编辑)
1981 年 《你不能征服一个好女人》(*You Can't Keep a Good Woman Down*,短篇小说集)
1982 年 《紫颜色》(*The Color Purple*,长篇小说)
1983 年 《寻找我们母亲的花园:妇女主义散文》(*In Search of Our Mothers' Gardens*:*Womanist Prose*,散文集)
1984 年 《马使风景更美丽》(*Horses make a Landscape Look More Beautiful*,诗集)
1988 年 《以文为生》(*Living by the Word*,散文集)
1989 年 《我亲人的殿堂》(*The Temple of My Familiar*,长篇小

	说）
1991 年	《她蓝色的身体及我们知道的一切》(*Her Blue Body Everything We Know*, 诗集）
1992 年	《拥有快乐的秘密》(*Possessing the Secret of Joy*, 长篇小说）
1996 年	《再次渡过同一条河：向困难致敬》(*The Same River Twice: Honoring the Difficult*, 散文集）
1997 年	《我们所爱的一切都能得到拯救：一个作家的行动主义》(*Anything We Love Can Be Saved: A Writer's Activism*, 散文集）
1998 年	《父亲的微笑之光》(*By the Light of My Father's Smile*, 长篇小说）
2000 年	《伤心前行》(*The Way Forward Is with a Broken Heart*, 短篇小说集）
2003 年	《绝对信赖你，良善的大地》(*Absolute Trust in the Goodness of Earth*, 诗集）
	《一首诗沿着我的胳膊旅行：诗与画》(*A Poem Traveled Down My Arm: Poems and Drawings*, 诗集）
2004 年	《现在是你敞开心扉之际》(*Now Is the Time to Open Your Heart*, 长篇小说）
2005 年	《诗歌选集》(*Collected Poems*, 诗集）
2006 年	《有一朵花在我的鼻尖上闻我》(*There Is a Flower at the Tip of My Nose Smelling Me*, 儿童文学）
2007 年	《为什么战争从来不是个好主意》(*Why War Is Never a Good Idea*, 儿童文学）
2010 年	《艰难的岁月需要狂舞：新诗集》(*Hard Times Require Furious Dancing: New Poems*, 诗集）
	《克服失语症》(*Overcoming Speechlessness* 散文集）
	《世界变了：艾丽斯·沃克访谈录》(*The world has changed: conversations with Alice Walker*, 访谈, 鲁道

夫 P. 伯德编辑）
2011 年 《鸡编年史：与带着我的记忆回来的天使坐在一起》（*The Chicken Chronicles：Sitting with the Angles Who Have Returned with My Memories：Glorious，Rufus，Gertrude Stein，splendor，Hortensia，Agnes of God，the Gladyses，and Wandering as the Whole World Awakens to Being in Arm's Way* 散文）
2013 年 《道路上的垫子》（*The Cushion in the Road：Meditation and Wondering as the Whole World Awakens to Been in Harm's Way* 散文）
《世界将追随欢乐》（*The World Will Follow Joy：Turning Madness into Flowers* 诗集）
2018 年 《拔出心中的剑》（*Taking the Arrow Out of the Heart* 诗集）

附录二：艾丽斯·沃克生平大事

1944 年　艾丽斯·沃克 2 月 9 日出生在美国佐治亚州普特南县伊藤顿镇一户黑人佃农家庭。
1952 年　在一次游戏中受伤，失去右眼。
1961 年　从巴特勒贝克高中毕业，进入亚特兰大市的斯佩尔曼女子学院学习。
1962 年　参加在芬兰赫尔辛基举行的世界青年学生联欢节。
1964 年　转学至纽约的莎拉·劳伦斯女子学院学习。
1965 年　暑假期间到佐治亚州参加民权运动，帮助黑人选民注册登记；去非洲旅行。
1966 年　从莎拉·劳伦斯女子学院毕业。在纽约市福利局工作。离开纽约，去密西西比州杰克逊城参加民权运动组织的工作。
1967 年　与犹太裔民权律师梅尔文·莱文塔尔结婚。
1969 年　女儿丽贝卡出生。
1970 年　出版长篇小说《格兰奇·科普兰德的第三生》。获得拉德克里夫学院访问学者基金。前往波士顿剑桥镇拉德克里夫学院访学。
1972 年　在波士顿韦尔斯利学院和马萨诸塞大学担任讲师，开设黑人妇女文学课程。
1973 年　前往佛罗里达州寻找到佐拉·尼尔·赫斯顿墓地，为其竖立墓碑。
1974 年　离开密西西比州，迁居纽约，担任《女士》杂志编辑。出版传记《兰斯顿·休斯：美国诗人》。
1976 年　与梅尔文·莱文塔尔离婚。

1978 年　离开纽约，移居加利福尼亚州旧金山。
1979 年　编辑出版佐拉·尼尔·赫斯顿文集《我大笑时我爱自己》。
1983 年　《紫色》获得普利策奖、国家图书奖、全国书评家协会奖。出版散文集《寻找我们母亲的花园》，提出"妇女主义"。
1984 年　创办野生树木出版公司。
1985 年　电影《紫色》上映。短篇小说《志同道合》获得欧·亨利小说奖。
1986 年　电影《紫色》获 10 项奥斯卡奖提名，未获一奖。
1993 年　制作电影纪录片《勇士印记》。
1997 年　出版散文集《我们所爱的一切都可以被挽救》。获美国人文主义协会授予的"年度人文主义者"（Humanist of the Year）称号。
2001 年　出版诗集《地球传送》。入选佐治亚州作家名人堂。
2006 年　出版散文集《我们是我们一直等待的人》。入选加州名人堂。
2008 年　推出了她自己的官方网站：WWW. ALICEWALKERSGARDEN.COM
2016 年　获得马哈茂德·达尔维什奖。

附录三：胸怀天下的生态忧患意识：艾丽斯·沃克创作的生态伦理取向

内容提要：在当今的文学艺术特别是在西方发达国家的文艺作品中，对于大自然往往采取挽歌式的观照方式，艺术家们带着深切的生态忧患意识进行创作。在他们笔下，人类置身其中的环境更多地被描绘为一个千疮百孔、行将崩溃而亟待人们加以保护和拯救的对象。艾丽斯·沃克的作品也不例外，随着阅历的丰富和对社会问题认识程度的加深，沃克逐渐开启了更广阔、更丰富、更深刻的写作空间。她以一种胸怀天下的生态忧患意识进行创作，其作品尤其是后期作品关注自然生态危机和人类生存危机，字里行间流露出强烈的自然责任感和社会使命感，明确传达出作家主张敬畏生命、平等对待生命、拥抱所有生命并视之为一体的生态伦理取向。

关键词：艾丽斯·沃克，敬畏生命，和谐共处，生命共同体

当代著名非裔美国女作家艾丽斯·沃克（Alice Walker, 1944—）以特色鲜明的妇女主义文学创作确立了她在美国黑人文学、女性文学，以及美国文学中的经典地位，与左拉·尼尔·赫斯顿（Zora Neale Hurston）、托尼·莫里森（Toni Morrison）一样广为读者熟知。在"走向完整生存的追寻"崎岖征途中，她已然意识到真正完整的生存意味着什么：不仅仅指不同性别、不同种族、不同阶级的人们，即全人类的完整生存，还包括当前更为迫切、更为重要的人与自然的和谐共生，即整个自然界的和谐共生。如果人

类赖以生存的自然生态环境遭到严重破坏而无法维持对人类的给养,人类的生存就无以为继。因此,当她探求完整的生活意味着什么,同时探求既作为个体也作为更伟大的精神群体的一部分的成长时,她以深厚的艺术性寻求、发现、呼喊了生存的本质之美。这样,沃克以惠特曼的诗学传统,为把所有人类连接或分开的世事沧桑而歌唱、庆祝或痛苦(王卓 93)。就像她在诗中所写的那样:"尽管/饥饿/我们不能/拥有/比这/更多:/和平/在一个/我们自己的/花园。"(Walker, *Absolute Trust* 76)这短短的诗行显示了沃克近期创作的核心内容,那就是她对人类生存境遇的忧虑、对人类生存的家园——地球命运的担忧和对重大社会问题的关注。

在当今的文学艺术特别是在西方发达国家的文艺作品中,对于大自然往往采取挽歌式的观照方式,艺术家们带着深切的生态忧患意识进行创作。在他们笔下,我们所置身其中的环境已经不仅仅是被描绘为一种优美的田园风光,而更多地被描绘为一个千疮百孔、行将崩溃而亟待人们加以保护和拯救的对象。艾丽斯·沃克的作品也不例外,随着阅历的丰富和对社会问题认识程度的加深,沃克逐渐开启了更广阔、更丰富、更深刻的写作空间。她以一种胸怀天下的生态忧患意识进行创作,其作品尤其是后期作品关注自然生态危机和人类的生存危机,字里行间流露出强烈的自然责任感和社会使命感,明确传达出作家主张敬畏生命、平等对待生命、拥抱所有生命并视所有生命为一体的生态伦理取向。

一、敬畏生命,尊重自然

在西方认识论发展史上,将人与自然对立的二元论思想根深蒂固。苏格拉底宣称人是万物的尺度,笛卡尔在《方法论》中也明确指出人类原本就是"自然的主人和占有者"。但是作为一位大自然忠实的热爱者,沃克超越传统话语中将人与自然视作主人与仆人、主体与客体的二元论思考,无论是在作品中还是在现实生活里都将自然视为与人一样有着情感、欲望与内在价值的生命主体,表达了对生命的敬畏和尊重。

沃克是一位用心观察自然生命，感受自然生命，平等对待自然生命并融入自然的作家。她视自然界的这些生命为"正在忍受煎熬的、完全有意识的、并且受奴役的生命个体"（Walker, *Living by the word* 188），当被问及为何如此关心自然生态环境、如此关心一山一石一鸟一兽时，她说："这源于我的成长环境。我是在非常、非常偏僻的乡村出生和长大的。我们很少碰到陌生人。相比较而言，我们更多看到的是树和动物。因此，我与大地非常亲近，懂得没有健康的环境，我们就无法成为健康的人。"（引自涂沙丽，袁雪芬 79）

沃克带着对自然与生俱来的热爱，走进了艺术世界。田野、草原、沙漠、森林、河流以及花鸟鱼虫等这些伴随沃克出生与成长的自然环境，以其多姿多彩的美丰富了沃克的想象力，孕育了沃克的情感结构和世界观，更奠定了沃克独特的生态思想基础。她中后期的长篇小说、散文以及诗歌创作超越了她早期的写作视阈，将道德关怀的对象扩展到整个自然界。沃克从不视自然为独立于人之外的客体，她始终认为自然界的生命与人的生命是平等的，而人从自然世界中可以获得许多有益的东西。在沃克的艺术世界里，自然具有升华人性的崇高力量，同时自然是展现生命的丰富、庄严与伟大的场所，是世界的无限、多样和完整的体现。她一系列的散文、诗歌以简洁而清新的语言，赋予自然界的动植物以人性，把他们视为人类的"亲戚"，践行着她一贯坚守的"动物权利论"和"素食主义主张"。

散文《我是蓝?》（*Am I a Blue*?）中高大雪白的骏马"蓝"在沃克眼中和人一样有着丰富的情感。"我"注意到"蓝"大部分时间是独自在牧场度过并且深深地感受到"蓝"的孤独和无聊，便时常拿屋旁树上的苹果喂它，久而久之"我们"建立起了一种亲密友好的关系。第二年，一匹棕色的马闯进了"蓝"的生活并成了形影不离的伴侣。但是好景不长，"蓝"的伙伴在怀孕之后，就被带离了牧场。失去了爱侣的"蓝"在牧场上独自来回狂奔，不但对美味的苹果失去了兴趣，就连看"我"的眼神里也充满了仇恨（Walker,

Living by the word 3-8)。

在沃克的笔端,"蓝"不再只是人类中心主义视角下的工具或客体,而是一个有意识、有情感、有思想的和人一样的生命个体。文章通篇使用"他"(he)来指代"蓝"这匹马。显然,对沃克来说,"蓝"和作为人类的"我"是平等的,是另一个和人一样独立的个体,拥有和人相同的情感。正是这种平等的关系使得人与马之间的交流成了可能,"蓝"与"我"之间形成了一种不需要言语的默契。"我"与"蓝"长期相处而形成的亲密关系暗含着作家对尊重和亲近自然、平等对待自然万物的倡导和推崇,也是对传统的人类优于动物、文明优于自然这一逻辑的批判。

沃克始终把人文思考与现实关怀作为她创作的一个基点,将对人类生存、人类利益的道德关切引申到所有其他的生命以及整个自然,真正呼吁并践行敬畏生命,尊重自然。其散文《万事万物皆人类》(*Everything Is A Human Being*)也深入地阐释了这一主张:

>……地球上的飞禽走兽,花鸟鱼虫都是我们人类的兄弟姐妹,我们共同拥有地球的全部。……我们必须时时思考如何归还地球——这个生命体的尊严;如何停止对其理所当然的掠夺。我们必须培养这样一种意识:任何一事一物均享有平等的权利,因为个体的存在本身是平等的(Walker, *Living by the word* 148)。

正是出于这样一种对自然的崇敬,她谴责亵渎了自然的神性的行为,极力表现和高度颂扬自然的人性和神圣性。

在沃克的诗歌世界中,大地被视为一位多姿多彩的"妇女主义"的母神。母亲的形象在沃克心中是神圣、伟大、至高无上的。在《寻找我们母亲的花园》中,沃克把自己的母亲赞为"我们乡里一部走动的历史"(Walker, *In Search of* 17),母亲有着无穷的爱的力量和神奇的创造力。当沃克把视线从黑人妇女转移到大地和我们生活的环境上时,她自然地在两者之间建立了某种联系。就像她深情地寻找母亲的花园,以找到黑人母亲艺术创造的动力和她们爱的源泉一样,沃克用极其人性化的笔触书写着饱经沧桑的大地。在她的笔下,大地是温良、仁慈、博爱的母神。在《她蓝色的躯体我们知道一切:世人的诗 1965—1990》这部诗集中,沃克探讨了自然,生命等主题,体现了诗人对自然的热爱、观察与感受,对生命之神圣的敬崇。诗集中,有一首简单却温柔的诗——《我们有个美丽的母亲》,赞美大自然母亲的神圣、伟大:

> 我们有个美丽的/母亲/她的山陵/是野牛/她的野牛/山陵。//我们有个美丽的/母亲/她的海洋/是子宫/她的子宫/海洋。//我们有个美丽的母亲/她的牙齿/白色的石头/在边缘/在海里/夏季/青草/她丰饶的/头发。//我们有个美丽的/母亲/她绿色的山坳/无边/她褐色的拥抱/永恒/她蓝色的躯体/一切/我们知道(Walker, *Her Blue Body* 459–460)。

沃克在诗中将大自然喻为母亲,一位孕育众多生命的美丽母亲,这个比喻将大自然形象化,神圣化,母亲形象直指生命的本质。海洋仿佛子宫,是众多生命的孕育处,大地是母亲,它的山坳像妈妈裙子下摆一般的婀娜,它的拥抱带有丰富的生机,是地球万物的生命来源。自然母亲哺育着人类,而人们也应当知道自然的无私付出与巨大贡献,永远记得自然母亲的美丽(夏光武 43)。在沃克心中,美丽的自然是神圣伟大、独一无二的母亲的代名词。从某种程度上讲,"自然之爱"已成为沃克生命哲学的核心内容。

沃克不仅在作品中提倡敬畏生命、尊重自然,平等对待每个生命个体,她还身体力行,在生活中践行这一主张,真正融入自然,尝试与自然界的"非人类亲戚"和谐共处。在散文《大自然的回应》(*The Universe Responds*)中,沃克曾提到"那个夏天与一群不速之客——蛇"的共处:

附录三:胸怀天下的生态忧患意识:艾丽斯·沃克创作的生态伦理取向

> 我那乡下的"小领地"里爬满了蛇,常常会有很大的常住蛇,母亲管她叫苏西(Susie),苏西常活动在我通往工作室的过道上。但是还有很多其他蛇,随处可见。有一条红黑色条纹相间的大蛇,非常漂亮,出现在水塘附近。……花园里的蛇在道路上或小径边来回爬行……我们友好地对所有的蛇说话,各行其道(Walker, *Living by the word* 188)。

同样,在她租住的另一处乡下住处,沃克注意到:

> 如果我赞美屋前小山丘上的野花,次年他们就会加倍地盛开、繁茂。如果我夸赞窗外从一个枝丫跳到另一个枝丫上的松鼠,那么很快就会有四五只松鼠来等着夸赞……而且还有鹿,他们知道永远无须害怕我(Walker, *Living by the word* 189)。

在沃克的世界里,自然世界仿佛和人一般具有了灵动的、丰满的感情。依照生态学家史怀泽(Albert Schweitzer)"敬畏生命"的观念,正确的生态伦理原则可以概括为:成为思考型动物的人感到,敬畏每个想生存下去的生命,如同敬畏他自己的生命一样;他体验其他生命如体验自己的生命一样。与史怀泽的生态伦理道德观不谋而合,沃克"敬畏"所有的自然生命,如同敬畏和珍视人的生命一般,并真正融入其中,达到了与大自然中的一草一木"物我同一"的境界。

二、人与自然:唇齿相依、休戚与共

生态整体主义把整个自然界视为一个大的生态系统,强调这个生态系统的整体性和生态系统内部的关联性。利奥波德、罗尔斯顿、奈斯等人的生态整体主义伦理观从生态学的知识出发,将整个地球的生态环境视为一个整体,强调人作为大地共同体的普通

公民、生命共同体的普通成员、生态系统的普通物种、生物链条上的一个普通环节、自然世界的一部分参与到生态整体当中，并由此构成人与自然的整体关系。在这种人与自然的整体关系中，生态整体本身被认为是自然存在的最高目的且拥有最高的价值，生态整体的和谐、美丽与稳定被看作最高的善，而人则作为其中的一员为实现生态整体本身的善承担着不可推卸的道德责任。艾丽斯·沃克对人与自然的关系的认识契合这一主张，她认为，地球上的一切都是相互联系、相互依存的，都处于同一个生态网络中，没有等级关系，也不存在统治关系。

在文集《以文为生》中，沃克忧虑地认识到地球本身已经成了世界的奴隶，如果我们不学会关爱它，尊敬它，甚至崇敬它，地球将毫无疑问把我们毁灭。正如她在文中警告我们的那样："当地球被毒化，它所给养的每样东西都会被毒化；当地球被奴役，我们谁也不会享有自由……；当它被当作垃圾，那么我们也没什么区别(Walker, *Living by the Word* 147)"。沃克是在痛心疾首地告诉人们，在这个生态系统中，非人类生命物种的生存利益与人类的利益是一种唇齿相依，休戚与共的关系。生命共同体中，人类生存和发展的利益的实现，依赖于所有生命物种提供的生物资源和它们的活动所形成的健康的生态环境。在诗集《绝对信赖大地的善良》(*Absolute trust in the goodness of the earth* 2003)的开篇，沃克就从大地的角度，用拟人的方式直接警醒人类："我可以崇拜/你/但我不能给/你全部。/如果你不能崇敬/这个身躯。/如果你不能/把你的唇放到/我的/清澈的水中。/如果你不能/轻抚肚皮/用/我的阳光(Walker, *Absolute Trust* 3)。""大地"像一位高瞻远瞩的长者，强调了它与人类的平等身份和地位，同时也用调侃的语气讥讽了人类的自私和无知。对沃克而言，大地/自然的命运与人类的命运血肉相连，她甚至认为："我们所居住的地球是上帝之躯。所有的人和有生命的个体都是上帝的躯体和灵魂……我们服务于上帝而非恣意改造大地，如果我们恣意改造大地及其子民，那么人类就会因其遭难"(Walker, *Living by the word* 194)。人与自然有序、链条式的循环运转,是这个整体图景的背景。人既然属于自然,便是自然整体图景中的一个成员。唯一具有道德能力的人类主体在实现自己生存发展的利益的时候,需要采取道德规范的形式来调节自己对待非人类生命及其生存环境的行为,以维护生命共同体的整体利益和组成成员的共同利益,合理地保障非人类生命物种基本的生存利益。因此,这首反思人类生态良知的诗歌假借自然之口再次强调了人与自然一荣俱荣、一损俱损、唇齿相依休戚与共的关系。

沃克还把与大地母亲、荒野,以及一切自然之美的联系视为她存在的根基,她来自大自然,也将回归大自然。沃克曾假设,如果她是在远离自然、丑陋不堪的贫民窟里,而不是在充满自然之美的"母亲的花园"中长大的话,那么她也许也会选择酗酒甚至吸毒的自毁行为。所以沃克称神圣的大自然为"最好的老师",其无限的"创生能力"赋予了她无比乐观的精神。当她在访谈中被问到她的作品中为何总是充满了乐观主义精神时,她说这种乐观主义精神源于地球本身并直言:"大地赋予我力量、使我乐观。只要大地每年能孕育一个春天,我也能。只要大地能开花结果,我也能,因为我就是大地。我不会放弃希望,除非大地放弃希望……我们要用满腔的爱和热情去说服地球,我们没有忘记她是——她是——我们的家。我知道有些人认为他们来自天堂并且要回到天堂,但我不相信。我来自地球,我回到地球。我会一直在这里(Byrd 173)。"

不仅如此,大自然和沃克的创作灵感之间似乎也存在某种神秘联系。沃克曾在创作体会中说:有时一连好几天,好几周,甚至好几个月,我都下不了笔。什么也没写。我就……和好友去散步,在新发现的河心小岛上伸展肢体,把双手浸在河水里。我去游泳、去周围的红木树林寻找灵感。我躺在草坪上,摘些苹果,与树木交谈(沃克,书写《紫色》207)。之前沃克专门在宁静的布鲁克林大街买了一间袖珍房,书桌俯瞰大街……满以为可以在那里创作。殊不知,却没有灵感出来。无论是旧金山的"都市美景",还是纽约的

"摩天大楼"都不能激发沃克的文学想象。最后她选定了一处和"非洲村落有点儿相像的地方"。沃克"看着这些牛群羊群、吮吸着苹果树、牧草的芬芳,我的小说人物西丽吞吞吐吐地开了口。"终于,沃克的"书写成了,从下笔到封笔,不到一年(嵇敏 346)。"

美国环境伦理学之父罗尔斯顿认为,作为人类心智活动的背景和基础,自然对心智的激发永不停息——荒野是我们在现象世界中能经验的生命最原初的基础,也是生命最原初的动力。罗尔斯顿是在强调自然世界与生命的原初性关联,沃克自身的生活经历和创作经历是其有力的阐释。在沃克眼中,自然是有灵性的神圣力量,自然中充满无穷的生命奥秘。自然界中的各个生命、各个要素间的相互依存、和谐相处则构成统一和谐的自然整体,正如社会生态学家默里·布克金(Murray Bookchin)指出的那样,"世界是由纷繁复杂的众多要素组成的,各个要素间的互依互存、和谐相处构成世界整体的统一性与和谐。就其不与世界整体利益相冲突而言,个体更多地被从相互依赖性的视角来看待。多样化被视为共同体统一性的极为重要的因素(布克金 35)"。

三、与时俱进,构建基于生态整体观的生命共同体

随着全球化的不断深入,世界每个角落都早已成了全球生态链中紧密相连的一环,生态危机就成了一个超越单个地区、民族及国家范畴的共同危机,在它面前任何个人和国家都不可能孤立自保。向外转嫁污染源或生态问题以保护自身利益的行为不仅是非正义的,而且还会加剧环境污染的风险,伤及自身。"生命共同体"着眼于全球的生态视野,诠释了推动全人类敬畏生命、尊重自然、保护自然,从而共建共享"天蓝、地绿、水净、人和"的人类生态家园。

生命共同体中的生命包含自然世界中所有具体的生命主体,因而也包含着人类生命与非人类生命主体的种种具体差异。人类生命与非人类生命物种都是生命大家庭中的成员,共同生存于人类居住的星球上,他们的生存利益相互依存。因此,生命共同体作

为一个整体,包括所有组成成员的利益,具有一种整体利益;人类生命与所有非人类生命也存在着共同的利益(如地球生态过程的正常运行,生物圈的完整、稳定,全球生态环境的健康等)。所以,唯一具有道德能力的人类主体在实现自己生存发展的利益的时候,需要采取道德规范的形式来调节自己对待非人类生命及其生存环境(即自然,这个人类赖以生存的家园)的行为,以维护生命共同体的整体利益和组成成员的共同利益。事实上,地球村的生存场景早已让生态危机突破了地理空间的界限,"同呼吸、共命运"也早已成为人类面临的共同课题。

从小受到大自然滋养和熏陶的沃克拥抱所有生命、视地球上所有生命为一体;她逐渐认识到自然的美和力量,开始尝试从自然中获得精神支撑。随着阅历的丰富和对社会问题认识程度的加深,沃克越发关注自然和生态,最终形成以生态整体利益为价值导向,将自己所倡导的以爱的方式构建美好世界的理想纳入实践。这种信念使她更加珍视地球,珍爱生命,坚信地球就是这个星球上所有生命的神圣来源。"我来自地球,她说。我回到地球。我会一直在这里。"这种哲学取向是沃克的指路明灯。它启发了她的艺术,激发了她的行动主义(Plant 5)。

沃克倡导并致力于构建一个人与人、人与自然和谐相处的环境,她认为改变人对自然的态度要首先改变人对人的态度。沃克构筑的生命共同体中既有人与自然互依互存的和谐共生,又有人与人之间在公平正义基础之上的和平共处。人类内部的和谐是前提基础,人与自然的和谐共生是最终目的。无论在文学创作中还是在现实生活里,沃克一贯主张反对种族迫害,倡导种族间的和解;反对性别歧视和压迫,要求男女平等;反对宗教欺骗,提倡信仰自由,进而以平等相待、相互关爱的全新社会关系重构人类新的共同体,走向一种生态社会,走向人类完整的生存。在这样一个和谐的共同体中,没有阶级差异、没有性别歧视、没有种族压迫、没有国家间的利益争夺,也没有人类对于自然的剥削和掠夺,人们过着幸福、向上的美好生活,人与自然和谐相处。

现实生活中沃克也是一名社会活动激进分子,敢于直击社会弊端、伸张公平正义,并且不顾个人安危亲力亲为。她曾积极投身于轰轰烈烈的民权运动,从佐治亚州的乡村,到纽约,到密西西比,到加沙,到东非,到许多对沃克的心智和哲学成长有影响的地方。从民权运动到黑人艺术运动,一直坚持到现在。20世纪90年代,沃克表现了对政治问题和国际形势的高度敏感和关注,她反对海湾战争,访问古巴,发起反对妇女割礼运动,她也是9·11袭击事件后,最早以诗歌形式做出回应和反思的作家。在沃克多种多样的激进的行为主义的背后,是她多年来保持不变、并随着时间的流逝愈发挥之不去的情结——对地球和人类命运的关注和忧虑。面对战争、疾病、贫困、自然生态危机和人类生存危机,沃克更加深刻地认识到这一切都是人的问题,是人类自身所致。因此,她在诗集《艰难时刻需要狂舞》(*Hard Times Require Furious Dancing*: *New Poems*, 2010.)等作品中一如既往地反对战争、倡导保护地球。沃克的乐观精神使她总能以一种博爱的眼光看待万事万物,鼓励人们以这种态度和方式生活,学会原谅包容,学会与他人和解,学会在生命共同体中和谐共生,用爱构筑美好未来。因为我们拥有并且只有同一个地球、同样的爱。正如沃克诗集 *The World Will Follow Joy*: *Turning Madness into Flowers* 标题所示,"这个世界将追随欢乐",因此,用爱和原谅去拯救,将"疯狂"变为"花朵",将施于人类和自然的疯狂暴行变为花朵般的存在,构建一个人与人、人与自然和谐共处的生命共同体,使人与自然的关系达到这样一种高度平等、和谐和统一的绿色生态理想的境界:"有一朵花儿在我的鼻尖闻我/有一片蓝天在我的眼底看我/有一条小路在我的脚底走我/有一只小狗在我的绳端牵我"(Walker, *There is a flower* 6-12)。

在诗集《艰难时刻需要狂舞》,散文集《我们所爱的一切都可以被拯救》(*Anything We Love Can Be Saved*: *A Writer's Activism*, 1997), 和《克服失语症》(*Overcoming Speechlessness*: *A Poet Encounters the Horror in Rwanda*, *Eastern Congo*, *and*

Palestine/ Israel，2010)等作品中，她用一种鼓舞人心的声音大声疾呼。她为人权发声，为地球发声，为万物发声。她主张克服失语作为一种自我治疗的形式，就像她2008年加沙之行之后所做的那样：站着看的人也会受到伤害，但远不如站着看、说、不做的人受到的伤害大。在这样一个时代，艾丽斯·沃克所做的努力召唤我们每一个人去看，去说，去做。她就是我们这个时代的一位勇士、斗士和卫士，民权运动以来，她一直站在美国每一场重大和无数未公开的小型社会运动的前线，她周游世界，与人们站在一起，为这个星球辩护，她与时俱进，为建构一个和谐统一的生命共同体继续前行。

综观艾丽斯·沃克的生活和创作，不难发现沃克对于自然生态危机和人类生存危机怀有深切的忧患意识、强烈的责任意识和积极的参与意识。她认识到若不维护生命共同体的整体利益，不维护生态系统平衡，人类就会失去其存在和发展的前提。沃克和其他人一样，经历了金姆·鲁芬(Kim Ruffin)所说的"生态负担与美丽悖论"，这一悖论一针见血地指出了自然和社会秩序对人们特别是非裔美国人的经历和观点的动态影响。正如鲁芬解释的那样，"生态负担被强加在那些被消极的、种族化的人身上，他们因此在经济和环境上都因国家退化而遭受痛苦(Plant 10)。"只有心怀生态忧患意识、珍视自己的生命、尊重自己以外的一切生命，才能将人道主义关怀的对象扩展到整个自然界。生态伦理强化人的忧患意识就是要重新唤起世人对个人与他人、社会、自然关系的重新定位、重新建构。沃克及其作品高度关注自然生态危机和人类生存危机，字里行间流露出强烈的自然责任感和社会使命感：包括对自然环境、对自己、对他人、对后代、对社会等的责任和使命。她的生活和工作诠释了忧患意识是良好的动机，责任意识是行动的关键，只有具备参与意识才会真正产生担负起生态责任的行为。这既表现了沃克作为人文学者心系天下的情怀，又体现了她作为激进的"行动主义者"为构建和谐美好"生命共同体"而身体力行的坚定与执着。

引用文献【Works Cited】

Bookchin, Murray. *The Ecology of Freedom: The Emergence and Dissolution of Hierarchy*. Trans. HuanQingzhi. Jinan: Shandong University Press, 2008.

[默里·布克金:《自由生态学:等级制的出现与消解》,郇庆治译,济南:山东大学出版社,2008年。]

Byrd, Rudolph P. *The World Has Changed: Conversations with Alice Walker*. New York: New Press, 2010.

Ji Min. *On Black Women's Writing in The Context of American Feminist Criticism*. Beijing: Science Press, 2011.

[嵇敏:《美国黑人女权主义视域下的女性书写》,北京:科学出版社,2011年。]

Plant, Deborah G. *Alice Walker: A Woman for Our Times*. Praeger, 2017.

TuShali, Yuan Xuefen. "Ecological Consciousness in Alice Walker's Essay Am I Blue?" *Journal of Wuhan Institute of Technology* 4(2009): 78-80,85.

[涂沙丽,袁雪芬:《艾丽丝·沃克散文〈我是蓝?〉的生态意识》,《武汉工程大学学报》2009年第4期,第78—80,第85页。]

Walker, Alice. *Absolute Trust in the Goodness of the Earth*. New York: Harcourt Brace & Company, 2003.

—. *Her Blue Body Everything We Know: Earthling Poems*, 1965-1990 Complete, Harcourt Brace & Company, 1991.

—. *In Search of Our Mothers' Gardens: Womanist Prose*. New York: Harcourt Brace Jovanovich, 1983.

—. *There Is A Flower at The Tip of My Nose Smelling Me*. London: Harper Collins Publisher, 2006.

—. *Living by the Word*. New York: Harcourt Brace Jovanovich, 1988.

Walker, Alice. "Writing *The Color Purple*." Trans. Ji Min. *Yilin* 3(2004): 205-207.

艾丽斯·沃克:《书写〈紫色〉》,嵇敏译,《译林》2004年第3期,第205-207页。

Wang, Zhuo. "A Thematic Study of Alice Walker's Poetry." *Foreign*

Literature Review 1 (2006): 87–96.

［王卓:《艾丽斯·沃克的诗性书写:艾丽斯·沃克诗歌主题研究》,《外国文学评论》2006年第1期,第87-99页。］

Xia, Guangwu. "An Interpretation on Alice Walker's *Her Blue Body Everything We Know*-an Ecocriticism Perspective." *Journal of Poyang Lake* 6(2010): 41–47.

［夏光武:《从生态批评的视角解读沃克诗集〈她蓝色的躯体〉》,《鄱阳湖学刊》2010年第6期,第41-47页。］

附录四:论《紫颜色》的生态社会思想[*]

杜业艳

内容提要:非裔美国女作家艾丽斯·沃克在小说《紫颜色》中,以人道主义的社会生态关怀为基点,揭露美国黑人尤其是黑人妇女所遭受的种族迫害、宗教欺骗及性别歧视和压迫。作品表达了作家反对种族迫害,主张种族间的和解;反对性别歧视和压迫,要求男女平等;反对宗教欺骗,提倡信仰自由的思想,从而以平等相待、相互关爱的全新社会关系重构人类新的共同体,走向一种生态社会。

关键词:艾丽斯·沃克 《紫颜色》 生态社会

艾丽丝·沃克(Alice Walker,1944—)最具影响力的作品当数她1982年出版的小说《紫颜色》(The Color Purple)。直到今天它仍然是文学界、评论界关注的焦点。在小说付梓之初,人们对它的评论毁誉参半,特别是在黑人评论界引起了相当激烈的争论。不满这部作品的人认为《紫颜色》因揭露了黑人内部的暴力与仇恨而肯定了白人种族主义者对黑人形象的歪曲;赞扬这部作品的学者则认为,该小说反映了黑人文学的真正传统,即黑人挣脱强加在他们身上种种枷锁的愿望和斗争(王家湘 364)。笔者认为种族压迫、性别歧视以及宗教欺骗是黑人需要摆脱的桎梏,倘若回避这些

---

[*] 杜业艳.论《紫颜色》的生态社会思想.《当代外国文学》(CSSCI来源期刊),2014(03),第38页—46页。

桎梏给黑人造成的精神创伤,黑人又怎能获得精神上的彻底解放?而争取种族解放离不开黑人妇女的积极支持和参与,所以不能把妇女解放和种族解放对立起来。当今,种族、宗教等问题仍然是引起地区冲突、导致国际社会不稳定的重要因素。

从社会生态学的角度再度审视这部作品,不难发现沃克在小说《紫颜色》中以人道主义社会生态关怀为基点,揭露美国黑人尤其是黑人妇女所遭受的种族迫害、宗教欺骗及性别歧视和压迫,并借此反对种族迫害,主张种族间的和解。她反对性别歧视和压迫,要求男女平等;反对宗教欺骗,提倡信仰自由的思想,以平等相待、相互关爱、和谐相处的全新社会关系重构人类新的共同体,走向一种生态社会。

一、反对种族迫害,主张种族间的和解

社会生态学(Social Ecology)作为生态政治理论,很大程度上与默里·布克金(Murray Bookchin,1921—2006)紧密联系在一起,它主要是布克金在20世纪60年代中后期逐步创建的一种哲学。这一哲学认为,当前的生态学问题归根结底源于根深蒂固的社会问题,植根于分等级的政治与社会体制中(陈世丹62-68)。在社会生态学者看来,除了那些纯粹的自然灾难,当今世界的绝大部分生态环境问题都有其经济、文化、种族和性别冲突的根源。布克金指出,"世界是由纷繁复杂的众多要素组成的,各个要素间的互依互存、和谐相处构成世界整体的统一性与和谐。就其不与世界整体利益相冲突而言,个体更多地被从相互依赖性的视角来看待。多样化被视为共同体统一性的极为重要的因素"(35)。艾丽丝·沃克的小说《紫颜色》揭示,白人对黑人的种族歧视和压迫破坏了共同体统一性,她主张以相互关爱、和谐共处的新型社会关系实现种族间的和解。

作为黑人作家,沃克揭露了种族歧视和压迫。主人公西丽的生父和继父截然相反的人生经历使得种族压迫的罪恶昭然若揭。西丽的生父是个勤奋、善于经营和管理而发家致富的黑人,因"不

懂跟白人打交道惨遭白人用私刑杀害,连墓碑都不许立"(38)。继父万恶不赦,但因其完全接受种族歧视和压迫,为逢迎白人可以舍弃人格和尊严,从而农事、商店经营方面事事顺利。甚至在他死后墓碑上赫然刻有"当地显赫的农场主和商人""诚实的丈夫,正直的父亲","对待穷人和无依无靠的人热心慷慨"等等之类的碑文(192)。这种辛辣的讽刺正说明了种族迫害的罪恶罄竹难书。黑人作家的作品中常出现黑人被白人处以私刑这一现象,例如在美国黑人作家詹姆斯·鲍德温(James Baldwin 1924—1987)的作品中,种族迫害问题的重要细节之一便是反复出现的被白人处以私刑的黑人形象。在《向苍天呼吁》(*Go Tell on the Mountain*,1985)中,黑人被阉割的尸体同时意味着无能力和复仇的愤怒(陈世丹62-68)。而这种愤怒的复仇欲望往往又招致白人对黑人更疯狂的迫害。在《紫颜色》中索菲亚的遭遇便是这种恶性循环中的一例。

西丽丈夫的儿媳妇索菲亚自始至终都在为争取做人的权力而与来自社会和家庭的各种恶势力和压迫斗争,"在男人占据统治地位的家庭里女孩子很不安全"(33)。但以白人为主导的外部社会更不安全。索菲亚拒绝给居高临下、颐指气使的市长夫人做女佣,反抗动手打市长时,真正的厄运降临了:她被市长和赶来的警察毒打并关进监狱,几乎死于非命。后来她虽被竭力营救出狱,仍然不得不忍气吞声在市长家里做了十几年的佣人。监狱里的虐待使索菲亚——这个女斗士几近失去信念和勇气。种族压迫激发的黑人强烈的反抗往往招致白人对黑人更疯狂的迫害,长此以往,人类必将陷入自我毁灭的生态环境。沃克还把美国的黑人问题放在世界范围来考察。耐蒂的非洲来信描述了白人为谋取暴利强行侵入奥林卡部落的村庄,彻底毁灭奥林卡人的宁静生活和文化传统。这两个情节进一步证明美国的黑人问题是个世界性的问题,是世界性的种族歧视和压迫的一个方面。

作为妇女主义者、人道主义小说家,沃克一直在尝试用她的创作来创造另一种生存、另一种文化。她尝试结束种族歧视的噩梦并改变种族关系的现状。在2001年美国遭受恐怖袭击后沃克立刻作出反应,出版了《地球传送:世贸中心和五角大楼遭袭后来自奶奶精灵的话》(*Sent by Earth: A Message from Grandmother Spirit after the Attacks on the World Trade Center and Pentagon*, 2001)。在作品中,沃克从"9·11"事件入手,结合历史上的种族歧视和迫害,直指暴力的根源之一是爱与关怀的缺失,而对抗暴力化解暴力的最佳途径就是爱。(凌建娥 110-113)《紫颜色》中表现的姐妹情谊之爱拯救了那些被忽视的、被埋没的、被诅咒和曲解的黑人妇女。伤痛在心,拯救也就始自心灵,还包括那些行使男权而给女性带来伤痛的人。同样《紫颜色》中所表现的超越种族、民族、阶级等界限的"大爱",尽管受到质疑,也在尽力缓和和拯救恶劣的种族关系。小说从家庭视角出发,通过特定历史语境中,两个具有特殊意义的"家庭"组合:美国白人市长一家和索菲亚、英国白人传教士多丽丝·北恩和她领养的非洲黑人孙子,揭示通过爱实现种族和解的可能性。远走非洲的耐蒂在一艘船上碰到这一白一黑,一老一少很是特别的祖孙二人。白人传教士多丽丝丝毫不在意他人的好奇、沉默或是敌意,常带着黑人孙子在甲板上散步。相对于形形色色的种族主义行为而言,多丽丝和黑人男孩间建立的亲缘关系是符合奥林卡"白人黑人是同一个母亲所生的孩子"(219)的创世叙事的。确实,以多丽丝的年龄,她完全可以做男孩的祖母,她本人也将祖孙相处的家庭生活视为她最幸福的日子。再者,多丽丝与其他白人传教士不同之处在于:她不想改变当地"异教徒",因为他们没有什么不对(章汝雯 52-55)。

与多丽丝祖孙的亲缘关系相似,市长的女儿埃莉诺·简和索菲亚之间也超越了白人与黑人的纯粹的主仆关系,更具有某种家庭成员般的亲情。因为简基本上是索菲亚一手带大的,索菲亚也认为她是市长家唯一有同情心的人。索菲亚——作为连接黑人和白人的桥梁,在和白人相处的十多年里,一直在思索而且开始更理性地思考白人和黑人的关系。简对索菲亚有着非常深厚的感情,所以她也在反思索菲亚与她和她家人的关系,白人和黑人的关系特别是白人对黑人的态度。尽管索菲亚故意疏远她,成人之后的简主动保持她们之间的往来和联系,更是责无旁贷地帮助索菲亚,坚持给她生病的女儿食疗。当她的家人质问她白人怎能给黑人干活时,她反驳道:有谁会像索菲亚这样给废物干活?!(223)

沃克借索菲亚之口,把对黑人个人命运的思考上升到对整个黑人族群命运的思考。暴力不能从根本上解决问题,思考却有助于人们更理性地行动。在反抗来自种族外的歧视和压迫的方式上,应该采取"对话"而非黑人男性作家抗议文学中"以暴抗暴"的极端方式。反对种族压迫、主张种族和解是沃克作品永恒的主题之一。如果说《紫颜色》表达了对这一主题的追求与渴望,《我亲人的殿堂》(*The Temple of My Familiar*, 1989)则预示着实现和梦想成真。《紫颜色》中,黑人挣扎在种族歧视的痛苦中,黑人女性更是忍受着白人和黑人男性的双重压迫。而在《我亲人的殿堂》里,"种族歧视的坚冰已开始融化,黑人和白人相互帮助、团结战斗的感人场面时有发生"(王成宇,《试析》84-87)。《紫颜色》中的索菲亚深知在这个种族歧视的国家黑人的艰难处境。尽管很难看到种族和解的希望,但她并没有完全放弃努力。同时她认为白人也应该积极地自我反思,寻求拯救之道。要改变不平等的种族关系,不仅需要黑人的努力,更需要白人的努力。所以当她谈到埃莉诺·简的时候说:"她帮我干活不是为了拯救我"(223-224)显然,客观上也是在拯救她(白人)自己。因此,埃莉诺·简坚持向黑人保姆传达来自白人世界的温情,白人祖母和黑人孙子甲板上散步的温馨,预示着白人和黑人应该通过爱和沟通跨越并消除种族的鸿沟,重建和谐的生态社会。

二、反对性别压迫,主张男女平等

社会生态学经过近半个世纪的发展,已经从最初的政治哲学演变成研究主题更广泛、更加关注时代现实议题的政治社会理论。社会生态学主张构建一种建立在平等、相互关怀、相互帮助和公有制基础上的社会,代替现有的等级制社会。布克金认为不平等和严格的等级制度是问题的根源。我们人类应当积极抵制一切破坏人性的邪恶势力,维护自身的尊严和人类共同体的整体性。因此,我们应该以能够为大众接受的共同行为准则去触及他人的生活,进入自然的人道主义化,为人类构建理想的生存环境创造良好的条件。"我们越是回到一种缺乏经济、阶级和政治国家的社会(由于内部的与自然的密切关系可以称为有机社会),就越能证明存在这样一种生活观,即根据它们的独特性而不是'高等'或'低等'来看待人、事物及其相互关系"(布克金 35)。在这种有机社会里,"平等存在于事物的本质之中,是对所有个体不分性别与年龄的绝对的尊重"(Lee 42)。在《紫颜色》中,耐蒂的来信让我们看到非洲女性同样遭受着严重的歧视,这说明性别歧视并非种族歧视的产物,即使消除了种族歧视也并不等于就消除了性别歧视,因此黑人妇女肩负着争取种族平等和男女平等的双重重任,前者绝不能代替后者。沃克在这部小说中通过对三代黑人女性不同的两性观和婚姻生活的细腻描写,揭示了性别主义对男女两性关系的影响,批判了种族社会和阶级社会中的性别压迫,表达了建构男女平等,人人平等的生态社会的主张。

西丽的母亲和索菲亚的母亲等是小说中描写的第一代黑人女性。虽然对她们着墨不多,但她们却是性别主义者设定的女性形象的典型代表。她们生来就没名没姓,完全视既定的第二性社会角色为理所当然,一辈子都活在男人的影子里。用索菲亚的话来说,"……她(索菲亚的母亲)被我爸爸踩在脚底下过日子,他的话就是圣旨。她从来不回嘴。她从来不为自己争辩"(33)。因为"白人主宰一切……白人把重负扔下,叫黑人男子把它拾起来。他把它拾起来了,因为他不得不这样做,不过他没有搬运它。他把它交给了他的女人……黑人女人是世上的骡子"(Hurston 29)。"她(索菲亚的母亲)越支持儿女们,他就越虐待她。他讨厌孩子,讨厌生孩子的人"(33)。索菲亚的母亲就这样在夫权的淫威下无声无息地操持家务,忍辱负重,直到耗尽精力,离开人世,才脱离苦海、彻底摆脱各种势力的压迫和奴役。在今天看来,这种不平等的两性关系、敌对的夫妻关系造成黑人男人人性的扭曲又何尝不是另一种悲剧！更可悲的是，黑人女性长期在父权制的毒害下，自我意识逐渐消失，不知不觉把自己变成了男人的一部分，完全依赖男人，独立生活的意识和能力丧失殆尽。西丽的母亲在丈夫被白人以私刑处死后，不懂打理田庄，没能力抚养年幼的孩子，已经到了离开男人就无法生存的地步。

名字代表着不同的人和事物，是每个个体存在和区别于其他个体的标志。世间万物各有其名，但特定时期的黑人妇女却姓名缺失，无法标识自身身份、表明自身独立存在。这种情形，形象地隐喻了这一代女性在两性关系中的地位——妻子是丈夫的附属品，并非独立存在的个体；女性对于男性是客体，是他者；女性依男人而生存，只是男性的影子（王成宇，《〈紫色〉与反性别主义》39-41）。到了西丽这一代，受女权运动的影响，黑人女性的自我意识和独立意识觉醒，黑人男性的思想也有所改变，两性关系逐渐走向平等。

小说的主人公西丽在父权制文化的影响和束缚下，逐渐内化男权规范和性别主义的价值标准，以此来衡量自己的价值，指导自己的行为，和其他女性一样不自觉地认同了男性社会为她设定的性别角色。母亲死后她先后被继父和丈夫踩在脚底下熬日子。后来，在莎格、索菲娅和妹妹耐蒂等人的影响和帮助下，西丽的自我意识逐渐觉醒，开始认识到一味地顺从与忍让改变不了暴虐的男人，只有坚决勇敢地向他们宣战，才能摆脱一切桎梏。在莎格的帮助下，西丽终于走出家庭，走向社会，到孟菲斯独立谋生。随着经济上的独立，西丽在思想上也走向成熟。最终不仅赢得了做人的尊严，还赢得了夫妻关系中的平等。从西丽身上还可以看出，黑人女子的自我解放不仅改变妇女的命运，同时也能影响和改变男性，提高男性的觉悟和认识，有助于建立平等、和谐的婚姻家庭关系。我们暂且不论争取种族的解放需要妇女的参与，单就个人、家庭的幸福而言，男子若不真正消除对妇女的歧视，也不能得到真正的爱情（王家湘363）。艾伯特不可能从敌视他的西丽身上得到温暖和关爱,只有当他平等对待西丽后,他才"第一次感到像一个正常人生活在世界上,觉得有了新生活"。(204)觉醒后的艾伯特郑重地向西丽提出重新结合。对比当年他为三个孩子物色后妈,为自己的田地物色劳力时,"像打量牲口一样打量西丽的情景,艾伯特终于醒悟:只有平等对待他人才能获得真正的情感和生活。"(王家湘363)

第三代女性代表索菲亚,是作者着力刻画的最具自我意识和独立意识黑人女性之一。她从小就有很强的反抗精神,极富男女平等意识,也懂得如何维护自己的利益和尊严。她真心爱丈夫,但绝不容许丈夫哈波践踏自己的人格和尊严,不允许他像别的男人一样不拿自己的妻子当人看待。哈波受父亲的影响,也有大男子主义思想,想方设法制服妻子。为了保持自己人格的完整,索菲亚曾一度离开哈波。最后哈波自觉摒弃了传统的男尊女卑的观念,成为一个真正懂得爱情、尊重女性的人;一个热爱家庭、热爱生活,努力改变现状的新一代男人。这也是索菲亚使西丽看到的:婚姻生活、男女关系并不一定要是一方压倒另一方。

小说通过三代黑人女性对性别歧视和压迫认识的发展变化,展示了黑人妇女要求两性平等的意识越来越明确、强烈。同时沃克指出黑人妇女要想现身立言,实现自我价值,要想取得与男人的平等,首先需要清除父权制文化的毒瘤,从自身对妇女社会地位的错误观念中解放出来,正确地定位自己。我们人类应当积极抵制一切破坏人性的邪恶势力,维护自身的尊严和人类共同体的整体性。沃克在美国南方黑人社区成长的经历使她切身感到,黑人妇女所受的压迫不仅建立在种族的基础上,而且建立在性别和阶级的基础上。不平等和严格的等级制度是问题的根源,"如果黑人妇女获得了自由,那便意味着人人都获得了自由,因为我们的自由要消灭所有的压迫制度"(转引自吴新云 17)。沃克这个黑人妇女的"辩护士"在作品中揭露了黑人内部的暴力与仇恨,表现了种族和性别歧视间的内在联系:二者都建立在人为的等级区分的基础上,都出自统治支配他人的欲望。(王家湘 360 – 63)这一观点不仅仅体现在《紫颜色》中，她的另一部小说《父亲的微笑之光》(*By the Light of My Father's Smile 1998*)——一部被誉为宣扬两性平等和谐的宣言书，更是以一种原始民族孟多部落的信仰之说瓦解了西方父权制下的男女间的二元对立观，同时颠覆了白人中心论以及撕毁了基督教欺骗的面具(王晓英，《颠覆的艺术》73-77)，表达了沃克提倡建立男女平等，人人平等的生态社会的主张。

三、反对宗教欺骗，主张信仰自由

"一切宗教不过是支配人们日常生活的外部力量在人们头脑中的幻想的反映，在这种反映中，人间的力量采取了超人间的力量的形式"。(李士菊 109)社会生态学关于宗教欺骗性的观点与马克思关于宗教的本质的论述不谋而合。"超人间化"使人们对宗教产生敬畏之情和神秘之感。宗教中"神与人的对立，其实质就是阶级的对立"，(李士菊 111)是统治阶层利用宗教对人们实施的精神控制，以实现其麻醉、欺骗和统治的目的。宗教是沃克小说《紫颜色》表现的又一个重要主题。传统的基督教在小说《紫颜色》中对于西丽等人来说就是这样一副麻醉剂，也使得传教士塞缪尔等对自己的传教使命充满了期待和幻想。小说的两条宗教故事主线——西丽从对上帝的虔诚信仰到信仰幻灭和重获信仰的过程以及传教士塞缪尔一行到非洲传教，亲历西方帝国打着宗教的旗号对第三世界国家进行掠夺殖民的过程——在西丽姐妹跨越时空的信件往来中交织并进，展现了她们不同的人生道路，却都殊途同归地经历了对上帝信仰幻灭的过程。通过他们信仰的幻灭和精神重生，沃克揭露了基督教的欺骗本质，体现了作家对白人基督教教义的解构和对信仰自由的坚决主张。

在西丽凄苦生活的初始，上帝是她唯一的倾诉对象和精神依托。西丽写信给心目中慈爱万能的上帝，倾诉自己满腔的痛苦和屈辱。她14岁开始遭受继父奸污，生下的两个孩子却不知所踪也不敢过问。继父厌腻之后，赔上被褥和一头母牛把她打发给了某某先生(艾伯特)，她仍然是男人泄欲的工具和田地的苦力。尽管如此,她还是相信即使日子再艰难,只要还能写"上帝"这两个字,总还有人陪着她。对苦难的西丽而言,上帝是她唯一可以信赖的亲人和朋友。这种虔诚的信仰使西丽得到安慰,有勇气继续忍受苦难。但是基督教宣扬的顺从、忍耐也麻醉了她的精神,使她一味地忍受生活中男人们的践踏和摧残。因为《圣经》上说无论如何也要尊重父母,妻子应该顺从丈夫。这些教义强化了父权制男尊女卑的观念。这样,宗教成为男性压迫女性的工具在西丽的悲惨遭遇表现得淋漓尽致。

西丽的苦难和虔诚没能感动上帝。将她从宗教麻醉中唤醒的是妹妹耐蒂,让她对上帝信仰幻灭的是从妹妹的来信中得知的惨绝人寰的家庭悲剧。从那以后,她不再给上帝写信而是写给妹妹耐蒂:"上帝都为我都干了哪些事?……他还给我一个被私刑处死的爸爸,一个疯妈妈,一个卑鄙的混蛋后爹,还有这辈子也许再也见不着的妹妹。(45)"莎格的启发又进一步帮助她认清了上帝的本质:上帝是个白人男人!人生命运的无常,对人性、对宗教的巨大失望,使西丽由虔诚的基督徒变成了毫无畏惧的反叛者。"我一直向他祈祷、给他写信的那个上帝……无聊、健忘、卑鄙,他干的事和所有我认识的男人一样!(145—146)"西丽对上帝愤怒的指责其实更是对白人种族主义、对父权制的控诉,沃克借西丽之口,将仁爱万能的上帝拽下了神坛,粉碎了上帝即救世主的神话。觉醒后的西丽获得了新生。现在对她来说,上帝无处不在……他是个珍贵的生命,存在于大自然中,存在于天地万物中(2)。无独有偶,宗教哲学家别尔加耶夫也认为:"不但上帝在人里,而且人就是上帝的形象,在人身上展现着神性的发展。(张百春 156)"换句话说,人只有相信自己才能找到生活的道路(9)。耐蒂和塞缪尔在英国教会的遭遇也说明了宗教的无能和欺骗性,他们满怀着虔诚和希望去非洲传教,没想到这次非洲之行却成为他们的宗教信仰幻灭之旅,幸运的是这也是他们精神幻灭之后的信仰重生之旅。在传教的整个过程中,他们首先见证了西方帝国对非洲的殖民掠夺和侵略的历史。英国博物馆里陈列着传教士们从世界各地掠夺来的珍贵文物,也就是西方帝国殖民掠夺的历史罪证,从而揭露了西方传教士打着传教的旗号进行掠夺的事实。在非洲奥林卡村的传教则让塞缪尔、耐蒂一行亲历了英国殖民者以传教为先导,接着武力入侵及殖民掠夺的残暴行径。英帝国橡胶公司在非洲始于修路的"圈地运动",使奥林卡人失去了土地,失去了家园。奥林卡村成了非洲遭受入侵掠夺的一面镜子。面对殖民者的野蛮行径,塞缪尔和耐蒂赶到英国向教会求助,但遭到冷落和侮辱。从这件事中他们再次认识到基督教不可能帮助奥林卡人抵抗英国殖民者,教会宣扬的基督普世精神虚伪的本质昭然若揭。

塞缪尔和耐蒂发现自己只是被帝国殖民者利用的工具后,与西莉一样经历了对基督上帝信仰幻灭和精神上的重生的过程。耐蒂在信中说:"在非洲这么多年,我们心中的上帝也发生了变化,更属于我们内心了……当不去想上帝长得什么样时,我们反而自由了(202)"。不理会上帝的形象,就是否定了深入人心的白人上帝的精神束缚,"更属于内心"的上帝表明耐蒂也走向了代表着爱和美好感情的"泛灵论"。姐妹俩虽然远隔千里,但最终走向了共同的信仰,多年的分离,没能阻止她们精神上的契合。耐蒂和塞缪尔计划回到美国后建一所全新的教堂,鼓励每个人自由地、积极地寻找自己心中的上帝。耐蒂和塞缪尔追求的这种新的上帝,新的信仰,与获得新生后的西丽的追求和信仰一样,将上帝人性化,自然化。人、自然、上帝契合到了一起,因为"上帝存在于大自然之中,存在于人类争取独立自我的努力之中,存在于真正的人性之中"(王晓英,《走向完整的生存》69)。

基督教白人上帝给黑人安排的命运是心甘情愿地做受歧视、受迫害的二等公民。但以西丽、塞缪尔和耐蒂为代表的黑人不再信奉白人上帝,不再听从命运的摆布,不再消极地等待上帝的拯救,而是相信自我的力量,通过自我救赎来提高自己的社会地位,创造美好的生活。沃克通过他们信仰的幻灭、幻灭之后的精神重生,表达自己用信仰自由代替宗教欺骗的理性主张。

反对一切形式的歧视压迫和迫害,主张平等相待、相互尊重、相互依赖、友爱和睦、和谐共处是沃克的小说《紫颜色》的宗旨。沃克认为,健康、理想的社会生态模式应该彻底消除种族迫害、性别歧视和压迫,真正实现男女平等,人人平等。《紫颜色》揭示了社会生态学家所描述的这样一种社会生态观:"人类作为动物是按照生物学原则组织起来的,从而与其它同类互依互存生活在一起,并在一个宽泛与自由界定的社会团体中关心与爱护它的同类。这些人类特性不仅被视为人类自然的特性,还被视为构成人类自然本身。这些特性不仅仅被当作生物性人类共同体的生存机制或社会特征,还被当作进入生态社会的结构的构成材料(布克金 375)"。人类应该组成个人喜好、文化素养、性别偏好和智力兴趣等都十分相似的、情感和谐的、健康的社会团体,这种相互关爱、和谐相处的社会关系将实现人类重新共同体化,从而走向一种生态社会(陈世丹 62－68)。

引用文献【Works Cited】

Bookchin, Murray. *The Ecology of Freedom: The Emergence and Dissolution of Hierarchy*. Trans. Huan Qingzhi. Jinan: Shandong University Press, 2008.

[默里·布克金:《自由生态学:等级制的出现与消解》,郇庆治译,济南:山东大学出版社,2008 年。]

Chen, Shidan. "*Go Tell on the Mountain*: Move Towards an Ecological Society." *Shandong Foreign Language Teaching Journal* 4 (2011): 62－68.

[陈世丹:《〈向苍天呼吁〉:走向一种生态社会》,《山东外语教学》2011 年第 4 期,第 62—68 页。]

Ding, Hongfu. *Social Ecology*. Hangzhou: Zhejiang Education Press, 1987.

[丁鸿富等:《社会生态学》,杭州:浙江教育出版社,1987 年。]

Hurston, Zora Neale. *Their Eyes Were Watching God*. Urbana: University of Illinois Press, 1978.

Lee, D. *Freedom and Culture*. Englewood: Prentice Hall, 1959.

Li, Shiju. *A Study on Scientific Atheism*. Beijing: People's Publishing Press, 2002.

[李士菊:《科学无神论研究》,北京:人民出版社,2002年。]

Ling, Jiane. "Love and Salvation: On Alice Walker's Womanism." *Journal of Hunan University of Science & Technology* (*Social Science Edition*) 1 (2005): 110–113.

[凌建娥:《爱与拯救:艾丽斯·沃克妇女主义的灵魂》,《湖南科技大学学报(社会科学版)》2005年第1期,第110—113页。]

Walker, Alice. *The Color Purple*. Trans. Trans. Tao Jie. Nanjing: Yilin Press, 1998.

[艾丽斯·沃克:《紫颜色》,陶洁译,南京:译林出版社,1998年。]

Wang, Chengyu. "*The Color Purple* and Alice Walker's Anti-Sexism." *Journal of Shangqiu Teachers College* 10 (2001): 39–41.

[王成宇:《〈紫色〉与反性别主义》,《商丘师范学院学报》2001年第10期,第39—41页。]

Wang, Jiaxiang. *A History of the Twentieth Century African American Novels*. Nanjing: Yilin Press, 2006.

—. "On the Applied Meaning of the Language Plan for *The Color Purple* and *The Temple of My Familiar*." *Journal of Henan Institute OF Engineering* (*Social Science Edition*) 6(2008): 84–87.

[王成宇:《试析〈紫色〉与〈殿堂〉跨文本语言策略的语用意义》,《河南工程学院学报(社会科学版)》2008年第6期,第84—87页。]

[王家湘:《20世纪美国黑人小说史》,南京:译林出版社,2006年。]

Wang, Xiaoying. "Narrative Structure and Voice in *By the Light of My Father's Smile*." *Contemporary Foreign Literature* 2(2006): 73–77.

[王晓英:《颠覆的艺术:〈父亲的微笑之光〉的叙事结构与叙述声音》,《当代外国文学》2006年第2期,第73—77页。]

—. "Toward the Wholeness Survival: Alice Walker's Womanist Literary Production." Diss. Nanjing Normal University, 2008.

[王晓英:《走向完整的生存:爱丽丝·沃克妇女主义文学创作研究》(博士论文),南京师范大学,2006年。]

Wu, Xinyun. *The Geographies of Identity: A Study on the Contemporary US Black Feminist Thought*. Beijing: Chinese Social Science Press,

2007.

[吴新云:《身份的疆界:当代美国黑人女权主义思想透视》,北京:中国社会科学出版社,2007年。]

Zhang, Baichun. *Contemporary Theology of the Orthodox Church*. Shanghai: Shanghai Joint Publishing Company, 2000.

[张百春:《当代东正教神学思想》,上海:上海三联书店,2000年。]

Zhang, Ruwen. "The Narrative Strategies in *The Color Purple*." *Foreign Languages and Their Teaching* 3 (2009): 52-55.

[章汝雯:《〈紫色〉中的叙事策略》,《外语与外语教学》2009年第3期,第52—55页。]

参考文献[Works Cited]

英文文献

Awkward, Michael. *Inspiring Influences: Tradition, Revision, and Afro-American Women's Novels*. Columbia University Press, 1989.

Baechler, Lea, and A. Walton Litz. *Modern American Women Writers*. New York: Charles Scribner's Sons, 1991.

Bates, Gerri. *Alice Walker: A Critical Companion*. Greenwood Press, 2005.

Barat, F. "Alice Walker." *New Internationalist*, 2012 (9): 46.

Bate, Jonathan. *The Song of the Earth*. Cambridge: Harvard University Press, 2000.

Bigwood, Carol. *Earth Muse: Feminism, Nature, Art*. Philadelphia: Temple University Press, 1993.

Bell, Bernard W. *The Afro-American Novel and Its Tradition*. Amherst: University of Massachusetts Press, 1989.

Bloom, Harold. Ed. *Modern Critical Views: Alice Walker*. New York: Chelsea House Publishers, 1989.

Bramwell, Anna. *Ecology in the Twentieth Century: A History*. New Haven: Yale University Press, 1989.

Buell, Lawrence. *The Environmental Imagination: Thoreau, Nature and the Formation of American Culture*. Cambridge: The Belknap Press of Harvard University Press, 1996.

参考文献[Works Cited]

Butler, Robert. *Contemporary African American Fiction: The Open Journey*. London: Associated University Presses, 1998.

Byrd, Rudolph P. *The World Has Changed: Conversations with Alice Walker*. New York: New Press, 2010.

Christian, Barbara T. *Black Feminist Criticism: Perspectives on Black Women Writers*. New York: Pergamon, 1986.

Christian, Barbara T. "The Black Woman Artist as Wayward." In Harold Bloom (ed.), *Alice Walker*. New York: Chelston House, 1989.

Cornillon, Susan Koppelman. *Images of Women in Fiction: Feminist Perspectives*. Grass Land, 1972.

Davis, Carol Boyce. *Black Women, Writing and Identity*. London: Routledge. 1994.

Dieke, Ikenna. *Critical essays on Alice Walker*. Westport: Greenwood Press, 1999.

DuBois, W. E. B. "The Criteria of Negro Art," *The Crisis*, (October 1926), In Cary D. Wintz (ed.), *The Politics and Aesthetics of "New Negro" Literature*, New York and London: Garland Publishing, Inc. , 1996: 366.

Dubois, W. E. B. *Souls of Black Folk*. New York: Blue Heron Press, 1953.

Eagleton Marry. *Working with Feminist Criticism*. Oxford: Blackwell Publishers Ltd. , 1996.

Gates, Henry Louis Jr. and K. A. Appiah, eds. *Alice Walker: Critical perspectives Past and Present*. New York: Amistad Press, Inc, 1993.

Gates, Henry Louis Jr. *Reading Black, Reading Feminist: A Critical Anthology*. New York: Meridian, 1990.

Gates, Henry Louis Jr. *The Signifying Monkey: A Theory of*

African American Literary Criticism. New York, Oxford: Oxford University Press, 1988.

Griffin, Farah Jasmine. "The Courage of Her Convictions."*The Women's Review of Books* 15. 4 (1998): 23-24.

Gillespie, Carmen. *Critical Companion to Alice Walker: A Literary Reference to Her Life and Work*. New York: Facts on File, Inc. 2011.

Harris, Melanie L. *Gifts of Virtue, Alice Walker, and Womanist Ethics*. Palgrave Macmillan, 2010.

Hernton, Calvin. "The Sexual Mountain." In Joanne M. Braxton and Andree Nicola Mclaughlin (eds.), *Wild Woman in the Whirlwind: Afro-American Culture and Contemporary Literary Renaissance*. New Brunswick, New Jersey: Rutgers University Press, 1990:197.

Hooks, Bell. "Writing the Subject: Reading *The Color Purple*." *Alice Walker* Ed. Harold Bloom. New York: Chelsea House, 1989.

Hughes, Langston. The Negro Artist and the Racial Mountain, Black Expression. New York: Weybright Talley, 1970.

Hurston, Zora Neale. *Their Eyes Were Watching God*. Chicago: University of Illinois Press, 1937.

June, Pamela B. "Alice Walker on Ecofeminism Issues in Her Fiction: An Interview." *Women's Studies*, No. 44, (2015): 99-116.

Lauret, Maria. *Alice Walker*. New York: Palgrave Publishers, 2000.

Marshall, Peter. *Nature' Web: An Exploration of Ecological Thinking*. London: Simon & Schuster Ltd, 1992.

McDowell, Deborah E. *The Changing Same: Black Women's Literature, Criticism and Theory*. Bloomington: Indiana

参考文献[Works Cited]

University Press, 1995.
Moi, Toril. *Sexual/Textual Politics: Feminist Literary Theory*. New York: Routledge, 1985.
McQuade, Donald and Robert Atwan (eds.), Eds. *The Writer's Presence: A Pool of Essays*. Boston:Bedford Books. 1997.
Millett, Kate. *Sexual Politics*. Garden City: Doubleday, 1970.
Montelaro, Jane J. Producing a Womanist Text: The Maternal as Signifier in *Alice Walker's The Color Purple*. Victoria: University of Victoria. 1996.
Ogunyemi, Chikwenye Okonjo. "Womanism: The Dynamics of the Contemporary Black Female Novel in English."*Signs: Journal of Women in Culture and Society*, 11. 1 (1985): 68.
Plant, Deborah G. *Alice Walker: A Woman for Our Times*. Santa Barbara, California: Praeger, 2017.
Plant, Judith. *Healing the Wound: The Promise of Ecofeminism*. Santa Cruz: New Society Publishers, 1989.
Riley, Shamara Shantu. "Ecology is a Sistah's Issue Too: The Politics of Emergent Afrocentric Ecowomanism." In Carol J. Adams (ed.) *Ecofeminsm and the Sacred*. New York: The Continuum Publishing Company, 1993.
Ruether, Rosemary Radford. *New Woman, New Earth: Sexist Ideologies and Human Liberation*. New York: Seabury, 1975.
Shawalter, Elaine. *A Literature of Their Own: British Women Novelists from Bronte to Lessing*, Princeton: Princeton University Press, 1977.
Shawalter, Elaine. *Sister's Choice: Tradition and Changes in American Women's Writing*. Oxford: Clarendon Press, 1991.

Simcikova, Karla. *To Live Fully Here and Now: The Healing Vision in the Works of Alice Walker.* Madison, New Jersey: Drew University, 2004: 129.

Walker, Alice. *Absolute Trust in the Goodness of the Earth.* New York: Harcourt Brace & Company. 2003.

Walker, Alice. *Anything We Love Can Be Saved: A Writer's Activism*, New York: Ballantine Books, 1997.

Walker, Alice. *By the Light of My Father's Smile.* New York: The Ballantine Publishing Group, 1998.

Walker, Alice. *Hard Times Require Furious Dancing.* California: New World Library, 2010.

Walker, Alice. *Her Blue Body Everything We Know: 1965 - 1990.* New York: Harcourt Brace & Company. 1991.

Walker, Alice. *In Search of Our Mothers' Gardens: womanist prose.* New York: Harcourt Brace Jovanovich, 1983.

Walker, Alice. *Living by the Word.* New York: Harcourt Brace Jovanovich, 1988.

Walker, Alice. *Meridian.* New York: Harcourt Brace Jovanovich, Inc. , 1976.

Walker, Alice. *Overcoming Speechlessness: A Poet Encounters the Horror in Rwanda, Eastern Congo, and Palestine/Israel.* New York: Seven Stories Press, 2010.

Walker, Alice. *Possessing the Secret of Joy.* New York: Harcourt Brace Jovanovich, Inc. , 1992.

Walker, Alice. *Revolutionary Petunias & Other Poem.* New York: Harcourt, Brace, Jovanovich, 1971.

Walker, Alice. *Sent by Earth: A Message from the Grandmother Spirit.* New York: Seven Stories Press, 2001.

Walker, Alice. *The Temple of My Familiar.* New York:

Harcourt Brace Jovanovich, Inc. , 1989.

Walker, Alice. *The World Will Follow Joy: Turning Madness into Flowers* (*New Poems*). New York: The New Press, 2013.

Walker, Alice. *The Color Purple*. New York: Harcourt Brace Jovanovich, 1982.

Walker, Alice. *The Cushion in the Road: Meditation and Wandering as the Whole World Awakens to Being in Harm's Way*. New York: The New Press, 2013.

Walker, Alice. *The Third Life of Grange Copeland*. New York: Harcourt Brace Jovanovich, Inc. 1970.

Walker, Alice. *The Way forward is with a Broken Heart*. New York: Ballantine Books. 2000.

Walker, Alice. *There Is A Flower at The Tip of My Nose Smelling Me*. London: Harper Collins Publisher, 2006.

Walker, Alice. *You Can't Keep a Good Woman Down*. New York: Harcourt Brace Jovanovich, 1981.

Walker, Melissa. *Down from the Mountaintop: Novels in the wake of Civil Right Movement*, 1966 – 1989, New York: Yale University Press, 1991.

Wesley, Richard. "Can Man Have It All? *The Color Purple* Debate: Reading between the Lines." *Ms.*, September 1986: 62, 90 – 92.

White, Evelyn C. *Alice Walker: A Life*. New York: W. W. Norton & Company, 2004.

Winchell, Donna Haisty. *Alice Walker*. New York: Twayne Publishers, 1992.

Warren, Nagueyalti. *Alice Walker: Critical Insights*. Massachusetts: Salem Press. 2013.

Yetunde, Pamela Ayo. *Womanism and the Absence of Explicit*

Black Buddhist Lesbian-Black Christian Straight Interdependence in Foundational Womanist Theological Scholarship. Spinger International Publishing, 2018.

Zinn, Howard. *You Can't Be Neutral on a Moving Train, A Personal History of Our Times*. Boston, MA: Beacon Press, 1994.

中文文献

艾丽斯·沃克. 父亲的微笑之光[M]. 周小英,译. 南京:译林出版社,2003.

艾丽斯·沃克. 书写《紫色》[J]. 嵇敏,译. 南京:译林出版社,2004(03).

艾丽斯·沃克. 紫颜色[M]. 陶洁,译. 南京:译林出版社,1998.

鲍晓兰. 西方女性主义研究评介[M]. 北京:生活·读书·新知三联书店,1995.

布克金. 自由生态学:等级制的出现与消解[M]. 郇庆治,译. 济南:山东大学出版社,2008.

陈世丹.《向苍天呼吁》:走向一种生态社会[J]. 山东外语教学,2011(04).

程锡麟,王晓路. 当代美国小说理论[M]. 北京:外语教学与研究出版社,2001.

丁鸿富,虞富洋,陈平. 社会生态学[M]. 杭州:浙江教育出版社,1987.

杜业艳. 论《紫颜色》的社会生态思想[J]. 当代外国文学,2014(03).

封金珂. 家园·乐园·共同体:《乐园》中的共同体形塑[J]. 当代外国文学,2018(01).

盖茨. 意指的猴子:一个非裔美国文学批评理论[M]. 王元陆,译. 北京:北京大学出版社,2011年.

何怀宏. 生态伦理:精神资源与哲学基础[M]. 保定河北大学出版

社,2002.

胡克斯.女权主义理论:从边缘到中心[M].晓征,平林,译.南京:江苏人民出版社,2001.

胡笑瑛.非裔美国黑人女性文学传统研究[M].北京:中国社会科学出版社,2017.

嵇敏.美国黑人女权主义视域下的女性书写[M].北京:科学出版社,2011.

贾丁斯.环境伦理学:环境哲学导论[M].林官明、杨爱民,译.北京:北京大学出版社,2002.

杰瑞·沃德.美国非裔文学批评:杰瑞·沃德教授中国演讲录[M].武汉:华中师范大学出版社,2014.

金莉.生态女权主义[J].外国文学,2004(05).

利奥波德.沙乡年鉴[M].侯文蕙,译.长春:吉林人民出版,1997.

李荣庆.新历史主义批评:《外婆的日用家当》研究[M].杭州:浙江大学出版社,2011.

李有成.逾越:非裔美国文学与文化批评[M].杭州:浙江大学出版社,2015.

凌建娥.爱与拯救:艾丽斯·沃克妇女主义的灵魂[J].湖南科技大学学报(社会科学版),2005(01).

刘戈.革命的牵牛花:艾丽斯·沃克研究[M].北京:高等教育出版社,2007.

鲁枢元.生态文艺学[M].西安:陕西人民教育出版社,2000.

骆洪.美国非裔文学研究[M].重庆:重庆大学出版社,2019.

米利特.性政治[M].宋文伟,译.南京:江苏人民出版社,2000.

庞好农.非裔美国文学史 1619—2010[M].北京:中央编译出版社,2013.

水彩琴.妇女主义理论概述.甘肃行政学院学报[J].2004(04).

史密斯.黑人女性主义评论的萌芽[C].张京媛,主编.当代女性主义文学批评[M].北京:北京大学出版社,1992.

唐红梅.自我赋权之路:20 世纪美国黑人女作家小说创作研究

[M].武汉:华中师范大学出版社,2012.

王成宇.试析《紫色》与《殿堂》跨文本语言策略的语用意义[J].河南工程学院学报(社会科学版),2008(06).

王冬梅.性别、种族与自然[M].厦门:厦门大学出版社,2013.

王家湘.20世纪美国黑人小说史[M].南京:译林出版社,2006.

王诺.欧美生态批评[M].上海:学林出版社,2008.

王守仁,吴新云.性别、种族、文化[M].北京:北京大学出版社,1999.

王晓英.艾丽斯·沃克:妇女主义的传奇[M].武汉:华中科技大学出版社,2019.

王晓英.走向完整生存的追寻:艾丽丝·沃克妇女主义文学创作研究[M].苏州:苏州大学出版社.2008.

王秀杰.艾丽丝·沃克的杂糅性书写研究[D].南京:南京大学,2013.

王卓.艾丽斯·沃克的诗性书写:艾丽斯·沃克的诗歌主题研究[J].外国文学评论,2006(01).

王卓.共生的精神传记:解读沃克新作《现在是你敞开心扉之际》[J].济南大学学报(社会科学版),2008(03).

翁德修,都岚岚.美国黑人女性文学[M].长春:吉林大学出版社,2000.

吴新云.身份的疆界:当代美国黑人女权主义思想透视[M].北京:中国社会科学出版社,2007.

夏光武.从生态批评的视角解读沃克诗集《她蓝色的躯体》[J].鄱阳湖学刊,2010.(06).

张京媛.当代女性主义文学批评[M].北京:北京大学出版社,1992.

张冰岩.女权主义文论[M].济南:山东教育出版社,1998.

章汝雯.《紫色》中的叙事策略[J].外语与外语教学,2009(03).

张燕.沃克生态思想研究的新资料:评《世界变了:艾丽斯·沃克访谈录》[J].外国文学,2013(04).

赵文书. 重复与修正:艾丽斯·沃克对拉尔夫·艾里森和托尼·莫里森的继承和超越[J]. 当代外国文学,2016(02).

尤蕾. 妇女主义视角下的新现实主义:透视艾丽斯·沃克的小说批评[J]. 山东外语教学,2013(03).

曾竹青、杨帅.《戴家奶奶》中百衲被的黑人女性主义解读[M]. 湖南科技大学学报,2008(02).

郑树棠,新视野大学英语读写教程(4),Unit8,Section A[M]. 北京:外语教学与研究出版社,2003.

朱新福. 美国生态文学研究[M]. 苏州:苏州大学出版社,2005.